家有小福妻

3

目次

壹之章◆劣跡敗露食惡果

別瞧著外頭人對趙五爺恭恭敬敬的，其實趙五爺在趙家是連個得臉的奴僕都能喝斥他兩句的存在。趙五爺大名叫趙玉成，祖父和趙老太爺是一個親爹，只不過趙老太爺是嫡長子，趙玉成的祖父是庶出。

趙玉成的祖父在成親後僅得了一個二進的宅子和一個鋪面就被迫分了出來，可他不會經營，鋪子只能租出去，每年拿些銀子養活一家。趙玉成父親這輩，倒是比旁人靈活，他捨得下臉面，經常去趙家找點種樹、年節採買的差事，一年也能剩下不少的銀子，日子漸漸富裕起來。人到中年的時候還從府裡討了個丫鬟納為小妾，生了趙玉成。

趙玉成的姨娘是丫鬟出身，長得眉眼伶俐不說，更是會奉承人。趙玉成和他姨娘有學有樣，十來歲就經常買點市面上新鮮的小玩意兒送到趙府給老夫人、當家太太請安。趙家兩位夫人喜歡他長得人意，又是個嘴甜的孩子，便開始將一些不大要緊的事交給他去辦。這趙玉成漸漸靠著趙家，混得像模像樣，身邊也有些無所事事的人給他打些下手混點銀錢，並都奉承他叫趙五爺。

前兩個月，趙玉成遇到了一個南方的貨商，正巧趙玉成得了趙家採買的差事，便和這貨商有了來往。等兩人做了幾筆生意慢慢熟悉以後，貨商知道趙家有胭脂生意，便心思一動，故作神祕地拿出了血來紅。

趙玉成一聽血來紅這種可以栽贓陷害、毀人容貌的「好東西」，眼睛頓時亮了。原本他想自己買下，只是貨商要的價錢實在太高，他拿不出那麼多銀子，便去了趙家，私下和趙老夫人說了這樁事。

趙老夫人聽到這種東西十分欣喜，吩咐趙玉成親自去驗貨，若是效果真是如此明顯，不管費多少銀子都得拿下。

一滴血來紅，又在日頭下站了一刻鐘，就毀了跟著趙玉成去驗貨的丫頭的手背。

貨商洋洋得意，「十斤血來紅的藥草也才能熬出這一滴來，不怪我要價高，這可當真是好東西。當初我不知道跑了多少山頭找了多少個採藥人才買了上千斤的血來紅，熬出這三瓶東西。若不是跟你投緣，我是捨不得拿出來的。」

趙玉成早就笑得滿臉開花，與貨商交割了銀子，拿了帕子裹了丫頭的手背，一起帶回去給趙老夫人瞧。趙老夫人收了東西倒沒急著用，叫人把丫頭單獨拘在一處，過了一個月又去瞧，見水泡雖好了，但還留下了一塊不小的傷疤，看樣子是好不了了，這才滿意地誇了趙玉成一回，又賞了他不少的銀子。

血來紅原本是趙老夫人為淑妃娘娘預備的，若是將來有人阻了淑妃的路，這血來紅就派上了用場。趙夫人進宮時按照趙老夫人的意思，悄悄對淑妃娘娘提過一嘴，若不是青青平日裡只在福壽宮待著，淑妃又沒膽子也沒法子將青青哄騙出來，只怕早就給她一臉血來紅了。

那日趙老夫人從宮裡出來，就將趙玉成叫過來，私下裡將收買瑰馥坊作坊的人並往胭脂裡混入血來紅的事情交給了他，同時給了他兩張一百兩的銀票及一瓶血來紅。

趙玉成找了幾個心腹之人囑咐下去，這幾人都上了心，只是誰也沒蔣二運道好，瑰馥坊作坊那麼多管事和夥計，僅他勾搭上一個叫李玉的，幾頓酒就聽到了李玉的牢騷，再放上五十兩銀子，李玉眼睛就直了……

大理寺從福滿樓裡抓了趙家旁支，沒一會兒這消息就沸沸揚揚地傳了出來。趙家有個負責來往鋪子收帳管事的，雖不知趙玉成是犯了何事，卻也知道老夫人時常叫他到府裡，便連忙回府去報信。

一聽說趙玉成被大理寺抓了，趙老夫人頭暈了一下，扶著丫頭的手才沒栽下去。靠在大迎枕上，趙老夫人閉了一會兒眼睛，好不容易等那股暈眩的感覺消去，才連聲吩咐，叫那管事親自來回話。

趙家的規矩嚴，管事通常進不了老夫人的屋子，如今趙老夫人也顧不得規矩不規矩了，直接叫他進來，顫抖著問：「玉成是怎麼回事？可打聽清楚是何故被抓？」

那管事回道：「倒不清楚是因為何事，只是聽人說大理寺卿薛大人一早在酒樓裡等著了，將趙五和旁人做的交易聽得一清二楚，人贓俱獲，當場抓了個正著。」躊躇了一下，那管事又道：「彷彿聽人說了一句，抓人的時候瑰馥坊的徐東家也在，是陪大理寺卿一起去的。」

趙老夫人心裡咯噔一下，擺了擺手打發他出去，又叫人請大老爺過來。

趙大老爺不知發生什麼事，聽母親吩咐得急，放下看了一半的書，匆匆來到老夫人的屋裡。一進屋就瞧見老太太面色灰敗、嘴唇發紫、頭上滿是虛汗，嚇了一跳，忙問：「母親這是怎麼了？」又忙吩咐：「趕緊去請太醫來！」

趙老夫人像是被吹散了精氣神，連起來的力氣都沒有了。

趙大老爺扶著她坐起來，又打發所有的丫頭出去。

屋裡沒了外人，趙老夫人囑咐：「趙玉成被大理寺抓了，務必要把他救出來！」

趙大老爺一臉不解，「不過是旁支一個跑腿領雜役的孩子罷了，母親何苦為他著急上火？旁支那麼多孩子，總有伶俐的可使喚。」

「你懂什麼？」趙老夫人氣急敗壞地捶了兩下床榻，「他是為咱們家辦事才進去的，若救不出來，咱們家恐怕撈不著好，只怕宮裡的娘娘都要擔干係！」

一聽牽扯到娘娘，趙大老爺也怕了，細問了緣故。

趙老夫人也沒隱瞞，細細地說了。

趙大老爺滿臉苦澀，連連在屋裡轉圈，「這下可難辦了，這薛連路素來難說話，連父親都說過他油鹽不進，更何況……」

趙大老爺看了趙老夫人一眼，苦著臉道：「薛連路親自設套抓人，難道不知道這趙玉成是咱們趙家的人？只怕他未必肯賣咱們家面子。」

趙老夫人緣何不知此事，但有一線希望她也不想牽扯到家裡，咬咬牙，她道：「你先去帳上支一千兩銀子上下疏通，若是能將人放出來將事抹平最好，實在不行，抬出娘娘來壓一壓這薛連路。另外叫你媳婦去和他姨娘說，若是第一條路行不通，讓他咬死了是自己的主意，不許他牽扯到本家，等以後獲了罪，咱們家幫著上下打點，一定救他出來，再給他一千兩銀子讓他到外地安家。倘若將髒水潑到咱們家頭上，讓他想想是不是能承擔娘娘的怒火。」

趙大老爺急急忙忙應了一聲就要往外走，趙老夫人又叫住他說：「進牢裡探監的事，你讓老二去打點，要你媳婦跟著一起進去，好好囑咐趙玉成。」

趙大老爺匆忙走了，趙老夫人躺在床上惶惶不安，娘娘在宮裡的日子她是知道的，如今實在是艱難，連皇上的面都見不到，哪裡還敢擔這事？偏偏她又怕此事會牽扯到娘娘身上，因此最後一瓶血來紅，昨兒剛悄悄送去了宮裡，如今就在娘娘的手上。

怎麼想都不安穩，趙老夫人掙扎著起來，叫人遞牌子去宮裡，準備明日再進宮一次，與娘娘商議此事，再偷偷將宮裡那瓶血來紅毀掉。

因宮裡沒有皇后，往日得寵的妃子也不按月召見家人，有的一個月能見五六回，像淑妃就是這種。往日太后不把這些小事放在眼裡，偏偏這次趙老夫人遞牌子的事惹著了太后，當場就駁回了，冷笑道：「當這宮裡是她趙家的府邸嗎？一個月來七八回？」

此話一出，淑妃面色慘白，趕緊到福壽宮請罪，太后連門都沒讓她進。淑妃咬了咬牙，跪在了大殿前的石板磚上，太后得知此事，冷笑道：「叫她跪上半個時辰，禁足三個月。」

錦瑟嬤嬤應了一聲，傳了旨意下去，跪在地上的淑妃瞬間抖得和篩子一樣。

太后面上十分惱怒，「就因為她趙家弄的狗屁倒灶的事，累得嘉懿整天去驗胭脂，連進宮陪我說話的功夫都沒了。」

錦瑟嬤嬤忙說：「徐姑娘說就這幾日的事，忙完了就進宮陪娘娘。」

太后冷著眉眼，吩咐道：「明日傳薛連路的夫人進宮，我再細問問她。」

……

趙老夫人躺在床上，沒一會兒就睡著了，等醒來時，天已經黑了。

睡了一覺，趙老夫人倒覺得精神好多了，扶著丫頭的手坐了起來，喝了幾口茶，想起遞了牌子的事，問道：「宮裡回話了嗎？娘娘明天什麼時辰有空？」

丫鬟請了趙大夫人過來，趙大夫人臉上滿是焦急，一見老太太也顧不得旁邊的丫鬟在，直接說道：「被太后娘娘駁回了，說以後每個月只許進宮一次。」

趙老夫人聞言，苦不堪言，「哪裡又得罪了太后，怎麼這般不給娘娘臉面？」想想事情要緊，不顧不得許多，拉著大兒媳婦吩咐道：「妳速速寫一封信送去三皇子府，讓三皇子明天一早去宮裡給娘娘請安。如今薛連路已知道血來紅是趙家的東西，娘娘再不能使用此物，必須把剩下的血來紅毀掉，免得惹出災禍來。」

趙大夫人應了一聲，寫了信後連夜送到三皇子府。

祁昱見外祖母來了，很是驚奇，問了緣由。

趙大夫人不敢對三皇子說實話，只說淑妃娘娘託家裡辦了一件事，如今須給娘娘回話，只是家裡現在無法進宮，只能拜託三皇子給娘娘送封信。

祁昱笑道：「外祖母放心，明早進宮請安時，定把信親手交給母妃。」

趙大夫人放了心，試探著提了句：「我家有個旁支子弟被大理寺抓了，可家裡和大理寺說不上話，不知殿下有什麼門路沒？」

祁昱皺了皺眉頭，「薛連路平日和眾皇子關係都平平，若是無關緊要的小事倒也無妨，找人去和他說一聲，只是不知這子弟犯了什麼罪？」

因趙老夫人不許家裡這些骯髒事牽扯到三皇子身上，趙大夫人不敢細說，只道：「白天只聽他母親到老夫人跟前哭，我也不知什麼事。回頭陪他母親牢裡去瞧瞧，細問再說。」

這個倒無妨，祁昱笑道：「明日我讓安平隨外祖母走一遭。」

趙大夫人放了心，安平是打小就伺候三皇子的，有他跟著就等於三皇子出面，不怕大理寺不講情面。約定好明日的時間，趙大夫人便告辭了，祁昱點了六個侍衛護送她回府。

翌日一早，祁昱進了宮，先去向太后請安，照例到了淑妃處，可他卻沒能如願進去，宮殿外頭有幾名太監擋住了他。

「三殿下，奉太后娘娘旨意，淑妃娘娘禁足三個月，期間不許任何人探望。」看守的太監臉上一團和氣，可語氣十分堅定。

祁昱從小宮裡長大，一見幾個太監的態度就知道此事沒有迴旋的餘地，只能賞了銀子，吩咐道：「好生伺候母妃，吃穿用度不許苛責。」

那太監笑著，「三殿下放心就是。」

祁昱往裡面望了一眼，見靜悄悄的沒什麼動靜，只能轉身走了。

此刻的淑妃兩個膝蓋布滿了青紫，養尊處優二十年，哪裡受過這樣的罪，昨日跪了半個時辰後，起都起不來了，是被兩個宮女架出福壽宮的。

秋銘拿著帕子，仔細地為淑妃熱敷，又塗了去淤青的膏藥。

淑妃醒來後都沒洗漱，一臉蠟黃地躺在床上。

「找人遞話給皇上了嗎？」淑妃聲音沙啞，睜著眼睛望著床幔，不知在想什麼。

秋銘低著頭，眼淚落在盆裡，「外頭的人軟硬不吃，銀子不收，話也不給遞。早上時候，三殿下來向娘娘請安，都沒能進來。」

淑妃猛然坐了起來，一腳踢翻了腳踏上的水盆，怒罵道：「往常每個月都進宮幾次，這十多來年哪個嬪妃不是如此？憑什麼因為這個發作我？」

秋銘擔心娘娘的聲音叫外頭的太監聽見，跪下輕聲道：「還請娘娘息怒，隔牆有耳。」

淑妃恨恨地看了眼窗子，又回身倒在床上。

秋銘收拾了滿屋子的水漬，趕緊換了件乾爽的衣裳，才回來伺候。

「太后這些年來雖對眾嬪妃都淡淡的，但從不為難人。這半年來，動不動就罰我一回，這徐嘉懿在她心裡就這麼重要？我可是淑妃，是三皇子的親娘。太后就是再不喜歡我，也得考慮考慮三皇子的面子。」

淑妃躺在床上不住地發牢騷，唬得秋銘不敢讓旁人進來，只能強撐著一個人伺候。

祁昱雖被太監攔在了外面，可他沒就此出宮，自己尋了個地方烤火，吩咐今日跟自己進宮的太監孟海趕緊打聽，看淑妃是為何被禁足。

孟海雖不如安平面子大，在宮裡也有幾個熟人，不多時就回來了，趁著左右沒人，小聲回稟打聽到的消息。

聽說因為趙家老夫人接連進宮，因著這樣一件微不足道的小事，太后就將淑妃禁足三個月，祁昱萬分詫異，可想到昨日趙大夫人的異樣和匆匆託自己捎的信，他有些坐不住了，趕緊帶著孟海回了府裡，一個人急匆匆地進了書房，從懷裡掏出那封信，幾下子拆了封口，打開快速看了一遍。

「愚蠢！」看罷了信，祁昱氣得火冒三丈，在書房裡轉了一圈，喊了孟海進來，「等安平回來讓他馬上來見我。」

孟海應了一聲，祁昱拿起那封信又瞧了一遍，不由猜想道：難不成太后娘娘知道此事，故意攔著不許旁人給娘娘報信？可外頭剛發生的事，太后如何馬上就知道？

祁昱吩咐孟海：「太后娘娘喜歡全山烤鴨，一會兒你去提上兩隻給福壽宮送去，順便打聽昨兒太后都召見了誰。」

孟海應下走了，正好安平此時回來。

祁昱叫他進來問道：「今日你陪外祖母去大理寺，到底是怎樣一個情景？」

安平還很憤憤不平，「這薛連路好大的膽子，一點面子都不給。起初獄卒死活不肯放人進去，說是薛連路特意下的命令。我又去找薛連路，好話歹話說了一筐，他才勉強點頭，但也沒許趙大夫人單獨進去，而是一路陪著，趙大夫人什麼話都不敢叮囑，特意帶的棉衣裳棉被也沒讓留下。」

安平親自去，薛連路都不肯給絲毫方便，祁昱忍不住心焦。

趙家如何還是次要，他怕的是牽扯到母妃身上。按照信上所說，母妃手上可有一瓶血來紅，若是此事讓父皇知道了，只怕會重罰母妃。

「備車，我親自去見薛連路！」祁昱再也坐不住了，趙家的事雖小，但牽連甚廣。他原以為趙家老夫人是個頭腦清明的，卻不想辦出如此糊塗之事。若是處理不好，只怕是連他自己都撈不著好。

帶著三皇子府標誌的馬車一路暢通無阻地來到大理寺，可祁昱說要見薛連路時，大理寺的官員們客氣地說：「薛大人正在升堂審案，怕是一兩個時辰都不會出來。」

「不知是什麼案子？」祁昱勉強笑問。

想起趙家正是三皇子的母族，搭話的那個官員恨不得抽自己一嘴巴，可在三皇子似笑非笑的表情下，他也不敢糊弄，只能答道：「是趙家一個旁支子弟給瑰馥坊下毒一案。」

「罪證確鑿嗎？」祁昱淡淡地問道。

那官員猶豫了一下，說道：「此案是薛大人親自審理，具體情況下官並不知曉，只聽說下毒的那批胭脂是要送到宮裡的，徐家察覺以後特意留出來十瓶。薛大人從太醫院請了三位太醫過來，比對徐家送來的胭脂和從趙家繳獲的血來紅。三殿下來之前，太醫們剛出了文書，據說胭脂裡頭確實含著血來紅。」

祁昱臉色相當難看，轉身上了馬車直奔趙家，也不等人通報，一路闖進了趙老夫人的臥房，此時趙家幾位老爺夫人都聚集於此正在商量對策。

祁昱見狀勃然大怒，忍不住罵道：「你們趙家做的好事，倒牽連到我母妃身上！」

「娘娘怎麼了？」趙老夫人掙扎著起來問道。

祁昱一把將拆開的信丟過去，看了眼趙老夫人，冷哼道：「昨日老太太遞了進宮的牌子，惹了太后不快，罰母妃在福壽宮外頭跪了半個時辰，並且禁足三個月，我今日進宮，連母妃面都沒能見著。」

趙老夫人聞言，一下子癱在床上，險些昏過去。

祁昱更是惱怒非常，「如今怕了？當初做這事的時候怎麼不怕？還敢往送進宮的胭脂裡下毒，我看你們都是活膩了！」

「不是送進宮的胭脂！」趙老夫人忙說：「我特意囑咐了，是往外頭賣的胭脂！」

祁昱略一思索就明白了原委，冷笑道：「好個徐家，這是想趁機把此事捅到御前嗎？」給宮妃的用度下毒，給趙家十個膽子也不敢。皇上一旦震怒，下令嚴查，說不定順著蛛絲馬跡查到趙家的頭上，而瑰馥坊外賣的胭脂就不用擔心了，只是趙家沒想到大理寺卿薛連路會為徐家出頭。

「殿下，這可怎麼辦啊？」趙家上下頓時手足無措起來，一個個都沒了轍。

看了眼趙家眾人，祁昱臉色鐵青，「這事我來辦，你們都老老實實的，一個個待在家裡，別上竄下跳地給我添亂。」

趙家上下聽到此話，都鬆了一口氣，恭恭敬敬地將祁昱送到馬車上。

馬車駛出胡同，來到熱鬧的街面上。

車夫看了眼安平，安平隔著簾子小心翼翼地問道：「殿下，咱們去哪裡？」

祁昱閉著眼睛，沉思了片刻，方說：「我記得翰林院旁邊有一處酒樓？去那裡訂個雅間，再請徐翰林出來喝上一杯。」

「是！」車夫調轉了方向，驅使著馬車朝翰林院方向駛去。

……

徐鴻達看著站在自己面前的安平，露出一抹嘲諷的笑意，拱了拱手道：「下官和三殿下素來沒什麼來往，不知怎麼突然想起請下官吃飯了？」

沈雪峰也湊了過來，更是說得直白：「岳父大人飽讀詩書，難道不曾聽說過一句話：無事不登三寶殿。三殿下定是有事才會找你，難不成真會平白無故請你吃酒不成？」

安平臉上的笑容險些維持不住，他看著徐鴻達和沈雪峰，陰陽怪氣地問道：「徐大人這是不給殿下面子了？」

「哪能呢？」沈雪峰笑得不懷好意，他看著徐鴻達請示道：「岳父，那家酒樓新上的烤羊腿滋味很足，不如咱們一起去嘗嘗？」

安平看著沈雪峰自說自話就要跟著去，忙攔道：「沈大人，殿下只請了徐大人一人。」

沈雪峰懶洋洋地推開安平的手臂，「有事女婿服其勞，也不知三殿下有什麼要緊的事需要我岳父大人去做。只是我岳父年紀大了，老胳膊老腿的不扛折騰，我得幫襯著些，免得誤了三殿下的大事。」

老胳膊老腿的徐鴻達怒目而視。

沈雪峰心虛地別開了臉。

安平冷笑一聲，「沈大人多慮了，殿下不過是想請徐大人說說話，沒有什麼事吩咐。」

沈雪峰恍然大悟，「既然沒什麼見不得人的，為何我不能陪我岳父同去呢？」

安平耐著性子又說了一遍：「殿下只請了徐大人一人。」

沈雪峰笑得開心，「那是三殿下不知道我在，若是知道，他定會請我的。我成親那日，三殿下親自來寒舍喝了喜酒，我怎麼也得當面向三殿下道一聲謝才是。」

場面一時僵持住了，安平將視線投向徐鴻達，徐鴻達卻連瞧都沒瞧安平，只是悠閒地看著旁邊擺的兩盆金桔。

安平憋了一肚子的火，可也知道如今趙家被徐家拿住把柄，為了宮裡的娘娘，為了三皇子，安平只得把這口氣憋了回去，又扯出一個笑容，「既然沈大人執意要跟著，咱家也不好攔著。徐大人、沈大人，請吧。」

徐鴻達終於將頭轉了回來，也露出笑來，「請公公帶路。」

蒲泉樓是最近新開的酒樓，裡頭的烤羊腿和烤鴨乃是一絕，沈雪峰打前幾天來吃過一次後就念念不忘，一路上絮絮叨叨不停地介紹。等到了酒樓，還沒進雅間，沈雪峰就先叫來掌櫃吩咐：「烤上十隻羊腿、十隻鴨子，五隻送徐翰林府上，五隻送沈太傅府。」

掌櫃應了一聲，沈雪峰故意道：「等我去吃了酒回來給你算銀子。」

安平扯了扯臉皮，道：「三殿下請吃酒，哪有讓沈大人自己掏腰包的道理？」

安平叮囑掌櫃：「記天字一號帳上。」

掌櫃響亮地應聲，親自將幾人送到了三樓雅間。

祁昱坐在雅間的主位上，端著茶杯想著如何說服徐鴻達放棄追究趙家的罪責。

敲門聲響起，祁昱立刻露出和善的笑容，「進來。」

安平打開門，縮著頭不敢看三皇子，快速回報：「稟殿下，徐大人和沈大人來了。」

祁昱一愣，可看著安平的神色、沈雪峰臉上明目張膽的笑容、徐鴻達漫不經心的神態，還有什麼不明白的。他放下茶杯，笑道：「二位大人請坐。」

徐鴻達和沈雪峰施了個禮，一左一右坐在方桌的兩側。

安平為幾人倒上茶水，小二將菜餚端上桌，最惹眼的是最後上來的熱氣騰騰的烤全羊。為怕羊肉涼了吃了有腥味，整隻羊羔串在一個鐵架子上，下面的爐子裡還燃燒著炭火。

將掛著烤羊羔的爐子放在旁邊一個小案上，安平攆了小二出去，自己立在鐵爐旁邊，預備著給幾人切割羊肉。

那羊羔被烤得滋滋作響，油花落到炭上發出一股焦香，沈雪峰聞著味覺得口水都快出來了，當下道：「不用那麼麻煩，將桌上做樣子的那些菜挪一邊去，把這個烤全羊擺中間，我們自己邊吃邊割才爽快恣意。」

看著安平詢問的神色，祈昱擺了擺手，安平叫了小二來，將桌上的菜挪走，把烤全羊搬了上去。沈雪峰叫小二再拿幾柄小些的銀刀來，先挽了袖子割了一盤子烤得流油的羊肉來，接著放下刀子，端著盤子站了起來。

祈昱身為這屋子裡地位最尊貴的人，又從小被伺候慣了，下意識以為沈雪峰割的這盤子羊肉是給自己的，剛要笑著說兩句客套話，就見那噴香的羊肉被送到了徐鴻達的面前。

沈雪峰狗腿地為徐鴻達斟了酒，討好地道：「這頭羊肥嫩，烤出來聞著比那羊腿還香，岳父大人先嘗嘗。」

徐鴻達看著女婿如此孝順，心裡十分舒坦，夾了塊羊肉放進嘴裡，當真是外焦裡嫩，滿嘴流油。沈雪峰回到位置上，又快速割了一盤子。

祈昱見狀已不抱期待了，果然沈雪峰很自然地將羊肉送進嘴裡，叫了句好。

蒲泉酒樓的全羊在烤炙前就一層層刷過調料，又經過兩天的醃漬，烤出來滋味十足，不需沾什麼作料就非常可口。沈雪峰吃了一盤，又拿小刀繼續割羊肉，還不忘問祈昱：「三殿下怎麼不吃？可是不合口？」

祈昱握起拳頭輕咳一聲，抬頭看了安平一眼，安平立刻過來替他割一盤羊肉。

祈昱夾起一筷子放進嘴裡，只是他心事重重，再美味的羊肉在他嘴裡也味同嚼蠟，放下筷子，他端起了酒杯。

見徐鴻達和沈雪峰兩人真的像是來吃飯一樣，吃了羊肉吃烤鴨，別說客套話了，就是連頭也不抬一下。祈昱按捺不住，先端起酒杯敬了個酒，二人喝了以後又分別還酒。

三杯酒下肚，祁昱委婉地問道：「聽說徐大人家有個叫瑰馥坊的胭脂鋪子？」

徐鴻達放下捲著烤鴨的小餅，拿帕子擦了擦手，「是內人拿嫁妝銀子開的鋪子，難得殿下這等貴人也知道，可是三皇子妃喜歡內人鋪子裡的胭脂？」

沈雪峰插話道：「聽說鋪子最近生意火爆，許多人家都買不上胭脂。三殿下不用擔心，咱們是老交情了，雖然不能給您打折，但是讓皇子府插個隊先買倒是沒問題的。」

祁昱見這沈雪峰吃肉都堵不住嘴，跟著瞎攪和，不禁少了幾分耐性，索性說道：「我來找徐大人，是為了瑰馥坊被下毒的那件事。」

沈雪峰和徐鴻達聞言彼此對視一眼。

徐鴻達拿起捲好的烤鴨放進嘴裡，沈雪峰又繼續割他的羊肉。

「徐大人……」見這兩人不把自己放在眼裡，祈昱心中有了幾分怒氣。

端起酒盅喝了一杯，徐鴻達拿帕子擦了擦嘴角，說道：「殿下可是來為趙家求情的？」

祁昱忙道：「我聽聞此事後立即去了趙家，找了趙家的老夫人和當家太太核實。此事完全是那旁支所為，想走邪門歪道的路子打壓瑰馥坊好討好本家。這事證據確鑿，那小子確實抵不了賴，只是趙家畢竟是我的母族，若是此事鬧大了不僅宮裡的淑妃娘娘心裡不自在，就是本殿下臉上也難看。好在下毒的胭脂並沒有流出去，還請徐大人看在沒有人受害，趙家嫡支也不知情的分上，高抬貴手，放趙家一馬。」

徐鴻達輕笑了兩聲，回道：「趙家嫡支是否知道此事下官並不知曉，具體的案情自有大理寺審理。只是殿下有一句話說的不對，這毒胭脂沒有害到人是因徐家的防範好，並不是饒恕趙家的理由。若是這批下毒的胭脂沒有被發現，被人買了回家去使，後果怎樣，想必殿下清楚得很。不知到時候是不是殿下也能替徐家挨個上門道歉，說看在只毀了臉並沒有鬧出人命的分上，放徐家一馬？」

祁昱被徐鴻達犀利的言辭堵了回去，頓時氣紅了臉，他拿起酒盅一口飲盡，又道：「鬧出此事的源頭是趙家和宮裡十來年的胭脂生意到了瑰馥坊的手裡，趙家這才偏激了些……」

徐鴻達聞言笑得更開心了，打斷了三皇子的話語，「這瑰馥坊的生意是皇上的口諭，難不成趙家對皇上有所不滿？趙家也就罷了，殿下也如此說，不知皇上知道了會作何感想？」

祈昱像是被人塞了一顆雞蛋似的，氣得臉紅脖子粗，當即厲聲道：「吾並無此意，還請徐大人不要妄言。」

徐鴻達呵呵了一聲，把祁昱的話堵回去。

祁昱看著割一刀放嘴裡一片肉的沈雪峰，看著滿臉嘲諷的徐鴻達，對自己這個沒有實權的皇子身分相當惱怒。如今他對這件事的處置確實有些無措，大理寺表明了要秉公辦理，徐鴻達一個從五品的官員就敢對自己冷嘲熱諷，絲毫不把自己皇子的身分放在眼裡。至於沈雪峰，整一個混不吝，時不時甩來一個諷刺的眼神，著實讓人心塞。

想了一圈，實在找不到能幫襯自己的人，自己要權沒權要人沒人，以往不過是仗著皇上的疼愛、淑妃的盛寵，宮裡宮外才給自己幾分面子。如今這事淑妃自己難保，找父皇？想把此事鬧到皇上面前的大理寺和徐家，自己恨不得永遠不讓父皇知道此事才好。

祁昱看清了事實，姿態又放低了幾分，「需要賠多少銀子，徐大人開口就是，我給趙家擔保，不管是賣房子賣地，絕對不讓他們少徐府一兩銀子。」

徐鴻達搖頭笑著給三皇子斟了一杯酒，平心靜氣地說：「這事不是多少銀子的事，趙家就是給我一座金山也沒用。」

「徐大人，凡事留一線比較好。」祁昱放在桌上的手不由握緊了，手背上青筋暴起，顯露了此時他難以壓抑的暴躁心情。

「殿下。」徐鴻達似乎沒有瞧見一般，說起話來仍是慢聲細語的，「有句話咱們打小就學過：己所不欲，勿施於人。趙家在給徐家的胭脂裡下毒的時候，就沒想過要給徐家留後路，如今事情敗落了，倒想起凡事留一線來了？如果今日這事趙家和徐家反過來，不知趙家是不是會給徐家留一條是生路？或者是直接趕盡殺絕？」

祁昱看著徐鴻達，虛情假意的話在嘴裡轉了一圈又嚥了回去。

徐鴻達冷笑兩聲，又道：「這血來紅只需一滴就能毀人容貌，一百瓶摻了血來紅的胭脂無論是送進宮去還是送到京城各家府邸，其後果都不是徐家所能承擔的。我被罷官還是事小，只怕一家大小都得流放甚至連命都保不住。殿下，您覺得您讓我放過趙家合適嗎？」

祁昱滿嘴苦澀，心中惱怒趙家做下的破事害自己顏面盡失，也生氣徐鴻達將自己的臉面放在地上踐踏，絲毫不留情面。見此事沒有迴旋餘地，祁昱只能退了一步，「此事已有罪魁禍首，還請徐大人和薛大人美言幾句，不要牽扯無辜。」

徐鴻達冷聲道：「我相信薛大人會秉公執法，不會放過有罪之人，也不會牽扯無辜。」

祈昱聞言一窒，深深地看了眼徐鴻達，「徐大人如此不近人情，就不怕得罪本殿下？」

徐鴻達笑道：「下官只想討一個公道而已。」

言已至此，沒有再談下去的必要，祁昱起身拱了拱手道：「兩位大人慢用，本殿下另有要事，先行一步。」

徐鴻達二人起身將祁昱送到門口，目送著祁昱走下樓梯，沈雪峰忽然說了一句：「殿下到樓下時可別忘了把飯錢結了，我出來得急，沒帶銀子。」

祈昱踉蹌一下，險些摔下樓梯，好在及時抓住了安平才站穩了身子。他惱羞成怒地回頭瞪了沈雪峰一眼，沈雪峰笑嘻嘻地伸出油爪子朝祁昱揮了揮手。

祁昱眼裡險些噴出火來，憤憤地轉身走了。

掌櫃報出了讓祁昱非常鬱悶的高價，安平付了銀子，追出去低聲向祁昱解釋道：「沈雪峰額外點了十隻羊腿和烤鴨送回家去了。」

祁昱擺了擺手，不想聽這些，安平倒是有些愁眉苦臉，「往日府裡的開銷有一大半是趙家給的銀子，若是趙家……」安平的話沒說完，話裡的意思卻很明顯，趙家若是因此事倒了，只怕三皇子府就要捉襟見肘了。

祁昱努力將煩躁的情緒壓制住，閉上眼睛思索了片刻，睜開眼睛道：「去薛連路的府上，不管等到多晚，今天務必要見他一面！」

安平也不敢提沒遞帖子的事，事出緊急，顧不上許多了，連忙催著車夫往薛府趕去。

◆　◆　◆

自打青青從胭脂裡查出了血來紅，擔心有漏網之魚，將三號作坊的容器換了一遍不說，又挨查驗了一番剩餘的胭脂。

青青忙著瑰馥坊的事，自然沒功夫進宮。親自和太后說了緣由後，整日在各個作坊裡忙碌。太后心疼青青勞累，又厭煩罪魁禍首的趙家，特意把薛連路的夫人叫進宮盤問詳情。

青青發現血來紅後，徐家就是求的薛夫人，因此薛夫人非常清楚前因後果，便將青青怎麼發現的，又出了主意設套，請了鎮國公府的侍衛暗地裡跟蹤，聽到了趙家和那管事約定的時間地點，提前防備，這才人贓俱獲抓了個正著。

太后聽了以後滿口誇讚青青聰慧，話裡話外厭棄趙家，並鄭重交代薛夫人說：「瑰馥坊一部分胭脂是進上的，若是宮妃用了含著血來紅的胭脂，後果難以想像。趙家雖是三皇子的母族，但此事牽扯甚廣，妳回去轉告薛大人此事一定要嚴格查辦，任何人求情都不行。」

太后看著薛夫人，一字一句地說道：「包括三皇子！」

薛夫人應了一聲，也不知是不是薛夫人在這事上幫青青搏得了太后的好感，太后特意留她用了午飯才讓她出宮。

薛夫人的馬車剛進巷子就瞧見一輛馬車停在了自家門口，三皇子從馬車下來，薛夫人的車也正好停了下來。

見穿著誥命冠服的薛夫人從馬車上下來，祁昱心裡一沉，臉上努力擠出笑容，問道：「薛夫人這是進宮了？」

薛夫人回了一禮，請三皇子到前廳喝茶，說道：「昨日太后傳出口諭宣我今日進宮。」

祁昱有些忐忑不安，試探著道：「平日裡皇祖母倒是很少叫命婦進宮的。」

薛夫人在福壽宮穿著冠服坐了一上午，早就疲憊不堪，懶得打機鋒，「太后娘娘叫我進宮說的是瑰馥坊胭脂一案，太后特意吩咐轉告我家老爺，此事要嚴查，不許任何人求情。」

祁昱只覺得眼前發黑，腿腳發軟。安平連忙扶住他，祁昱這才沒摔倒在地。

看著薛夫人面帶憐憫的表情，祁昱滿臉苦澀，勉強拱了拱手就要告辭。

看著一直意氣風發的三皇子如此消沉，薛夫人善意地勸告道：「殿下何必非要蹚這渾水？照如今來看，趙家已難以脫罪，殿下該多想想自己才是。」

祁昱心裡苦澀，強笑地謝過薛夫人的好意，便踉蹌著上了馬車，癱軟在座位上，彷彿渾身的力氣都被抽走了。

趙大老爺已等了一個下午，見到祁昱回來，顧不得請安，追問道：「事情如何了？」

祁昱連看都沒看趙大老爺一眼，木然道：「我無能為力了，讓你家老太爺想法子吧。」

趙大老爺看著祁昱決絕的背影，頓時傻了眼。

幾日後，趙家下毒一案審理完畢。

太后親自將這事告知皇帝，大理寺的案宗便送到了御前。

盛德皇帝翻看著案宗，越看臉色越黑，等到看完整個案宗已是勃然大怒，將案宗往桌上摔，問道：「剩下的那瓶血來紅在何處？」

薛連路叩頭回道：「趙玉成也說不確切，只說多半已被趙家帶進了宮。」

盛德皇帝滿臉鐵青，「將淑妃帶來！」

安明達親自去傳了旨意，淑妃聞言一掃病容，容光煥發地道：「勞煩安公公稍等，待本宮換身衣裳補補妝容再去見駕。」

安明達推開秋銘遞過來的荷包，正色道：「娘娘，皇上吩咐您立刻見駕。」

淑妃見狀心裡有些打鼓，只能匆匆披了一件厚厚的披風，便上了轎輦。

寒風呼呼吹著，淑妃抱著懷裡的手爐，總覺得心神不寧。想起這半年來的失寵和接連禁足，彷彿走了背字一樣，就沒一件順心的事。

安明達路過皇上的寢宮時並沒有停，而是直接去了御書房。

淑妃娘娘問道：「皇上這會兒不忙嗎？若是知道皇上在書房，我該帶些湯羹來的。」

安明達走在轎輦前，彷彿沒有聽到一般，腳步連頓都沒頓一下。

淑妃微微皺了眉頭，越發感到不安。

轎輦很快停在了御書房的門口，安明達這才回過身來，看著淑妃下了轎輦，逕自到門口回道：「皇上，淑妃娘娘來了。」

「讓她進來。」低沉的聲音裡帶著絲絲的火氣，淑妃暗自叫苦，不知道自己哪一樁事惹了皇上不快，此時也不由她多想，只能快步走了進去，行了大禮，「臣妾給皇上請安，吾皇萬歲萬歲萬萬歲！」

「淑妃！」盛德皇帝沒有叫起，而是直接喚了她的名號。淑妃詫異地抬起頭來，這才發現御書房內並不止皇上自己，還有一位大人坐在一側。

「淑妃，妳可知道血來紅？」盛德皇帝開門見山問道。

淑妃沒有提防，臉上閃過一絲驚慌之色。

「看來妳是知道趙家給瑰馥坊下毒一事了？」盛德皇帝冷哼一聲，「趙家命婦頻繁進宮，是不是就在與妳商議此事？」

淑妃心中宛如一團亂麻，不知如何辯解，想了想，如今也只有這張臉能利用了，便微微低了一點頭，露出和聖文皇后最像的一面，故作委屈的神色，哽咽道：「臣妾不知皇上說的什麼，臣妾冤枉！」

在一起相處二十年，盛德皇帝如何會不知道淑妃的那些小手段，只是以往淑妃不過是用來搏自己歡心，並沒有做什麼傷天害理的事，因此只由著她去，他也從中獲得不少慰藉，如今淑妃在和趙家做了這樣的事後，又擺出酷似聖文皇后的表情，不免讓人既厭煩又惱怒。

盛德皇帝拿起茶盞砸在淑妃身上，「妳算什麼東西，憑妳也配學望舒的模樣？」

淑妃被打了個正著，捂著手臂，疼得落下淚來，卻不敢再做扭捏之態。

盛德皇帝不再看淑妃，而是下了一道口諭：「安明達，徹查淑妃的寢宮！」

淑妃臉上現出深深的絕望。

……御書房的地龍燒得滾熱，淑妃依然冷得瑟瑟發抖，她癱跪在地上，兩眼直愣愣地看著地面。時間似乎過了很久，又似乎只有一瞬，安明達帶著四個小太監進來，每人手上都有一個托盤。安明達捧著的正是血來紅。

即使早有心理準備，淑妃仍是感覺頭暈目眩。

盛德皇帝示意安明達將血來紅交給薛連路，「薛大人看看，可是這個東西？」

薛連路打開蓋子看了看顏色，聞了聞味道，方才回道：「回皇上，正是此物。」

盛德皇帝站在淑妃面前，低頭睨著她，「淑妃，妳是準備拿這東西害誰啊？」

淑妃的眼淚簌簌往下掉，一句話也不敢說，只能拚命搖頭。

盛德皇帝看了她一眼，踱步回到寶座上。安明達示意第一個小太監將托盤呈上來，盛德皇帝伸手拿過來一瞧，原來是一本帳冊。帳冊的紙張已有些發黃，看的出有些年頭了。

盛德皇帝翻了翻冊子，裡面寫了收買宮女太監的帳目，平時三五兩的打賞不在裡頭，這上頭動輒就是一二百兩開銷，後頭寫了明細，有讓陷害的，有收買下藥的，甚至最大一筆五百兩竟然買了他曾經一個小昭儀的命。

盛德皇帝還記得那個小昭儀，不過十五六歲，天真爛漫，似乎從來沒有煩惱般。他喜歡她眼中的純潔無瑕，被她崇拜的眼神一瞧，彷彿什麼煩心事都沒了。可惜這樣一個可兒人，僅陪伴了自己一年，就在滿天飛雪的時候踩到一片薄冰頭撞在假山上，當場香消玉殞了。

盛德皇帝想起那個小昭儀，心裡仍然有些不是滋味。

想不到那樣一個可愛的女孩，居然就死在這個惡婦手下。

盛德皇帝閉上眼睛，好一陣子才緩過神來。

第二個太監低頭呈上第二個托盤，上頭擺著一個穿著精緻衣裳的娃娃，上面扎著幾個銀針。盛德皇帝掃了一眼，頓時勃然大怒，「居然連巫蠱也弄出來了，妳好大的狗膽！」

淑妃見了這幾樣東西，面如死灰，垂著頭跪在那裡一聲不吭。

盛德皇帝伸手將巫蠱娃娃拿到手裡，赫然發現上頭寫著「徐嘉懿」三個字。因女孩子的生辰八字只有交換庚帖的時候才會給婆家，旁人是無法得知，因此巫蠱娃娃上沒有生辰，只是淑妃為了詛咒更靈驗些，寫了翰林院侍讀學士之女的布條。

盛德皇帝拿著娃娃的手直哆嗦，指著淑妃喝道：「嘉懿那樣小的一個孩子，每回進宮也是陪著太后說話，哪裡得罪了妳，妳居然用這麼惡毒的手段害她？」

似是知道自己沒什麼好下場了，淑妃反而膽子大了些，她抬起頭看盛德皇帝，臉上露出諷刺的笑容，「她怎麼沒得罪我？她長成那個模樣就是得罪了我。我若不先下手為強，等以後她進了宮，哪兒還有我的好日子過？」

盛德皇帝指著淑妃憤怒至極，「憑這樣一個莫須有的猜測，妳居然就敢用巫蠱？趙家給瑰馥坊下毒，是不是也是因為徐嘉懿？」

淑妃仰頭長笑，眼淚滑落下來，「趙家給宮裡供了十年的胭脂，嬪妃們沒一個說不好用。偏生那徐嘉懿來了，家裡又有胭脂生意，皇上就能把這買賣從趙家奪走交給徐家。這幾十年宮裡的採買皇上就沒問過，如今為了一個小丫頭片子，就能如此不顧我的臉面，皇上心中可還有我？可還有昱兒？」

盛德皇帝握緊了拳頭，「所以給瑰馥坊下毒一案，看來妳是知情的？」

「是，我知道！」淑妃看著盛德皇帝，「是我給祖母出的主意，本來想著一個從五品的小官，鬧出這種事來肯定撈不著好，卻想不到徐鴻達有幾分臉面，還能請來薛大人替他出面，倒是我小瞧他了！」

盛德皇帝深深地看了眼淑妃，「昱兒一直為趙家奔走，這胭脂的事他是不是也知道？」

淑妃這才有些慌亂，連忙搖頭道：「昱兒不知道，這些年我和趙家確實做了些齷齪事，但是一直避開昱兒，他……」淑妃垂下淚來，「他不過是心疼我罷了。」

盛德皇帝冷哼道：「簡簡單單的心疼二字就能如此善惡不辨、是非不分，枉費了朕多年對他的教導，朕當真失望至極！」

淑妃慌忙地往前爬了幾步，朝著盛德皇帝砰砰地磕頭，「皇上，這一切都是我指示趙家做的，與昱兒無關，還望皇上明察！」

盛德皇帝冷酷地下了一道旨意：「淑妃心胸狹隘，為人惡毒，暗害嬪妃，又膽大妄為，公然違背宮中禁令，行巫蠱之術，罪該當誅！」

淑妃渾身抖得像篩子，她不敢置信地看著盛德皇帝，彷彿不相信他會下旨處死自己。她忽然慌亂起來，不停地磕頭，「皇上，不可啊，皇上！若是臣妾被處死，昱兒該如何自處？求求您，皇上，請看在昱兒的面上，饒了臣妾！」

「這會兒想起昱兒來了？」盛德皇帝略帶笑容的表情在淑妃眼裡宛如惡魔一般，「妳當初做下這些事時，怎麼沒想到昱兒？」

淑妃哭得眼睛血紅，一臉絕望，「皇上，你居然為了那個小丫頭，要把臣妾和昱兒送上絕路？她還沒進宮呢！」

盛德皇帝怒從心起，起身一巴掌就將她搧倒在地，又一把揪住她的頭髮從地上拽起來，冷笑道：「不妨告訴妳，朕從未想過讓嘉懿進宮，在朕心裡，她就像我和聖文的女兒一樣。」看著淑妃錯愕的眼神，盛德皇帝笑得很開心，「朕早和太后商議過，等嘉懿及笄後，朕會親自給她選一門好親事，朕還會封她做縣主，做郡主，做公主，以後太子繼位，朕會留下遺詔，封嘉懿為長公主！妳連給她提鞋都不配，還妄想與她比肩？」

狠狠地往地上一擲，淑妃狼狽地摔倒在地上，還沒等她撐起手臂，盛德皇帝一字一句地說道：「貶淑妃為庶人，杖斃！」

兩名太監上前架住了淑妃往外拖走，淑妃掙扎著哭喊著，「皇上，求您讓我見昱兒一面，求您讓我再見昱兒一面……」

盛德皇帝拿起茶盞喝了口茶，漫不經心地看著淑妃飽含期待的眼睛，「像妳這麼惡毒的人，怎麼配有皇子？妳放心，等妳死了以後，我會將昱兒記到孟昭儀的名下。妳害死了孟昭儀，就讓妳生的兒子給孟昭儀當孝子吧。」

「不要，皇上，求求您，臣妾錯了，臣妾錯了啊……」淒厲的聲音響徹整個庭院，震飛了站在枯枝上的烏鴉。淑妃被拖到專門行刑的地方，被太監粗魯地拽下了褲子，小臂粗的棍子重重打在淑妃的腰背上，不過二三十下，淑妃就被打得奄奄一息。

「母妃……」祁昱發瘋似的衝了進來，看著趴在行刑凳上的淑妃，哭著將披風解下來蓋在淑妃身上，他顫抖著手輕輕托住淑妃的臉，「母妃，母妃……」

「昱兒……」淑妃眼中已失去神采，蒼白的嘴唇艱難吐出三皇子的名字。

看著淑妃越來越虛弱的氣息，祁昱驚慌失措地回頭，「傳太醫，趕緊傳太醫啊！」

安明達看著瘋狂的三皇子，嘆了口氣，「殿下，皇上已下了旨意，您別讓老奴為難。」

「什麼旨意？」祁昱一邊緊緊地握住淑妃的手，一邊回頭問安明達：「什麼旨意？打成這樣還不夠嗎？父皇還要怎樣？」

安明達輕聲道：「皇上賜了娘娘杖斃。」

杖斃？

恍如晴天霹靂一般，祁昱傻住了，他驚愕地看著安明達，「杖斃？母妃做了什麼事要被杖斃？她可是四妃之一啊！」

祁昱回過頭，緊緊地摟住淑妃，「母妃不怕，兒子這就去求父皇！」

「昱兒！」淑妃毫無氣力地手抓住了祁昱的衣角，她虛弱地看著已長大成人的兒子，臉上露出哀求之色，「不要去，就在這裡陪陪母妃……」

祁昱的眼淚滴在淑妃的臉上，摸著淑妃越來越涼的手，泣不成聲，「是兒子沒用……兒子沒保護好母妃……」

淑妃搖搖頭，勉強抬起手背擦去祁昱臉上的淚水，「等母親不在了，你要好好照顧自己。不要想母妃，也不要再管趙家，母妃只希望你能好好的，平平安安的就好。」

看著祁昱，淑妃有一千句一萬句想叮囑他，卻沒有時間一一訴說了。

淑妃握住祁昱的手，認真地囑咐：「以往你仗著皇上的寵愛，和太子不太和睦，以後萬不能再這樣。記得對太子要恭敬，要退讓。」

祁昱哭著點頭，「兒子知道，母妃放心……」

淑妃捏了捏祁昱的手，又叮嚀道：「母妃去後，無論你父皇下什麼旨意，你都要遵從。母妃不希望你為了趙家為了母妃被你父皇厭棄，母妃只希望你能好好活著。」

「嗯嗯嗯……」祁昱一邊哭著點頭，一邊摟住淑妃的肩膀。

淑妃側過頭看著祁昱的臉，心中既滿足又難過。

此時說後悔已晚了，可她真的很悔，為什麼這麼沉不住氣，生生將自己作到這種地步？她也恨，恨趙家行事不謹慎，牽連到自己，害自己喪命。

力量一點一點地流失，淑妃覺得有些睜不開眼睛了，她心裡告訴自己不要睡著，可再怎麼努力，眼皮也慢慢閉了起來。只遠遠地聽見哭喊聲，似乎昱兒在拚命叫著母妃。她想要再聽一聽，卻什麼聲音也沒有了。

盛寵二十年的淑妃就趴在這行刑的凳子上嚥下了最後一口氣。

原本這種杖斃的罪妃通常拿草蓆子一裹扔在亂墳崗裡就成，可祁昱抱著淑妃的屍身哭得泣不成聲，死活不肯不撒手，安明達只能到御書房回稟皇上。

盛德皇帝聽到祁昱半路出現，皺了皺眉頭，「他是怎麼知道的？」

安明達進來之前就打發徒子徒孫們打聽清楚了，忙說：「聽說三殿下進宮向太后請安，路過淑妃的寢宮時，見把守的太監不見了，裡面亂成一通，他便往御書房來。有個小太監不知道輕重，聽三殿下問淑妃，便給指了地方，三殿下便追來了。」

「人抓住了嗎？」盛德皇帝寫著聖旨，頭也沒抬地問。

「抓到了。」安明達說：「拘在柴房裡，打發了兩個人看著他。」

「杖斃吧！」盛德皇帝輕描淡寫地吩咐了一句。安明達應下，又等著皇上關於淑妃屍身的處置。盛德皇帝嘆了口氣，語氣難得寬和了幾分，「淑妃到底生養了三皇子一場，就讓他把淑妃的屍首帶走，隨便找個地方下葬吧。」

安明達應了一聲，躬著身子退了出去。

雪花一片片落下，淑妃被賜死的消息頃刻間傳遍整個皇宮，還不等眾嬪妃打聽出緣由，又聽說淑妃的父親被抹了官職，趙家人有的被打入了死牢，有的被流放，已經沒什麼人了。只讓人稱奇的是，三皇子都滿二十歲了，居然被皇上記到了一個死去多年的昭儀名下。

一時間，皇宮裡議論紛紛，眾嬪妃都窩在宮裡，誰也不想這時候去伺候聖駕，就怕哪句話說錯了惹怒皇上，連太后聽說此事後都叫盛德皇帝去福壽宮斥責：「淑妃雖有大錯，但也生養了三皇子，怎麼就給杖斃了？」

盛德皇帝冷笑，「母后不知道她做了多少噁心人的事，殘害其他嬪妃不說，居然還行巫蠱之術，給嘉懿下了詛咒。好在她不知嘉懿的八字，這才不靈驗。朕這輩子就這麼一個女兒，倒險些讓她害了去。」

太后皺眉道：「淑妃死有餘辜，但哪種賜死不行，你也太粗暴了些，讓三皇子情何以堪？日後如何在朝中立足？」

盛德皇帝說道：「母后不知他做的糊塗事，趙家下毒原本沒他什麼事，他非得往自己身上大包大攬，怕顯不出他來一樣，當真是愚蠢至極。朕有七個兒子，哪個也沒他那麼蠢，我看他就老老實實當個普通的皇子罷了，想必往後也不會有什麼大能耐。」

太后嘆氣，「也不知你這麼冷清冷心的到底隨了誰，哀家瞧你除了聖文外，旁的人都沒放在心上。三皇子好歹也是你疼了多年的兒子，就這麼捨棄了？」

盛德皇帝略過三皇子的話頭不提，笑著摟住太后的肩膀，「朕哪有冷情冷心？朕心頭上最重要的人就是母后了。」

太后嗔怪地看了他一眼，忍不住說道：「早先你對太子也是一陣好一陣孬，弄得太子快三十歲的人了，看見你還像老鼠見了貓似的，以後萬不能這樣了。」

盛德皇帝忙說：「朕知道，以往是朕糊塗了，一想到望舒的死就忍不住怪在太子身上，可再想想望舒拚了命給朕留下了她的血脈骨肉，朕哪能對他不好？」

太后點點頭，「你明白就好。」

寒風瑟瑟，天氣越發寒冷起來，青青就像一隻小倉鼠，整日窩在暖洋洋的屋子裡不肯出來，連宮裡也不去了。寧氏想著青青過了年就十三了，再等幾年也到了成親的年齡，也就這幾年逍遙自在些，便由著她去，還免了她早晚的請安，一日三餐更隨著她在屋裡吃。

青青雖不出門，但她屋裡一直很熱鬧，藍藍和丹丹兩個剛學了打絡子，時常帶著各種顏色亮麗的線來找青青配色。青青在女紅方面比較懶散，不肯在上頭多花費功夫，一年到頭也就做些福袋，再做幾個香囊。

這幾天，青青悶了，琢磨著給徐婆子做抹額，激動的徐婆子一天來瞧三回，逢人就說：「我當我這輩子只能穿青青做的襪子了，沒想到還能見到她做的抹額。」

可惜青青做的活計太慢，徐婆子從一開始的興奮到後來的絕望，每天一來先問一句：「我過年時候到底能不能戴上這新抹額？」

青青一邊做著針線，一邊保證：「保准您過年能戴上。」

抹額的圖案是青青自己畫的「鳳穿牡丹」的花樣子，牡丹花的色彩豔麗，層次分明，繡到抹額上就費事了，繡幾針就要換顏色。徐婆子看那匣子，單單紅色的線從深到淺便有十餘種。徐婆子看青青繡幾針瞅一瞅再來幾針，急得直冒汗，「也不用這麼仔細，能戴就行。」

青青不肯依，「這馬上過年了，祖母戴我的抹額出去吃席，若是好看倒還罷了，倘若繡得呆呆板板，多丟祖母的面子。」

徐婆子聞言，滿面笑容，「妳說的也是，子裕他祖母說等到正月時候，她家請那有名的戲班子來唱戲，還邀我去聽，到時候我就戴妳的抹額去。」

青青詫異地看了徐婆子一眼，「鎮國公夫人的孝期還沒過吧？請戲班子合適嗎？」

徐婆子一邊看著丫鬟劈線，一邊說：「哪有老的給小的守孝的？不過是應個景罷了。」

青青咬斷線頭，又換了一個略淺些的紅色，提議道：「其實咱們家也能唱戲，雖請不來那些知名的戲班子，但是請幾個吹拉彈唱的倒也容易。」

徐婆子笑道：「其實就看一個熱鬧，認真聽起來，誰知道唱的啥，倒不如找個女先說書好聽。」喝了口茶，她又說：「我在鎮國公府也聽了幾回書，還不如青青講的故事好聽呢！」

青青想起鎮國公府的老太太專聽後媽爽文的愛好，忍不住問道：「如今子裕的後母都沒了，老夫人還聽惡毒後母的故事不？」

「不聽了。」徐婆子說：「說是聽膩煩了。倒是妳上回講了個什麼窮小子修仙的故事，老夫人聽上了癮。只是妳講了個開頭就沒再去，老太太又叫那些女先講。我聽著不對味，什麼撿了個神仙的鞋吃了個仙丹就成仙了，聽著不痛快不說，也沒什麼意思。」

青青道：「最近閒著沒事，練字時就寫那窮小子修仙記來著，如今已寫了厚厚的一疊，不如找個女先來讓她背下來，回頭講給您聽，您瞧著如何？」

徐婆子笑說：「那敢情好，要是女先講得好，我就帶她去鎮國公府請老太太聽。」

既然說定了，徐婆子就叫人送信給徐鴻飛，讓他找個女先來家裡。

徐鴻飛正愁自己親娘整天不著家，光往人家跑，一聽說母親要聽女先說書，連忙答應了，屁顛屁顛地去找。只是如今城裡有名頭的都被達官貴人家訂走了，眼下天氣冷，那些夫人都喜歡在家裡聽個書聽個曲啥的。

徐鴻達轉了兩天，最後從一個有名的女先手裡花了一百兩銀子買了個叫畫眉的小女孩回來。畫眉十歲的年紀，跟著女先學過幾日，知道些門道，口齒伶俐不說，說話也十分逗趣，難得的是認識不少的字。

將那孩子領回家，先給徐婆子講了一個街面上時興的故事。

徐婆子咂了咂嘴，依然覺得沒什麼意思，便催著青青說：「把妳寫的那話本拿給畫眉，讓她學會了好講給我聽。」

青青遞了厚厚一疊紙，畫眉略翻了翻，笑道：「原來咱們家姑娘是個才女，我瞅著姑娘寫的故事比那些書生們寫的好看多了。」

徐婆子聞言洋洋得意，「這世上的東西就沒咱們家青青不會的。」

青青道：「我都臉紅了，祖母竟說大實話。」

眾人聞言哄堂大笑起來。

隔壁朱府，朱子昊被拎著練完一遍五禽戲後，一臉憂鬱地嘆了口氣，「青青姊啥時候來看咱們倆啊？你說，她都不想你嗎？」

朱子裕照著朱子昊的腦門就拍了一下，「又想你青青姊做的吃食了吧？咱們家是短你吃了還是短你喝了，你咋和沈雪峰似的，見了徐家的飯菜就走不動道？」

朱子昊用一種「你不懂」的眼神看著朱子裕，「咱們家廚子做的菜雖然好吃，但是比起青青姊做的似乎少了點什麼？如果隔三差五能吃上一回青青姊做的湯，那簡直太美好了。」

朱子裕道：「呵呵，想得美，我都捨不得讓青青給我做飯呢，你小子算哪根蔥？」拎起朱子昊，朱子裕一腳把他踹出門外，「再做一遍五禽戲！」

朱子昊毫無形象地趴在門上，「哥，我錯了！哥，我再不讓嫂子給我做飯了！」

朱子裕聞言忍不住捂著嘴，嘿嘿地笑個不停。

嫂子什麼的，太順耳了！

……

自打朱子昊無意中刺激了朱子裕一回，打那以後每天除了一套五禽戲外，朱子裕親自給朱子昊加了一套基礎拳法，每天把朱子昊訓練得鬼哭狼嚎的。現在朱子昊一見他就恨不得跪下抱他大腿，「哥，我覺得我的身子骨已經好多了，要不，我還是回去讀書吧？」

朱子裕露出了和善的笑容，看得朱子昊猛打哆嗦，「我覺得還是練拳法比較好，哥的決定是英明的！」

朱子裕滿意地點點頭，拍拍朱子昊的後腦杓，「去沐浴吧，一會兒咱們涮火鍋吃，你青青姊叫人送來的火鍋鍋底。」

喜歡吃青菜的朱子昊，壓根兒不知火鍋是什麼，但不妨礙他對火鍋的期待。只吃了幾次青青做的飯菜，朱子昊就堅定地認為，只要是青青姊做的，哪怕是大白饅頭都好吃。

朱子昊蹦蹦跳跳地消失在屏風後頭，朱子裕已吩咐廚房趕緊準備東西。

天莫道：「正好今兒莊子上送來了一頭鹿，剛剝了皮十分新鮮，不如切一塊烤了吃。」

朱子裕想起青青最愛吃烤肉，忍不住說：「我去請青青，看她要不要過來。」

天莫看著他家少爺一掃之前臉上的鬱色，幾步竄到牆頭上，當下趕緊將手放在嘴邊，學起布穀鳥的叫聲。

青青閨房的窗子咯吱一聲被打開，裹得嚴嚴實實的青青探出頭，看著站在牆頭上的朱子裕，笑道：「你又鬧什麼？」

朱子裕說：「莊子上弄了頭鹿來，請妳來吃烤鹿肉。」

青青眼睛一亮，「好，我一會兒就過去。」

朱子裕喜不自勝，樂呵呵地從牆頭跳下來，扭著屁股，哼著曲回了屋子。想著青青吃烤肉時候喜歡綠油油的小生菜，又打發人去暖房摘些新鮮的生菜來。

青青穿著披風，帶著丹丹和藍藍兩個來到了朱府。丹丹和藍藍七歲了，但還沒到旁人家做過客。一聽說青青要帶她們去隔壁吃飯，興奮得小臉都紅了。

聽說是吃烤肉，青青便帶了自己做的辣白菜，還特意調了幾味醬料。等三人來到暖閣，就見一個斗大的銅鍋擺在桌上，煮開的鍋底咕嘟咕嘟冒著氣泡，散發出又香又辣的味道。

旁邊小案上擺著一個燒得很旺的炭盆，上面的鐵絲網上放著幾個地瓜，表皮已經乾皺，看樣子已經烤熟了。

丹丹和藍藍嘴甜地叫了聲哥哥，就脫下大衣裳，一臉期待地看著炭盆上的烤地瓜。

朱子裕笑道：「我想著妳愛吃烤地瓜，就放了幾個小的上去，這會兒不知好了沒？」

青青洗了手，拿長筷子將地瓜都夾到盤子裡，摸著沒那麼燙後拿起一個小心翼翼地將皮剝去，只見裡頭的瓤黃中帶著紅，散發著香甜的味道。

丹丹摟著青青的手臂叫道：「姊，給我嘗嘗。」

青青將地瓜放到丹丹嘴邊，丹丹咬了一口，連呼幾口熱氣，點頭說：「好吃！」

青青又遞給藍藍咬了一口，笑著道：「一會兒還有火鍋和烤肉，妳倆就分吃這一個吧，省得占了肚子一會兒吃不下好的，又該哭鼻子了。」

藍藍將地瓜接了過來，皺皺鼻子道：「我和丹丹都多大了，哪會哭鼻子，姊竟瞎說！」

青青又剝了一個地瓜，剛要吃就看朱子裕可憐兮兮地望著自己。

青青看了眼滿盤的地瓜，忍不住說：「那裡不是還有嗎？」

朱子裕眨眨眼睛，認真地說：「一個吃不下，占肚子，要不，咱倆分著吃？」

青青紅了臉，看了眼你一口我一口吃得香甜的丹丹和藍藍，不由瞪了朱子裕一眼，將手裡剛剝好的地瓜遞給了他。

朱子裕笑嘻嘻地接過，又遞到青青嘴邊，「妳嘗嘗香不香甜。」

青青看了眼沒有注意到這邊的兩個妹妹，順勢咬了一口。

朱子裕捧著地瓜，笑得一臉滿足。

幾個人剛吃完地瓜洗了手，沐浴好的朱子昊過來了，一見到青青就興奮地衝過來，「青青姊，妳好久沒來了。妳要是再不來，我就要死在我哥手裡了……」

話還沒說完，朱子昊就被朱子裕的手臂給夾住了脖子。

朱子昊兩隻手扒住朱子裕的手臂，艱難地說道：「即使死在我哥手裡也甘之如飴！」

青青噗哧一聲笑了出來，「好好的孩子幾日不見越發會耍寶了。」

朱子裕見青青笑得開心，這才鬆開朱子昊。

朱子昊竄到青青身邊說：「我哥翻臉像翻書，再不拍點馬屁，我怕我招架不住。」

青青笑了笑，把兩個妹妹介紹給朱子昊認識。

看到比自己還小的女孩子，朱子昊立刻靦腆了，紅著臉作了個揖，有點手足無措。

各種肉片端了進來，幾人圍著圓桌坐下，朱子裕先下了兩盤羊肉。

由於青青煮的鍋底比較辣，丹丹和藍藍兩個一邊吃一邊喝水，朱子昊更是連辣都沒吃過的，夾了一筷子頓時涕淚直流，可是又鮮美又香辣的滋味卻留在了口中，一副想吃又不敢吃的樣子惹得青青哈哈大笑。

見朱子昊饞得沒法，朱子裕便讓廚房用老湯吊了個鍋底，單獨放在一個火鍋內讓他自己涮著吃。偏生朱子昊吃過了辣的，嫌這老湯滋味不足，乾脆從辣鍋裡撈出肉來，再到清湯鍋裡涮上一回，吃得滿頭是汗。

眾人各樣涮菜都吃了一回，移坐到火盆旁，小廝端上鹿肉片。青青將鹿肉片夾到火盆的鐵板上，說道：「這個太瘦，再切些肥嫩的羊肉和牛肉來，有上好的豬五花也來一盤。」

小廝跑到廚房，不一會兒就用食盒提來各種肉片。此時青青已烤好了一盤，拿水嫩的生菜葉子包了烤好的肉，又抹上自己特製的醬料，給每人都包了一個。

朱子昊吃了一個烤肉卷，香得眼睛都亮了，連忙自己拿筷子又包了一個。

朱子裕心疼青青忙活半天一個都沒吃，連忙包了一個，遞到她嘴邊。

青青兩隻手都忙著，下意識低頭咬了一口，朱子裕又趕緊夾一筷子辣白菜送到她嘴邊。後知後覺的青青這才發現不對，看著一邊吃烤肉一邊用詭異眼神看著自己的妹妹們，理直氣壯地將辣白菜吃了。

在朱子裕滿足的神情裡，青青將夾子遞給了他，樂呵呵地吩咐：「你烤，我吃！」

朱子裕將手裡青青吃了一半的烤肉塞進嘴裡，含糊不清地說：「妳只管吃就是。」

這邊烤著肉，青青看到旁邊擺的各樣食材裡居然有幾穗新鮮的玉米，驚奇地道：「這個時節怎麼還有玉米？」

朱子裕笑道：「秋天時候特意讓人存了一些在冰庫裡，想著冬天吃個新鮮。」

青青讓人再端一個火盆和架子來，然後用長筷子穿玉米，放在鐵架子上烤。烤一會兒就刷一層蜂蜜，等小半個時辰過去，烤熟的玉米焦香金黃，抹的蜂蜜像融化了的水晶一樣，晶瑩剔透地裹在玉米上，讓人垂涎欲滴。雖然幾個小的都吃得很飽了，但第一回看見烤玉米，一個個眼睛都直了。

青青拿刀將玉米切成幾段，分給大家一人一塊。

朱子昊三口就啃完了，一邊叫著好吃一邊又眼巴巴地道：「青青姊，再給我一塊？」

青青說：「不是說你脾胃弱？再吃要壞了肚子。」

朱子昊爽快地拍了拍鼓起來的腹部，「原本是比較弱，但這陣子被我哥給折磨得刀槍不入了，我前兒還喝了一碗涼水都沒鬧肚子。」

青青遞給他半個，說道：「雖然身子骨強了，可大冷天的還是不能喝冷的，若是積住了可不是鬧著玩的。」

朱子昊一邊啃一邊點頭，等吃完了玉米，這幾個人都抱著肚子坐在椅子上直喊哎喲。幸好青青早有準備，從荷包裡取出大山楂丸，一人吃一粒。

朱子裕讓人撤了桌子和火盆，領著幾人在屋裡轉圈。

等消了食，青青準備帶兩個妹妹回家。

朱子裕戀戀不捨地道：「難得出來一趟，再坐一會兒嘛！」

青青笑道：「這身上又是火鍋又是烤肉的味，我坐不下去了，得回家換身衣裳才行。」

藍藍是個好熱鬧的，提議道：「不如請子裕哥和子昊哥到我們家玩。我聽說畫眉昨日給祖母講了一段書，十分有趣。趁著這會兒有空，不如讓她給咱們也說一回。」

朱子裕顧忌著自家在孝期，平白無故直接上門不太好。

青青說：「無妨，沒那麼見外的，我祖母這一陣子不也經常到你家去？」

朱子裕這才點頭，只是眾人吃了火鍋和烤肉，衣裳都沾了味道，還得換衣裳。青青帶著兩個妹妹先回家，等換好了衣裳，重新梳了頭，朱子裕兄弟兩個也來了。

如今天短，徐家上下都不敢歇晌，吃了飯略歪一歪就起來了。

幾個人到了徐家，徐婆子聽了動靜忙把人叫過來，朱子裕帶著弟弟向徐婆子請了安。

徐婆子拉著朱子裕說：「你好幾個月沒來了，我們家沒那麼多忌諱，你還照常來就是。」又看著旁邊乖巧的朱子昊，問道：「這是你弟弟？我倒聽你祖母提過，只是第一回見。」

朱子昊靦腆地笑了笑，徐婆子說：「我家裡也有幾個和你差不多大的孩子。」說著，叫人把幾個男孩子叫來。

王氏的兒子徐澤天、寧氏的兒子徐澤寧都與朱子昊一樣大，三人見了面，往那一坐，就說起了四書五經。朱子昊從小被他娘教得讀書都快讀成了個書呆子，他原本覺得讀書有趣，可這陣子練武後，再聽那兩人說起功課，居然覺得索然無味起來。好在沒多久，徐澤然和徐澤宇兩個小的也來了，氣氛才又熱烈起來。

徐婆子聽說他們要聽書，就讓人叫了畫眉來，又叫人擺上水果、點心、乾果等物，隨口吃著，不至於無聊。

畫眉的記性很好，來了沒半個月就記住了大半本書。她雖然年紀不大，但聲音清脆，說起故事來也有腔有調的，一會兒功夫幾個孩子就聽住了，連青青也聽得津津有味。

幾個孩子聽了一回嚷著不夠，還讓畫眉繼續講。青青讓人給畫眉拿了潤喉的茶，讓她吃了兩塊果子，休息了片刻再繼續講，一直到天色暗了下來，朱子裕才回過神來，匆匆地和徐家人告了別，趕緊帶著弟弟回鎮國公府。

朱子昊聽得如癡如醉，在馬車上還在發愣，回了家，兩人向老太太問安的時候，朱子昊迫不及待地說起在徐家聽的話本。老太太一聽，居然是自己最喜歡的修仙故事，也不顧天色已晚，當即打發人去，邀了徐婆子明天帶著女先來自己家。

徐婆子聽見邀約，半是得意半是抱怨地說：「我還想著等畫眉把青青寫的都記住了，再去鎮國公府和朱老夫人顯擺，結果倒讓這兩個臭小子搶了先。」
眾人聞言都抿嘴笑，徐婆子還叫人熬了銀耳雪梨送去給畫眉，生怕她講多了聲音沙啞。
翌日，徐婆子帶著畫眉到了鎮國公府，早早等著的朱子昊抱著瓜子很期待地看著畫眉，可真等畫眉說起書來，朱子昊別說吃瓜子了，連眼睛都沒眨一下。
講了三回書，就已到了晌午，老太太留徐婆子用飯，又單獨叫人做了一桌酒席給畫眉吃。老太太一邊叫人把那蒸得軟爛的火腿蒸肘子夾一塊給徐婆子，一邊說道：「還是妳家青青寫的話本好聽，外頭女先講的實在是不中聽。」
徐婆子吃了口火腿，端起酒盅喝了一口，滿足地瞇起眼睛。
老太太也跟著喝了一口，又讓人夾炸乳鴿給徐婆子。
徐婆子拿起乳鴿腿咬一口，說道：「我想吃什麼就讓她們給我夾了，妳不用讓，我在妳這裡和在家一樣自在。」
老太太看徐婆子吃得香甜，這才慢慢把心中想了許久的話說了，「老妹子，妳看咱們倆這麼投緣，更巧的是我家子裕和妳家青青是同歲，又是打小就認識的，兩人時常在一處玩。我想著難得兩個孩子喜歡，不如早些把親事定下？」
徐婆子一愣，險些被乳鴿的骨頭卡住喉嚨，連忙從袖子裡掏出帕子捂著嘴咳嗽了好一陣才緩過來，她埋怨地看了朱老夫人一眼，「怎麼好生生的突然說這個，倒嚇了我一跳。」
老太太也驚了一身汗，看著徐婆子沒什麼大礙才鬆了口氣，叫丫鬟給徐婆子倒茶，又說道：「我家子裕打小沒了親娘，後娘一肚子壞水自己把自己治死了。我那兒子也不知明年能不能說上媳婦，就是再娶上一房，我也不敢把這幾個小的婚事都交給那後娘。其他的年紀小，就子裕一年大似一年了，我雖然是個老糊塗，但也知道孩子的心思。我琢磨著啊，先和你們說說，別把青青定出去，等子裕出了孝，我就找人上門提親去。」

徐婆子這幾年最擔心的是青青和子裕的婚事，雖然兒子大小也是個官，可比鎮國公府差得太遠了，她就怕鎮國公府嫌棄自己門戶低，到時候青青指不定多傷心，卻不想今日鎮國公府的老太太主動提出要結親，徐婆子面上雖繃著，心裡卻樂開了花。

見徐婆子半天不吭聲，老太太急了，「到底行不行，妳吱一聲啊！」

徐婆子這才矜持地點了點頭，「也中，只是孩子的父母都在，我得回去說一聲，中不中還得青青她父母說了算。」

老太太趕緊說：「那我等妳回話，若是成呢，往後就不給孩子相看親事了。」

徐婆子點點頭，高興地又喝了一杯，等回家的時候已是醉醺醺的了。王氏和寧氏聽說徐婆子喝醉了，忙過來伺候，一邊給她換了衣裳，一邊說道：「怎麼今日還喝上酒了？」

徐婆子拽住寧氏的手說：「青青她娘，我心裡高興。妳不知道，今天鎮國公府的老太太親自和我提了子裕和青青的婚事了，說等出了孝就請人上門提親。」

「真的？」寧氏聞言又驚又喜，忙問道：「怎麼好生生的說起了這事，我還以為等兩年才能說到婚事上呢！」

徐婆子晃了晃暈乎乎的腦袋，努力睜著眼睛，「我也不知怎麼回事，吃著飯呢，就突然提了起來，唬得我差點被骨頭卡死。」喝了兩口茶水，她便躺在被窩裡，勉強又說了一句：「早點把青青的親事定下來，我也好放心。」說著呼呼地睡著了。

此時的鎮國公府，老太太興奮地盤腿坐在炕上，把朱子裕從前院叫過來，顯擺似的告訴他：「好孫子，祖母給你定了一門親事。」

朱子裕剛坐穩，嚇得險些從椅子上摔下去，也顧不得狼狽，又急又怕地問道：「哎呀，怎麼能胡亂給人家訂親事呢？」可轉念一想，今天只有青青的祖母來了，頓時心裡七上八下，忐忑地問道：「祖母給我定的是哪家姑娘啊？」

「青青啊！」老太太一拍大腿，「這個青青姑娘可了不得，寫的話本那叫一個好聽，等她嫁到咱們家來，我就不愁沒有好故事聽了。」

朱子裕：雖然他很想娶青青，但是祖母這個理由好像怪怪的。

老太太笑著揪了揪他的耳朵，「是不是歡喜壞了？只可惜你太小了些，要不然就能早點把青青娶回來了。」

朱子裕可算找到知音了，拉著他祖母淚眼濛濛，「我左盼右盼，盼了三年，結果才十二。像沈雪峰就好命多了，等了三年，媳婦都娶回家了。」

老太太笑咪咪地看著他，「好歹有盼頭不是？等你娶了媳婦回家，到時徐老夫人還得來咱們家聽故事。」

朱子裕：難不成您老想起給我訂親事就是為了聽故事？

晚上，朱子裕正做著娶媳婦的美夢呢，朱子昊抱著被子溜了進來。他把朱子裕往裡推了推，自己躺在外頭蓋上了被。

朱子裕無語地瞪著他，「你幹啥？」

朱子昊一臉興奮，「哥，我想好了，我以後要好好練武，爭取早日鍛體。」

朱子裕：你是話本聽多了吧？

朱子昊頭枕著手掌，展開了暢想，「哥，你以後不要教我拳術了，我想學劍。我要人劍合一，成為最厲害的劍人！」

朱子裕點了點頭，「有志氣，想成為賤人的人真不多，恭喜你是第一個。」

傻乎乎的朱子昊沒聽出他哥的話外之音，期待地道：「哥，給我一本劍譜唄？」
朱子裕無語地看著他，「我沒有劍譜啊！」
朱子昊急得從床上坐了起來，「那你練的啥啊？」
朱子裕從枕頭裡拽住一本書遞給了朱子昊，朱子昊藉著燭光一瞧，只見上面寫著四個大字：以武入道。
朱子裕：……
朱子昊眼裡閃爍著光芒，「這一看就是修仙的祕笈啊，哥，你要成仙了！」
朱子昊沒察覺他哥鄙視地看著自己，反而珍惜地將書摸了又摸，塞回枕頭底下，「哥，你這祕笈哪裡買的啊，我想買一本劍譜。」
一想起祕笈的來源，朱子裕心頭一暖，「那是我第一次見到你青青妹的時候，我說我想挖一本武林祕笈，青青就找到一個山洞，裡面有個武魁星的神像，還有這本書。」
朱子昊猛地坐了起來，「今天講的書上就是這麼說的，我決定了，明天我就要出門和哥一起挖祕笈！我也要像哥一樣，走向修仙之路！」
朱子裕：誰他娘的和你這麼決定的啊！
被迫聽了一個晚上的「遠大理想」，朱子裕在天明的時候才迷迷糊糊地睡著，可是還沒睡足半個時辰，朱子昊就把他拽了起來，「哥，咱們挖祕笈去吧！」
朱子裕第一次有想給他弟弟跪下的想法。
子昊，我錯了，要不，你還是回書房去讀你的四書五經吧！

貳之章◆請旨殺敵爭軍功

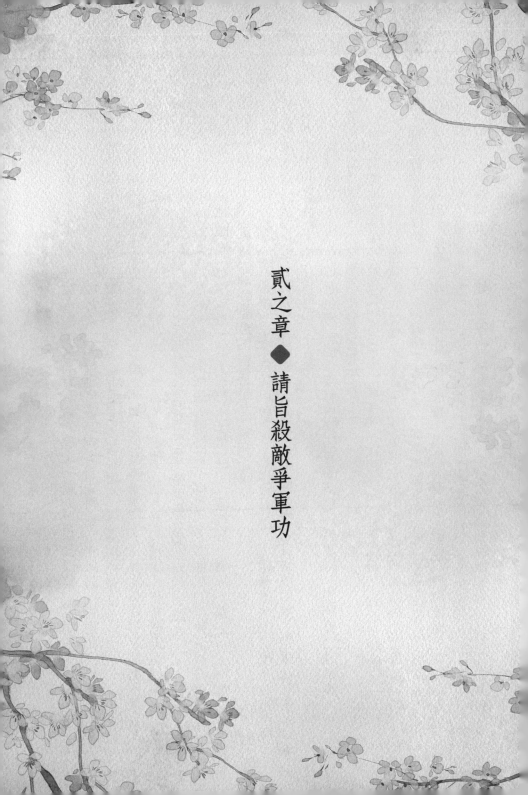

朱子昊聽了人生第一個話本後，突然有了新的追求，短期目標是要當一名劍客，長遠夢想著有一天能成劍仙。有了理想就要有行動，成為劍客首先得有一本劍譜，可他跑了好幾個賣書的鋪子都沒有劍譜賣，若不是人家掌櫃看著他衣著精緻，只怕會把他當傻子打發了。

買不到劍譜，朱子昊並沒有感到失落，畢竟按照話本上講的，這種大機緣不是隨隨便便在俗世就能遇到的，他得去荒郊野外尋找機緣，可是他一個九歲的孩子，在城裡逛逛就罷，去郊外肯定是不行的，於是在他眼裡武藝高超的哥哥朱子裕就是一個很好的領路人。

朱子昊有了想法便開始行動，朱子裕被他折騰得苦不堪言，天寒地凍的，整天被拽著往山洞裡鑽，連家裡的假山都沒放過。園子裡被朱子昊挖了一個坑接一個坑，偏生下了場雪又蓋住了，一天下來，在園子裡扭到腳的奴僕就有十幾個之多。

朱子裕那個悔啊，還不如讓朱子昊當個只會之乎者也的書呆子，起碼不會出這麼多么蛾子，可誰讓自己沒事找事，整天帶著朱子昊出去野，生生把一個老實到傻的孩子帶成了一個破壞力超強的皮孩子，如今後悔已來不及了。

折騰了幾日，朱子昊似乎也發現他哥沒有挖到祕笈的造化，給他哥一個鄙夷的眼神後，坐著馬車直奔徐家，來找寫話本的青青想主意。

青青驚愕地看著朱子昊認真問自己：「青青姊，我想找一本絕世劍譜，妳能幫我嗎？」恍惚間，青青似乎回到了六歲那年，當年一身狼狽的朱子裕也是如此的神情說著一樣的話。看了看旁邊頭疼的朱子裕，青青啼笑皆非，「你弟弟倒是和你像，連想法都差不離。」

如今朱子裕也知道自己當初的想法有多麼傻，這世上哪有什麼祕笈會隨隨便便埋在地下或是藏在山洞裡。當初青青能誤打誤撞幫自己找到一匣子書，簡直是老天爺開眼。

可是，他當初才六歲，如今朱子昊都九歲了，朱子裕對青青把自己和朱子昊相提並論表示不服，「我那會兒才多大，他都九歲了還信話本上的話，可比我蠢多了。」

青青笑著睨著他，「你也知道自己蠢了？」

朱子裕討好地看著青青，「我雖然蠢了一點，但是我命好啊，走投無路的時候遇到了妳，那會兒我都把妳當成我的神仙姊姊了。」

青青噗哧一笑，「現在還當我是神仙姊姊嗎？」

朱子裕嘿嘿地笑了兩聲，壓低聲音道：「如今妳是我的神仙妹妹。」

眼看著兩人你一言我一語說得熱乎，被無視的朱子昊傷心了，「青青姊，指個明路吧，那話本裡頭的窮小子到底在哪裡找到劍譜的啊？」

朱子裕背對著朱子昊，悄聲對青青說道：「糊弄他兩句，十天半個月他就忘了。」

青青心領神會地點了點頭，走到一旁的棋盤旁，抓了幾個黑子往上一撒，佯裝推算了一番，這才說道：「你出了外城門往東走八里，再往南走七里，到了地方，往西走三百步，就能找到絕世劍譜了。」

朱子昊喜出望外，怕自己記不住，還特意借了紙筆抄寫下來。

看著親弟弟的蠢樣，朱子裕捂著臉簡直不忍直視。

可弟弟是親的，再蠢也得跟著，萬一丟了，他爹能扒了他的皮。

朱子裕匆匆告辭，臨走時囑咐青青，話本裡千萬別寫什麼空間法寶了，他怕自己那蠢弟弟會毀了家裡所有的玉器。

看著朱家兩兄弟轉眼就跑沒了影，青青啞然失笑，一回頭就看見藍藍兩眼亮晶晶地看著自己，「姊，啥是空間法寶啊？」

青青：……

被妹妹拽著不依不饒非得問個明白，青青終於明白了朱子裕的感受。有這樣這個弟弟（妹妹），真是打死捨不得，不揍不一頓又難受。

青青被鬧得一個頭兩個大，不敢說得仔細了，這麼大的孩子可是什麼都當真，只能告訴她說：「話本上的事都是假的，誰信誰是傻子！」

藍藍猶豫了一下，姊姊說的好像沒錯，確實都是編的故事，便將此事丟到腦後，拿了個針像模像樣地跟姊姊學繡花。

當天日落時分，藍藍的三觀就被顛覆了，只見滿身衣裳被刮得破破爛爛的朱子昊衝進徐府，身後跟著同樣狼狽的朱子裕。

青青看著臉上烏漆抹黑的朱子昊，遲疑地問道：「你這是鑽煤礦裡去了？」

朱子昊興奮地揚了揚手裡有些發黃的書，「青青姊，我按照妳說的，找到絕世劍譜了！」

青青開始懷疑人生。

朱子裕崩潰地從頭上拽下來一塊蜘蛛網，「找到一個破廟，裡面供著武魁星。走完三百步正好在武魁星神像前頭，這熊孩子把神像給挪了，裡面還真有個洞……」

青青什麼都不想說了，她真的只是胡謅的啊！

朱子裕摸了摸朱子昊的頭，說道：「不管怎麼說，我們兄弟倆的機緣都和武魁星有關。明日我拿出銀子來給武魁星重修廟宇，鑄個金身吧。」

兄弟倆彙報完今天的戰績，便匆匆走了，他們得趕緊回隔壁小院去沐浴換衣裳去。若是這副德行回家，只怕祖母會把兩人拘著再不許出門了。

僵硬地站在門口的青青，感受到身後熾熱的目光，恨不得奪路而逃，可惜她剛邁出去兩步就被藍藍攔腰抱住。

藍藍控訴地看著青青，「姊，妳騙人，話本說的明明都是真的！」

青青一臉真誠地看著藍藍，「他這是湊巧了。」

藍藍不為所動，看著青青的眼睛更亮了，「所以，空間法寶到底是什麼？」

青青：「……」

藍藍道：「在哪裡能撿到？」

青青：朱子裕，你兄弟兩個坑死我了！

好在青青沒有受太多折磨，因為沒兩天朱朱回來了。

在平陽鎮，新娘子有回娘家住對月的習俗，可在京城裡沒這個講究。朱朱作為新嫁娘，也不敢貿然提出回家，倒是沈雪峰看出了朱朱的心思，主動提出帶她回家住兩天。

年下沈夫人帶著大兒媳婦忙得焦頭爛額，各家的年禮，莊子、鋪子的對帳，哪一個也少不了她操心。聽說小兒子要帶朱朱回娘家，沈夫人笑道：「倒是我忘了這碴，該回娘家待幾日的。」又拉著朱朱說：「回家替我向妳祖母、母親問好。」

朱朱笑著應了，沈夫人又道：「多住幾日無妨，等小年前回來就行了。」說著收拾了一車禮物，讓他們往徐家去了。

寧氏正盤腿看帳本，聽說女兒女婿回來，登時帳也不瞅了，穿上披風就迎了出來。朱朱頭上戴著昭君帽，穿了一件紫貂皮毛的斗篷，和寧氏拉著手進了屋後，蜜糖解了朱朱的斗篷和雪帽去。

寧氏拉著朱朱細細地瞧，只見朱朱髻盤頂中綴滿了金珠釵、釧，身上著了一件摘枝團花大紅洋緞窄褙襖，外面罩了五彩緙絲石青銀鼠褂，下面著一條雲錦綯裙。再看朱朱眉眼，比起在家時長開了不少，以往只是白皙清秀，如今有幾分嫵媚，一瞧就知道過得極為順心。

寧氏拉著朱朱笑道：「這身衣裳倒沒見過，是嫁過去新做的？」

朱朱含笑點頭，「婆母說特意留的料子，就等我嫁過去好做衣裳。」

沈雪峰請了安，寧氏笑著問了沈家人好，打發人去徐婆子院子瞧，知道沒出門方才又帶著女兒和女婿過去。

朱朱有些驚奇，「這大冷的天，祖母還出去？」

寧氏笑道：「倒也不是天天出去，但十天總有五六天去鎮國公府。難得妳祖母和子裕他祖母投緣，整天有說不完的話，妳爹常說妳祖母比他當值還忙呢！」

朱朱道：「等青青以後嫁過去，只怕祖母得在鎮國公府住下。」

寧氏聞言忍不住笑了起來，悄悄和朱朱道：「前兒鎮國公府老夫人同妳祖母提起子裕和青青的婚事了，想著等子裕出了孝就上門提親。」

朱朱驚訝，「我還以為他倆的事有得磋磨，想不到這麼快就說到婚事上了。」

寧氏說：「若是子裕他後娘還在，肯定不會那麼順當。也是咱們家青青有福，還沒進門，她那後婆婆就把自己折騰死了，要不然我還真不放心把青青嫁過去。」

朱朱笑道：「朱子裕可算是得償所願了。」

說著話，三人來到了徐婆子屋裡，王氏、吳氏帶著孩子們也來了。成親前沈雪峰常來徐家，徐家一家老小都是極熟的，沈雪峰將特意給眾人帶的禮物挨個分了。

徐婆子舉著沈雪峰送的水晶眼鏡到處看，笑著說：「我瞅著鎮國公府的老太太也有一個，她有時候還舉著看兩頁書，我又不識字，給我倒瞎了這好東西了。」

青青湊過來道：「您可以舉著看我呀，好好看看我長得像不像您。」

徐婆子白了青青一眼，「我要是長妳這個好模樣，還嫁給妳祖父？早都到縣裡的官老爺家當太太去了。」

眾人聞言哈哈大笑，朱朱說：「幸虧您沒嫁給縣太爺當太太，要不然如今這麼舒坦自在的日子就便宜旁人了。」

徐婆子一琢磨，倒也是這個理，看看此時的自己，兒孫環繞，家裡出了官不說，還給自己掙得了誥命，頓時有些自得，「也就是我命好，能享著兒孫的福，妳瞅瞅妳祖父啥本事沒有吧，連享福的命都沒有。」

眾人原還怕徐婆子傷感，誰知她早看開了，腿一盤又說起古來，「我嫁給妳祖父的時候，咱們家那個不興旺啊，雖說有房子有地，但家裡沒人氣。也就是我命裡有福，旺了老徐家的人氣，妳瞅瞅打我生了三個兒子，咱們老徐家就破了這單傳的咒了吧，妳們哪家不是好幾個孩子，都是我帶的頭好。」

眾人啼笑皆非，徐婆子又拽過朱朱問：「妳成親也一個來月了，有信沒有？」

朱朱無語，連忙說道：「我婆婆說我太小了些，再養養身子，晚一兩年要孩子。」

徐婆子咂咂嘴，似乎是沒見過這麼開明的婆婆，忍不住瞅了沈雪峰一眼，又問朱朱：「那妳相公不著急嗎？他都二十的人了。」

沈雪峰笑說：「不急的，祖母，我好不容易把朱朱娶回家，正想過過小倆口的日子。」

在徐婆子的認知裡，不以生孩子為目的的夫妻生活都是耍流氓，可這條到了自己孫女身上就寬鬆多了，難得誇了她一句：「好命！」頓了頓，又說：「不比我差！」

沈雪峰陪著說了會兒話，便說要去隔壁看看朱子裕。

徐婆子點點頭，「去吧，等晌午時候叫那兩個孩子一起來吃飯。」

沈雪峰應了一聲，便熟門熟路地來到朱府。

過二門的時候，小廝給沈雪峰指了指方向，「兩個少爺都在練武場。」

沈雪峰緊了緊斗篷，到了練武場一瞧，朱子裕在和天莫、玄莫兩人對打，一招一式讓人看得眼花繚亂。朱子裕雖小，但打學功夫起就練的是正宗的心法，這些年每日天莫和玄莫切磋，彼此都有不少的提升。沈雪峰雖不懂武，但也瞧得出來朱子裕一個人和天莫、玄莫兩個打得不相上下。

北風呼呼地吹著，縱使沈雪峰抱著手爐，也覺得有些冷了，不由問陪著自己的小廝：「你們家小少爺呢？我先去找他喝茶。」

那小廝神情有些糾結，指了指練武場旁邊的一棵榕樹，「我家小少爺在那蹲馬步。」

沈雪峰順著小廝的手指瞧了半天，才發現樹下確實有一個人。沈雪峰走過去，發現朱子昊穿著一身黧色的短打，遠瞅著和粗壯的榕樹樹幹融為一體，怪不得沒瞧見他。

此時朱子昊在樹下蹲著馬步，身後背著一柄長劍，那劍似乎很重，壓得朱子昊的背部微微前屈，但他依然努力挺直腰背。

沈雪峰經常看朱子裕蹲馬步，可從沒見過背著劍的造型。

沈雪峰指著朱子昊問小廝：「他為啥背著劍，不嫌累嗎？」

小廝還未回答，就聽朱子昊很認真地說道：「因為我要成為一名劍客！」

沈雪峰：這孩子是被朱子裕給坑了吧？

估摸到了時辰，朱子昊站直了身體，活動了一下手腳，又將背上的劍拔出劍鞘，劍尖朝斜上方筆直伸著。沈雪峰看了眼鋒利的劍身，默默退後幾步，站到了一個安全的位置。

小廝看了看沈雪峰，也跟著往後退了幾步，堅定地站在沈雪峰的身後。

沈雪峰轉頭懷疑地瞅了瞅他，可那小廝十分敬業地低著頭，似乎只是為了遵守奴僕本分才站在沈雪峰後頭，並沒有拿他當擋箭牌的意思。

沈雪峰看到朱子昊舉著長劍的手臂直哆嗦，額頭上的汗水一串串流了下來。沈雪峰縮了縮脖子，抱著手爐，總覺得和朱子昊在兩個季節，看他實在有些撐不住，不忍心地說道：「差不多就行了，你才多大，別聽你哥瞎糊弄你。」

朱子昊嘴唇微白，但他強撐著搖了搖頭，一字一句地道：「我要成為劍客！」

「這孩子魔怔了啊？」沈雪峰回頭瞅了瞅朱子裕，正好見他一腳將玄莫踹飛在樹上，又將長矛抵在天莫的喉間。

沈雪峰下意識捂住自己的喉嚨，嚥了嚥口水，認真回憶了一下自己曾經對朱子裕種種的嘲諷，當即決定以後要對他好一些，千萬不要讓他有機會將那長矛伸到自己喉前。

朱子裕抹了把汗水，朝沈雪峰揮揮手，「沈大哥，怎麼有空過來？」

沈雪峰扯了扯臉皮，露出笑容，「陪你朱朱姊回娘家，正好來瞧瞧你。」

朱子裕帶著天莫和玄莫走了過來，沈雪峰指了指朱子昊，問道：「你弟弟是怎麼回事？怎麼像是魔怔了似的？」

朱子裕聞言樂得不行，「別提了，他聽了青青的話本著魔了，非得當劍客。我從我祖父的兵器房裡尋摸出這把劍給了他，打那以後，他吃飯睡覺都摟著不撒手。」

看了眼咬牙堅持的朱子昊，朱子裕眼裡閃過一絲自豪，「我剛把他拖出來習武的時候，他連五禽術都練不了幾招，等能做上一套五禽戲後，我教他拳術時他又是鬼哭狼嚎，可自打癡迷了劍術後，就像換了個人，往常蹲馬步最多一炷香，現在能撐到半個時辰了。我想我們鎮國公府以後除了我以外，又會多一名大將軍了。」

沈雪峰剛想嘲諷朱子裕厚臉皮，可瞧見不遠處那根長矛，又把話嚥了下去，點頭說：「你說的對，你倆都是大將軍！」

朱子裕：今天的沈雪峰有些怪怪的！

朱子昊又堅持了一炷香的時間，手臂終於垂了下來，他試圖將劍插回背後的劍鞘，可因手累得不穩，幾次都失敗了。沈雪峰看得膽戰心驚，就怕他一下子把自己戳了個窟窿。

沈雪峰用手肘撞了撞朱子裕，「你不去幫他嗎？」

朱子裕搖了搖頭，「自打他認定那把劍後，誰也不讓碰了。」

沈雪峰咋舌，「好好的書呆子，現在成了個武瘋子！」

因朱子昊每日練基本功的強度很大，朱子裕特意求青青開了活血化瘀的藥，每日等他練完武後都得泡上一回。趁著朱子昊泡澡的功夫，沈雪峰問起了剛才聽到的八卦，「聽說你祖母替你向徐家說親事啦？」

朱子裕聞言，臉上冒出止不住的笑意，「等我出了孝就上門去提親。」

沈雪峰見朱子裕洋洋得意，說道：「有件事我剛才沒在徐家說，倒是想給你提個醒。」

朱子裕見沈雪峰面色有些不對，不由也正色起來。

沈雪峰端起茶盞喝了口茶，神神祕祕地說：「前陣子宮裡淑妃被杖斃的事你知道嗎？」

朱子裕冷笑，「怎麼不知道？當初查下毒之人，我特意讓天莫帶著十個人分別追蹤作坊的管事和夥計，這才設計了後來那齣戲。」

沈雪峰道：「這個倒是小事，後來案子審了以後，又遞到了宮裡皇上面前，裡面牽扯了淑妃娘娘。大理寺卿薛大人和我父親是多年相交的好友，前幾日薛大人來我家找我父親喝酒，我聽到薛大人說……」

沈雪峰憐憫地看了朱子裕一眼，「那日皇上親自對淑妃說，以後要封青青做縣主、郡主，乃至公主，以後還要親自給她指婚。」

朱子裕宛如晴天霹靂一般，「青青哪裡惹著皇上了，怎麼皇上突然有這想法？」

沈雪峰嘆氣，「據說皇上覺得青青像聖文皇后，想把青青當作聖文皇后生養的公主。」

朱子裕無語，「青青出生的時候，聖文皇后去世好多年了吧？皇上……」他搖了搖頭，到底說不出大逆不道的話來，只能將話題轉移到自己最關心的問題上，「皇上有說想把青青許給誰嗎？難不成我得讓祖母去太后那裡求道懿旨不成？」

沈雪峰搖搖頭，「求懿旨倒好說，以鎮國公老夫人的面子，想必太后不會駁回。關鍵是，如今你沒出孝啊！」

朱子裕捶胸頓足，哀嚎道：「我這後娘死得也太不是時候了！」

沈雪峰身為一個混過官場的前輩，給朱子裕指點說：「如今你雖是三等侍衛，但一直是個虛職。咱們大光朝的武將不興丁憂一說，不如等過了年，你回稟皇上，認真當起值來。等做出些功績，也好讓皇上看得見你。」

朱子裕咬了咬牙，「若說出功績，對於我們習武之人來說，最好的法子就是立軍功。我聽我外祖說，最近雲南那邊又有些不太平，皇上準備發兵，你說我自請上陣殺敵如何？」

沈雪峰大驚，「別胡鬧，你才多大？縱使功夫再厲害，可到底缺乏對敵經驗。戰場上刀劍可是不長眼的，若是你有個好歹，讓青青怎麼辦？」

見朱子裕緊抿著雙唇不語，沈雪峰緩和了口氣，「剛才那事皇上只是私下說說，除了薛大人並無旁人聽見。等你出了孝先上門提親，難不成皇上還會硬阻攔你們不成？」見朱子裕臉色有些好轉，他又道：「再者說，青青離及笄還有兩年多的時間，你聽我的，好好當你的三等侍衛，其他的以後再說。」

朱子裕無奈地點了點頭。

……

歡歡喜喜地熱鬧了一天，到晚上準備歇息的時候，沈雪峰傻眼了，他心愛的小嬌妻開心地朝他揮揮手，拋下他獨自回了曾經的閨房，準備和親妹妹抵足同眠，說說悄悄話。

徐鴻達似笑非笑地揪著沈雪峰的領子，把他丟在前院的客房。看著嶄新的鋪蓋和床幔，沈雪峰悲傷得想哭，「人家想摟媳婦睡覺！」

解了外面的衣裳，沈雪峰一個人躺在被窩裡，縱使床鋪早放了湯婆子，沈雪峰還是覺得有些冷，只好摟緊了臂膀，翻來覆去過了許久，這才迷迷糊糊地睡著了。

也不知睡了多久，炭盆裡忽然啪啦一聲，蹦出一點火星，又緩緩地熄滅了。沈雪峰翻了個身，伸手一摟卻撲了個空，嚇得他猛然坐起來。看到四周陌生的一切，這才反應過來，自己這是在徐家。

許是聽到了聲音，外面守夜的小廝進來，恭敬地問道：「姑爺要喝茶嗎？」沈雪峰說了聲「好」，那小廝立刻倒了一碗熱茶來，遞給沈雪峰，又將屋裡燃得不旺的火盆挪了出去，換了兩個新的進來。

等小廝收拾利索，沈雪峰的睏意也沒了，想起自己在家的時候一伸手臂就能摟到朱朱，可現在手臂就是伸出去十尺去也搆不著二門，頓時感到無比悲傷。翻了個身，沈雪峰暗自決定，明天一定要回家。

到了翌日，打著哈欠的沈雪峰到徐婆子屋裡請安，看見朱朱依偎在徐婆子身側，臉上笑得十分開心。沈雪峰看著小媳婦的笑靨，也不禁露出笑臉。

徐婆子拍了拍朱朱，問沈雪峰：「昨兒忘了問你們，這會兒能在家住多久啊？」看了眼朱朱自在的神情，沈雪峰笑道：「能住到小年呢！」

徐婆子道：「那敢情好，正好讓青青給她姊姊開個方子，好好調理一下身子。」

正說著話，徐鴻達、寧氏夫妻兩個也來向徐婆子請安。

看著女婿精神萎靡的樣子，徐鴻達笑得歡，「昨晚沒歇好嗎？」以沈雪峰這些年和徐鴻達相處的經驗來看，他發誓他看到了岳父眼底的幸災樂禍。

委屈地看了媳婦一眼，沈雪峰說：「覺得有些冷，睡得不沉。」

寧氏說道：「客房一直沒人住過，缺少人氣覺得冷也是有的，不如……」

沈雪峰期待地看著寧氏，心裡不住地祈禱：不如讓朱朱陪我，兩個人一起睡就不冷了。

可惜寧氏沒猜到沈雪峰的心思，只說：「不如給你換條厚實的被子，再加兩個火盆。」

看著女婿快哭了的神情，徐鴻達樂不可支，奈何當天晚上他就笑不出來了，寧氏想和朱朱說些私密話，便攆了徐鴻達去跟女婿做伴。

徐鴻達委委屈屈地和沈雪峰睡在一間客房，晚上沈雪峰裹著厚厚的被子，聽著隔壁傳來的一聲聲嘆氣，忍不住哈哈大笑。

徐鴻達：誰家的女婿這麼惹人煩！

◆　◆　◆

冬去春來，萬物復甦，園子裡的積雪在不知不覺中已經融化。不經意間，迎春花冒出了嬌豔的花朵，只是春寒料峭，有時看著日頭足，但照在身上並沒有多少暖和的感覺。

二月二，不僅是龍抬頭的日子，更是皇太后的壽誕。

徐婆子和寧氏照例按品級穿上了冠服。縱使每回進宮都不敢吃不敢喝，又有各種規矩，但徐婆子依然甘之如飴。進宮向太后磕頭，可不是哪個人都有這個福分的。想著這事，徐婆子又琢磨著什麼時候回老家顯擺顯擺，也讓村裡那些婆子們羨慕一下。

徐婆子不知道，別說村裡，就是鎮裡縣裡的人都羨慕她，養了一個狀元兒子，又得了誥命，出入有丫鬟伺候著。在鄉親的嘴裡，那是整天吃山珍海味，穿著綾羅綢緞，享不盡的榮華富貴，當真是平陽鎮第一好命的老太太。

如今村裡鎮上有些閒錢的人家都送子孫去讀書，萬一考出個狀元，到時也能跟著去享福了。就連徐家資助的幾個本族子弟也十分珍惜來之不易的讀書機會，這些年已經出了三個童生和兩個秀才了。

徐家的馬車早就在門外候著，徐婆子、寧氏和青青上了一輛馬車。因車裡的火盆燒得熱呼呼的，青青一上車就解了斗篷，露出宮裡前幾日新送來的衣裳。

徐婆子看著青青，眼裡滿是得意，「妳這丫頭命好，我和妳娘是誥命才得以進宮向太后賀壽，妳瞧瞧妳，還是個丫頭片子，一個月進宮的次數比人家一年還多。」

青青打開點心匣子取出一塊糕點遞給徐婆子，笑說：「到宮門口還得好一陣子才能進去，祖母先吃點心墊肚子。」

徐婆子用帕子接著，一口就吃了一個。寧氏也跟著吃了兩個便不再動了，如今她雖不擔心青青了，但是自己每回進宮還是不由得有些緊張。

馬車緩慢行駛著，到了內城後越發難行起來。來到宮門口，前面的馬車堵得厲害，只能遠遠地停了下來。徐婆子、寧氏和青青叫跟車的小廝到前頭打聽著，若是宮門開了，幾個人再下車走過去。

等了不多時，小廝氣喘吁吁地過來。徐婆子三人下了車，步行到宮門口，一層層驗明了身分和腰牌，有專人領著這些誥命們統一往福壽宮去。

一路走著，倒是瞧見了不少熟人，沈夫人過來和徐婆子寧氏互問了好，也同楊老夫人及楊家的幾個太太問了安，徐婆子又一眼瞧見了有些走不動步的鎮國公府的老太太。平時進宮時，這些上了年紀的超一品誥命通常會賞個轎輦坐，可今日是太后的壽辰，萬事不得隨意，只苦了這些老人家了。

徐婆子囑咐了青青兩句，青青快步上前，伸手扶住了老太太的手臂。老太太回頭看是青青，不禁笑了，「妳跟著妳祖母來了？她在哪兒啊？」說著轉頭瞅了瞅也沒瞧見。

青青道：「我祖母和母親品級低，還在後面。看您一個人進宮，特讓我來攙扶您。」

老太太拍拍她的手，問道：「過年見了妳一回，這才大半個月，瞧著妳又高了些。」

青青笑得丹鳳眼挑了起來，「我娘也說過年新裁的衣裳，還沒下水就短了一寸。幸好留了邊，放下來熨一熨倒也看不出來，要不然哪有那功夫馬上做出衣裳來。」

老太太說：「子裕他哥倆也是，雖然我不管這些小事，但偶爾也聽丫鬟說，小姐們一季做一回衣裳就足夠穿的了，偏生兩個少爺一個月做一回衣裳到月底時候還得打饑荒，不但長得快，整天上竄下跳的也格外費衣裳。如今子昊整日跟他哥在外頭瘋，我原還擔心他身子受不住，可這兩個月不僅高了不說，飯量也大了。」

老太太似乎想起什麼有趣的事情，先笑了一回，這才說道：「昨兒也不知去哪兒了，回來就嚷著餓，我說也沒預備你們吃的，桌上都是老人家的口味。子裕還好，能穩住，就是抱著點心匣子不撒手，子昊也不顧那個，就著一晚爛蹄兒吃了兩碗飯，等廚房送來了菜，又吃了一盤水晶燒鵝、一盤子蒸餃，還喝了一碗粥。我還說呢，也就是我們這樣的人家，要是家境普通點的百姓，能被這兩個半大小子吃窮了。」

青青道：「我倒是知道他倆昨天做了什麼，這幾日一直聽見隔壁吵嚷個不休，我前幾天過去一瞧，子昊居然練開劍了，只是我也不知道他練的什麼，只練那簡單的幾式。子裕開始還不以為然，後來也不知怎麼想的，也找了一把劍也跟著學。」

老太太說：「這麼說倒是對上了，前天晚上吃了飯，子裕就四處找劍，原本他祖父不使劍，唯一那把還是殺敵的戰利品，如今給子昊使了。我聽說子裕快把前院翻了個遍，倒腦袋靈光了一回，想起年輕時候他祖父送過我一把劍。我一個婦道人家要那個做什麼，早不記得放哪裡了，兩個丫鬟翻了好幾本帳冊才找出劍來。子裕瞧見歡喜得不得了，抱著不撒手。」她嘆了一口氣，「我這兩個孫兒啊，都像他爺爺。」

青青笑道：「像老國公爺多好呀，那可是咱們赫赫有名的大英雄。等回頭子裕和子昊也成了大英雄，您老面上更有光。」

老太太又嘆氣，「什麼光啊名的，都是拿命掙來的，我寧願他們老老實實在家裡待著，也別再讓我白髮人送黑髮人了。」

見勾起了老太太的傷心事，青青連忙轉移了話題，「原來子裕說子昊並不吃肉的，可我和他吃了幾次飯，見他每回吃肉都吃得香甜，那日我們吃火鍋烤鹿肉，就他吃的肉最多。」

老太太道：「原是他娘總說會不克化，不許他吃，縱然給他吃點也是那種燉得軟爛的，他沒吃出肉的香甜來。現在整日跟著他哥吃睡，倒知道肉的好處了。」

青青忍不住笑了起來。

老太太和青青一路說著話，倒也不覺得累，一會兒功夫就到了福壽宮。

大太監蘇林笑咪咪地在宮門口迎著眾位誥命，見人來齊了，便說道：「各宮嬪妃正在給太后娘娘賀壽，只怕得勞諸位夫人略等一等。」

只是這烏壓壓的人都站在庭院裡也不合適，蘇林又道：「後殿搭了棚子，請諸位誥命們暫去那休息片刻。」

眾人不敢出聲，輕手輕腳地從迴廊穿到後殿去。

青青一瞧，說是搭了棚子，但因為要考慮採光，並沒有全部遮擋起來，只能略微避避風罷了。雖放了幾個火盆，可四周透風，依然不覺暖和。

蘇林將眾位夫人安頓好，這才來到青青跟前，小聲地道：「娘娘吩咐，姑娘來了還是到偏殿歇著，裡面的茶和點心都給您備好了。」

青青道了謝，又問道：「不知方不方便帶幾個人過去？」

蘇林笑道：「那是姑娘的屋子，姑娘做主便是。」

青青站得僻靜，蘇林說話聲音小，眾誥命雖看見兩人說話了，但不知道他們說的什麼。沒一會兒功夫，只見寧氏叫了沈夫人和楊家幾個夫人，徐婆子拉著鎮國公府老夫人的手，順著來路又回了前邊。

有那年輕好奇的也想跟著去瞧一瞧，看有沒有什麼好處，誰知剛走幾步就被太監攔了下來。太監面上雖帶著笑，語氣卻很強硬，不許她們胡亂走動。

青青帶著眾人來到前院，依然是悄悄的不敢弄出大動靜。守著偏殿的宮女看見青青，立刻打開偏殿的門。屋裡燒了地龍，又放著火盆，眾人剛進去，頓時一股暖意撲面襲來，冰涼的手腳算是緩過來了。伺候的宮女們人多卻不亂，有的給眾夫人倒上茶水，有的則端來一盤盤熱氣騰騰的點心。

這些夫人們多少都用了幾個，只茶水依然不敢多喝，小口小口地慢飲。

青青也吃了幾樣順口的，就放下筷子喝茶。

在偏殿伺候的大宮女悄聲回她，說摘兜帽的時候刮了一點頭髮下來，不如趁這時有空，再重新梳上去。若是這樣出去，只怕見太后的時候就失儀了。

青青聞言立刻站了起來，隨那宮女去了西次間，等出來的時候，已梳好了頭髮。除了進宮戴的釵、釧外，又多了一支明亮亮的紅寶石簪子，映得她小臉紅潤。

楊大太太喝茶時候，打量了一回整間的陳設，只見無論是屏風還是擺件，都是鮮亮的顏色，一瞧就是給小姑娘用的。原只聽說徐家二姑娘經常進宮，如今才知道有多受寵，太后居然將福壽宮的偏殿給了她這樣一個小姑娘使。見剛才青青隨意出入次間又換了頭飾的舉措，只怕裡頭都擱著她常備的東西。

坐了一會兒，宮妃們已經出來各自回宮換衣裳，太監們去後殿領著誥命們到前院候著。

楊大太太起身道：「我們也該出去了。」

伺候的宮女笑道：「夫人不必著急，太后娘娘還得吃點心，再略微歇息一會兒，只怕還得小半個時辰才能召見各位，您不妨多坐一會兒。」

楊大太太回想起初一時進宮的情景，可不是在外頭站了很長時間，腳都凍僵才被召見。

楊老夫人笑咪咪地看著青青說：「這回倒沾了徐姑娘的光了。」

沈夫人笑道：「可不是？往年一年也要進宮幾回，哪次也沒像這回這麼舒坦，還能坐在屋子裡喝著茶候著。」

徐婆子聞言十分自得，鎮國公府的老太太也是一副得意的神情，臉上就差寫明這是我孫媳婦了。沈夫人和徐家是姻親，楊家是朱子裕外祖家，沒什麼外人，因此眾人都笑了起來。

楊老夫人還打趣道：「我原說妳糊塗了一輩子，想不到老了倒機靈不少，知道給孫子選這樣一個好媳婦。」

老太太洋洋得意，「那是，嘉懿寫的話本可好看了。回頭有空妳到我家來，讓嘉懿她祖母帶著她家說書的那個丫頭給咱們說故事，別提多有趣了。」

楊老夫人：就知道不能對這老婆子期待太多！

風又大了些，站在日頭底下的誥命們還暖和些，站在邊上和前頭的就有些苦了。風格外大不說，又沒有陽光照著，渾身上下凍得發抖。只是這眾目睽睽之下，又是在宮裡，誰也做不出縮脖子搓手的樣子，只能努力在風中維持著自己的姿態。正有些堅持不住的時候，就見先前離開的那些人從偏殿裡出來了。

眾誥命：為什麼她們可以在偏殿休息？

細看那些人，鎮國公府老夫人、楊老夫人這種超一品的夫人就算了，楊家和沈家好歹算位高權重，剩下那兩個穿著從五品誥命服的是怎麼回事？

眾人在一眾誥命羨慕嫉妒恨以及十分困惑不解的眼神中各回各的位置站好。

青青是第一回跟著誥命進宮，初一那次她是一早來了，趕在宮妃前就向太后請了安然後出宮回家。她左右看了看，也不知道自己該站在哪裡，想了想，便跟在了母親身後。

這回只站了一炷香的時間，正殿的門就打開了，隨著大太監蘇林的一聲通傳，誥命們魚貫而入，向太后行了大禮。

太后等眾人磕了頭後方才含笑說了句平身，又道：「賜座。」

青青進來時還能跟著寧氏，可這回坐下就沒她的位置了，頓時有些尷尬。

太后一眼瞧見了她，笑道：「嘉懿到哀家這裡來。」

青青笑著走到太后身邊，太后拉著青青的手摸著她的手心熱呼呼的，便放了心，叫宮女搬個黃花梨嵌粉彩席心椅來放到自己下首，青青福了一禮便坐下了。

誥命們有的消息靈通的都知道，打夏天時候太后就常召一個女孩進宮陪伴，有那品級低的就有些錯愕，不明白那是誰家的姑娘。

南平太妃笑道：「這就是那位書香居士徐姑娘？我倒是第一回見，長得好模樣，怪道太后娘娘喜歡。」

太后道：「哀家就喜歡這樣嬌嫩嫩的小姑娘，看著就舒坦。妳們瞧她，長得好，會作畫，又下得一手好棋，羹湯做得也好。我常和錦瑟說，這樣模樣性情都好的孩子，又樣樣拿得出手，以後不知誰家有福娶了去。」

太后知道以青青的長相又經常進宮，難免會讓那些見過聖文見過淑妃的人心裡嘀咕，索性這回趁機挑明，也好以後給青青選個人品相貌都上佳的夫婿。

眾人看青青的眼神頗熱切，有的笑道：「說起來我家三小子倒和徐姑娘年齡相近。」也有的說：「我瞧著倒和我孫子匹配。」

鎮國公府的老太太頓時急了，「妳們可別和我搶，那可是我相中的孫媳婦！」

眾人聞言大笑起來。

太后笑道：「好了好了，等我們嘉懿及笄後再說，現在妳們都太著急了些。」

眾人笑著稱是，順著太后的話音又說起了新鮮的事。

坐了半個時辰，蘇林帶著眾命婦出來前往擺筵席的大殿，青青則留下來陪著太后更衣。見左右沒人，太后叫了青青到跟前，面帶憂色地問她：「雲南邊境戰事又起，皇上準備發兵前往雲南攻打緬甸。前幾日皇上和我說，鎮國公府的朱子裕上了摺子要求隨軍出征，皇上暫時將摺子壓了下來……」

話未說完，就見青青一臉震驚，太后嘆了口氣，摸摸她的臉頰說：「哀家召見了朱子裕，他和哀家說想爭些功勞風光娶妳進門，只是那戰場可是好去的？他的兩個哥哥當初不知比他強多少，都戰死在沙場上。若是旁人哀家也不操那個心了，可偏生是他。我聽人說，鎮國公府同妳家提了親事？」

青青點點頭，「只等他出了孝就上門提親。」

太后憂心道：「我就怕他有了什麼事情，以後可坑苦了妳。若是他非要上戰場，還不如讓妳母親重新給妳選個別人家的好兒郎。」

青青扯出一個笑，卻沒言語。

太后又說：「我知道妳常和朱子裕見面，等下回見了，妳也好生勸勸他。當時他祖父立了赫赫戰功，先皇封賞說三代不降爵，等以後他承爵，依然還是鎮國公。這爵位也有，皇上因他兩個哥哥也格外偏疼他一些，何苦非得去掙功？咱們大光朝那麼多武將，哪裡非得一個小孩子去沙場？讓他歇了這個心思吧！」

青青低下頭，語氣有些低落，「他上摺子前並未和我說，想必不願我管他這事。」

此時太后換好了衣裳，又到了開席的時辰，許多話來不及細說，只能簡單囑咐了兩句便帶著她去了宴席上。

又是一輪磕頭賀壽，等坐下來時又過了小半個時辰，桌上的菜餚已經涼透，翩翩起舞的宮女們也勾不起青青欣賞的心思。她坐在一旁，心神不寧，細細想著太后的話，心裡實在有些不安：朱子裕為何沒有跟自己提過這些，是怕自己擔心？還是覺得沒有必要？

青青心事重重地回家，馬車上徐婆子和寧氏雖看出青青的情緒低落，但都以為是參加宮宴累著了，誰也沒在意，畢竟在那一坐就兩個時辰，除了熱茶外，飯菜都不熱乎，徐婆子和寧氏當真是又累又餓。

回到家，徐婆子和寧氏連忙換下大衣裳，又讓廚房拿雞湯下幾把銀絲麵，一人吃了一大碗這才緩過勁來。眼看著過了申時，徐婆子和寧氏不敢睡，一左一右在榻上歪著打盹兒。

青青回到屋裡，正兒八經地脫了衣裳準備睡覺，可等放在床幔後，她卻沒什麼睡意，便抱著湯婆子躺在床上發呆。

待天黑下來，瑪瑙撩開床幔，見青青醒著便去點了燈，準備伺候她穿衣裳。

青青擺了擺手，「去和祖母還有我娘說一聲，晚上我不用飯了，想多睡一會兒。」

瑪瑙略微擔憂地摸了摸青青的額頭，確定沒發熱才放了心，又給她被窩換了個熱的湯婆子，囑咐珍珠守著青青，自己則去正院裡回話。

徐婆子正坐在炕上，王氏、寧氏、吳氏三個有看著擺碗筷的，有看著丫鬟上菜的，吳氏則挨個瞧瞧家裡的少爺小姐們手都洗淨了沒有。

見瑪瑙來了，徐婆子忙問：「青青呢？怎麼這時候還沒過來？」

瑪瑙福身回道：「回老太太，姑娘說想多睡一會兒，不想用飯。」話音剛落，不單是徐婆子，連寧氏都嚇了一跳。青青打小就胃口壯，恨不得一天吃五頓，怎麼突然不想用飯了？

徐婆子問：「是不是生病了？」

瑪瑙道：「來之前摸了摸姑娘的額頭，倒是不熱，只是看著懨懨的，沒什麼精神。」

寧氏聞言坐不住了，一邊叫人拿斗篷，一邊和徐婆子說：「娘，我過去看看。」

徐婆子說：「快去吧，若是青青不舒服，趕緊打發人請個大夫來瞧瞧。」

寧氏應了一聲，帶著瑪瑙和自己的丫鬟匆匆忙忙往青青院子裡去了。

青青正躺在床上想心事，就聽見外面傳來腳步聲，接著珍珠叫了一聲：「太太。」

青青披著衣裳坐了起來，珍珠撩開了床幔掛了起來。

寧氏去了斗篷，將懷裡的手爐交給了丫鬟，坐在青青床邊，面帶憂色地問道：「怎麼不想吃飯了？覺得哪裡不舒服？」說著摸摸她的額頭又握了握她的手和腳，見額頭微涼但手腳溫熱，這才放了一半的心。

瑪瑙拿來一個厚厚的墊子給青青靠著，青青往上拽了拽被子，笑道：「我沒生病，不過是懶怠動罷了。」

寧氏鬆了一口氣，「妳這孩子，把娘給嚇壞了。」

給青青拽拽身上的衣裳，寧氏道：「只是不吃飯可不行，今天在宮裡累了一天，除了點心和回來吃的那碗麵條，就沒好生吃東西。妳有沒有什麼想吃的？娘讓廚房單獨給妳做。」

青青抱著寧氏的手臂，蹭了蹭，半晌才聲音甜糯地說道：「想吃綠油油的青菜。」

寧氏啞然失笑，「就妳嘴刁，這時候哪有多少青菜吃。」

也不怪青青饞青菜，雖然有些官宦人家弄了暖房種新鮮的菜蔬，可這東西費炭火不說，長出來的蔬菜也小，只解個饞罷了，到底不如夏天的青菜好吃。徐府雖然這幾年富裕了，卻還是捨不得花幾十兩銀子日夜燒炭發青菜，因此這個冬天，徐家各種魚肉，甚至海參燕窩魚翅樣樣不缺，但青菜還是吃的少。多半是朱府送來一些，還有太后賜下來兩簍子。

青菜不禁放，幾日就吃完了，此時家裡沒什麼青菜，寧氏拿了銀子打發個小廝坐車到內城的酒樓裡去打幾樣青菜回來，特意吩咐拿熱水溫著碟子不能涼了。自家廚房裡雖沒有什麼綠油油的青菜，但是白菜、豆芽之類的還是有的，醋溜一個白菜，拿辣椒炒了個酸辣豆芽，雖然都是尋常百姓家常吃的菜，可特別開胃。

寧氏怕青青一個人吃飯沒胃口，打發人去正院說一聲，便留了下來。

青青穿了衣裳起來，瑪瑙給她通了通頭髮，又綁了一條麻花辮子垂在身後。

廚房的食盒送來，珍珠打開蓋子往外擺，除了醋溜白菜和酸辣豆芽，還有一份油汪汪的燜大蝦、一大碗瑤柱蝦仁海參疙瘩湯，及一盆粳米飯、一碟肉燒麥。

寧氏知道青青愛吃魚蝦蟹這類的東西，親自幫她剝了一個放在碗裡。

青青用筷子夾起來放進嘴裡，臉上也有了幾分笑模樣，問道：「哪來的蝦？」

瑪瑙笑道：「今天鎮國公府三少爺打發人送來的，據說撈出來後就拿冰塊凍上。雖不是活的，但也極其新鮮。」

青青一聽，臉上的笑容就淡了幾分，寧氏再給她剝蝦她也不肯吃。看了眼桌上，青青吩咐丫頭舀了一碗疙瘩湯，可吃了兩口發現裡頭也有蝦仁便又賭氣擱到一邊。正巧此時小廝從酒樓裡打的青菜送進來，青青叫人擺上一瞧，是炒苔菜心、麻油拌菠菜、炒金針、茼蒿炒嫩豆腐等四樣素菜，便撥了半碗米飯只夾那青菜吃。

寧氏將青青的舉動看在眼裡，知道青青這是和朱子裕賭氣了，可想想昨日青青還去了隔壁一遭，回來時臉上帶著盈盈笑意，也不明白兩人這是啥時候鬧的脾氣。

娘倆安安靜靜地吃了一頓飯，趁著丫鬟們收拾桌榻的時候，寧氏和青青圍著正間轉了兩圈消食。等回到西次間坐在榻上吃茶的時候，青青又是一副蔫蔫的樣子，寧氏不由問道：「這是怎麼了？和子裕鬧脾氣了？」

青青一愣，搖搖頭說：「沒有。」

寧氏嘆了口氣，女兒大了，有自己的小心思了。見青青無精打采的，寧氏哄了兩句，私下裡悄悄地囑咐珍珠和瑪瑙晚上給青青拿熱水好好泡泡腳，晚上警醒著些，若是見姑娘發愣不睡覺，要多勸著。

寧氏摸了摸青青的頭，說道：「今日鬧了一天，明天早上多睡會兒，不必請安了。」

青青應了一聲，將剛添了熱炭的手爐放到寧氏懷裡，將她送出去。

送走了寧氏，瑪瑙提來熱水倒在木桶裡，略燙的水浸沒了青青的整個小腿。泡了約一刻鐘，青青覺得渾身舒坦了不少。

躺在床上，青青一閉上眼睛就想起朱子裕，惱怒他私自請旨，這樣重要的事都不同自己商量，難道怕自己扯後腿不成？可到底是累了一天很疲憊了，胡思亂想了好一會兒，就有些睜不開眼睛，一會兒便睡著了。

一夜無夢，早上起來，青青覺得神清氣爽，喝了杯熱水就要起床。

瑪瑙勸道：「姑娘若是不餓，不妨多躺一會兒。昨天半夜下了點小雪，此時天色昏暗，外頭也極冷。」

青青聽了又縮回暖和的被窩，瑪瑙拿了個新灌好的湯婆子塞進被窩裡，在床邊問道：「姑娘若是覺得沒趣，我念本書給姑娘聽。」

青青搖頭道：「就妳認識的那幾個字，磕磕絆絆的能給我念睡著了。」

瑪瑙有些不好意思地說：「讓我做針線還行，就那認字念書實在是頭疼。」

青青道：「頭疼也得學，像妳寶石姊又會認字又會管帳的，嫁了人還能幫我收收鋪子的租金。妳要是不識字，等妳成了親，可沒好差事給妳。」

瑪瑙聽了笑道：「姑娘都說了好幾回了，今兒我得空，我再練兩頁大字。」

青青道：「這還差不多。」

在床上又賴了半個時辰，青青才磨磨蹭蹭地起來。

早飯除了各色的粥、餅、包子和幾樣下粥的小菜外，還有一碟王瓜拌金蝦，她拿筷子點了點那盤蝦子說：「妳們拿去吃，這幾日別讓我瞧見這蝦。和廚房說，朱子裕送來的東西我不吃。」頓了頓，又道：「大門上也囑咐幾句，不許他上門，打發人送來的東西也不許收。」

這回瑪瑙和珍珠才知道姑娘是生氣了，珍珠苦著臉去廚房又回了寧氏。

寧氏哭笑不得，「原本還說她穩重懂事，一生起氣來倒看出孩子脾氣來了，也不知朱子裕怎麼惹著她了。」

徐婆子癟了癟嘴道：「我估摸著多半是青青耍小性子。這幾年我冷眼瞧著，子裕無論說話還是做事，樣樣都順著青青，恨不得把她當祖宗供著，哪會去得罪她？」

寧氏也認同，卻又說：「小孩子牛心左性也是有的，不管他們，保證三兩天就好了。」

徐婆子心疼青青不吃那蝦，叮囑說：「既然青青不吃，依舊拿冰塊凍起來。她最愛吃那玩意，別等消了氣，又沒蝦吃，到時候可沒處給她尋去。」

寧氏笑道：「母親最會慣著她。」

徐婆子想起孫女白淨的好模樣，笑瞇了眼，「她古靈精怪的，我不慣她慣著誰？」

徐家說說笑笑地任由青青發小脾氣，朱子裕還在家裡一招一式練劍，什麼都不知道。等過了兩日，紛紛擾擾的小雪終於停下，朱子裕吩咐道：「套上馬車，去中城徐家。暖房裡的小白菜不是長出來了，正是水嫩的時候，摘一籃我給徐二姑娘送去，她最愛吃這個。」

小廝應了一聲，趕緊去找人摘菜。

朱子昊把劍放回劍鞘裡，抱著朱子裕的腰就喊：「我也要去，我想青青姊了！」

一過年，各種事情就多，整個正月，朱子裕也只見了青青兩三回，更別提朱子昊了。

朱子裕被鬧得無法，只能和他商量：「去了徐家，你就老老實實在徐祖母的屋子裡待著，我和你青青妹有話說，你可不許鬧我。」

朱子昊連忙點頭，咧開嘴就笑，「我就在徐祖母屋裡，上回那故事還沒聽完呢，正好這會兒過過癮。」

看著弟弟那咧著嘴傻笑的樣子，朱子裕實在沒忍住，打擊了他一下，「話本上不是說劍客都是高冷無情的嗎？怎麼擱你這，和二傻子似的？」

朱子昊一聽，立刻把傻笑的嘴巴閉上，努力擺出一張面無表情的臉，看得朱子裕忍俊不禁，憋得臉頰直抽。

兄弟倆拎著一籃青菜，坐著馬車來到徐家。剛進大門，門房便苦澀地攔住他，「那啥，朱三爺，您不能進去。」

朱子裕莫名其妙，忍不住上前扒開門房的眼皮，「看清楚，是你三爺我。」

門房都快哭了，忙說：「三爺，我能不認識您嗎？您一天恨不得來八回，我瞧您比瞧我老子娘的次數還多，可不是小的為難您，這是二小姐特意吩咐的，若是您來了不許進門，小的實在是沒法子。」

朱子裕愣在那裡，百思不得其解到底哪裡惹到了青青，朱子昊更是恨不得揪起他哥的衣領好好審問一番：惹怒了青青妹，以後沒有話本聽了可怎麼辦？

門房擋住兄弟倆的薄弱身軀瑟瑟發抖，眼看著這兩人一個比一個黑的臉，忽然機靈了一回，忙朝著朱子昊躬身道：「朱四爺，二小姐只說攔著三爺一人。」

朱子昊眼睛一亮，「這麼說，我可以進去？」

門房滿臉堆笑，「您只管進來就是。」

朱子昊歡呼一聲，無視他哥的黑臉，一蹦三尺高，興高采烈地奔了進去。

朱子裕：好憋屈！

那邊朱子昊去了徐婆子屋裡請安，這邊瑪瑙就得了消息，一臉好笑地回道：「門房的李二還真是傻，當真把朱三爺攔在大門外了。」

青青精緻的小臉十分嚴肅，「這有什麼傻的，他聽話我還要賞他呢！」說著從匣子裡拿出兩個銀錁子和一串錢遞給珍珠，「把銀錁子給李二，就說他辦事麻利，賞他吃酒的。那串銅錢賞給二門的婆子，叫她看好門戶。」

珍珠哭笑不得地接過錢串子，「成，我這就替姑娘打賞去。」

大門外，朱子裕還在和門房歪纏，就見裡頭走出來一個俏生生的丫頭，朱子裕一見就笑了，上前兩步問道：「珍珠，可是妳家姑娘叫妳領我進去？」

珍珠搖頭，拿出兩個一兩的銀錁子丟給李二，「我們姑娘賞你的，說你辦事牢靠。」

李二喜笑顏開地將銀錁子藏在袖子裡，朱子裕見狀又笑氣又好笑，忙問珍珠：「妳家姑娘還生氣呢？到底是為了什麼生氣呀？」

珍珠搖了搖頭，「昨天早上起來還好好的，下午從宮裡回來就帶著氣，晚飯也沒用好。三爺送來的蝦，姑娘也賭氣不肯吃。」

「宮裡……」朱子裕心裡一沉，莫不是自己上的那本摺子被青青知道了？

朱子裕越琢磨越擔心，越想心裡越不安，轉身往自己府裡跑去。

珍珠忙完了姑娘交代的事，又趕緊回去，可剛進了院子就傻了眼，看著站在窗戶底下那人直發愣，忍不住拽過來廊下的小丫頭問道：「朱三爺從哪裡進來的？」

小丫頭也正錯愕呢，見珍珠問話，指了指兩家相臨的牆頭，「從那裡跳下來的。」

珍珠回頭瞅了一眼有自己兩個高的高牆，嘴角忍不住直抽抽。

朱子裕站在窗戶底下，一聲聲叫道：「青青！青青！青青！」

青青正坐在榻上擺棋，聽見朱子裕叫魂似的一遍遍喊自己的名字，起初還佯裝聽不見，可沒一會兒就聽到外頭朱子裕小聲地打了兩個噴嚏，頓時有些坐不住了。

拿了顆棋子看了半天的棋盤，不知道放哪裡，再看了眼棋譜，居然覺得有些不知所云。又一聲噴嚏，青青嘆氣地將棋子放下，悶聲悶氣地吩咐瑪瑙：「叫他進來。」

瑪瑙應了一聲，到正間剛撩開簾子，就見朱子裕一頭撞進來了，也不等她行禮，就急匆匆地往青青日常待著的西次間去。

聽見朱子裕的聲音，青青瞅了他一眼，見他額頭上還有些汗漬，臉上也紅撲撲的，哪有被凍著的樣子，不禁生氣了，隨手將下了一半的棋給打亂，準備重擺。

朱子裕和青青相處這麼些年，青青視線往自己臉上一打轉就明白她想什麼。當著丫鬟的面，朱子裕不敢造次，只能坐在榻上一邊幫著撿棋子，一邊為自己辯白：「跑了一身的汗，冷風吹了兩下，真打噴嚏來著，不是唬妳的。」

聽著風吹著窗紙的聲音，青青的臉色緩和了兩分，吩咐瑪瑙：「煮碗薑糖水來。」

瑪瑙答應著去了，珍珠也伶俐地站在窗外沒進來。

見左右沒人，朱子裕拽住青青的手，隔著榻桌目光灼灼地看著青青，聲音裡略帶著一絲委屈，「怎麼突然生起氣來？若是氣壞了身子，可不讓我心疼？」

青青瞥了他一眼，把手抽回來，低頭撿棋盤上的白子，不肯吭聲。

朱子裕一見便急了，哼哧了兩聲，最終還是服了軟，看著青青的臉，輕聲問：「可是為我上了摺子要求出戰雲南的事生氣了？」

「砰！」青青猛地將手裡的棋子摔在桌上，嚇得朱子裕一哆嗦。看著青青冒火的眼神，朱子裕悲哀地發現自己猜中了真相。

「之前我們就提過這事，我說過你想上戰場我不攔你，可你如今瞞著我請旨是何意思？是不是覺得這是你自己的事，沒必要向我交代？」青青越想越生氣。

朱子裕驚得連連搖頭，「沒有沒有，我從來沒這麼想過，我這不是怕妳擔心嗎？」

「擔心？」青青冷笑兩聲，「現在縱使我不知道，等皇上准了你的奏摺後，我還會不知道嗎？難道那時我就不擔心？你這是藉口！」

瑪瑙和珍珠在外面目目相覷，總算知道了姑娘是為何生氣。

聽聞消息的寧氏匆匆趕來，還未進門就聽見青青一聲聲的質問，不由停下腳站在廊下。略微聽了幾句，寧氏也開始擔心起來，囑咐瑪瑙說：「等朱子裕走了，讓姑娘到我房裡。」說完便匆匆去尋徐鴻達。

屋裡的朱子裕被堵得啞口無言，抓了抓頭髮，不知如何解釋。

其實他就是在外祖家喝了點酒，聽到幾個舅父說起緬甸入侵雲南邊境的事。楊家幾人都是武將，分析起戰事來一個個頭頭是道，都想上陣殺敵。朱子裕這些年熟讀兵書，卻一直沒有實踐的機會，他骨子裡也帶著武將的血，當即被幾個舅舅的話激得豪情萬丈，帶著酒意寫了奏摺，也不顧皇上正月裡封筆，親自遞進了宮。

等第二日酒醒，朱子裕就有些後悔了。不是後悔請旨，而是後悔沒有告訴青青。帶著滿腔愁緒來到徐府，看著青青滿臉帶笑的臉，話在嘴裡繞了兩圈最終沒有說出來。他知道青青一旦知道此事難免會擔憂，只怕連年都過不好了。

看著朱子裕哼哧哼哧的說不出話來，青青的臉色越發冷峻了，「還是你覺得我眼界小肚量小，會攔著你又哭又鬧的不許你請旨，所以你必須瞞著我？」

越說越過火，聽得朱子裕哆嗦地恨不得抱著青青的腿跪下認錯。

見青青就要翻臉，朱子裕連忙坐到她旁邊，長臂一伸，將她摟在懷裡。

青青正在氣頭上，掙扎著不許他抱，可朱子裕死活不鬆手，在她耳邊說道：「是我錯了，我不該不和妳商議就請旨。是我喝多了酒做事沒過腦子，青青，妳不要生氣。」

聽到朱子裕開口認錯，青青垂下手臂，任由他摟著自己。雖然不氣了，但心裡的委屈還在，抽了抽鼻子，眼淚像水一樣的流了下來。

朱子裕聽見哽咽聲，低頭一瞧，見青青滿臉是淚，頓時慌亂不已，趕緊從袖子裡掏出帕子一邊幫青青擦淚，一邊哄道：「青青不哭，都是我的錯，下次再也不會了。以後有什麼事我都先告訴妳，青青同意的事我才做，青青不同意打死我都不做。」

青青抽泣了兩聲，眼睛紅彤彤地看著朱子裕，用手指點著他的胸口道：「你知道我從太后那裡知道這事時多麼焦心，我以為你心裡根本就沒有我。」

朱子裕被她哭得心都快碎了，見帕子濕透了，乾脆用手幫她抹淚，可越抹她哭得越凶。朱子裕一急，閉著眼睛，吻住了青青的紅唇。

第一次接吻，朱子裕有些笨拙，青青也不知所錯。雙唇相接，兩人都愣了片刻。

溫暖柔嫩的觸感漸漸帶走了朱子裕的思緒，他用唇瓣摩挲著青青的紅唇。似乎這樣也不夠，他下意識張開了嘴，伸出舌尖慢慢舔了舔青青的唇瓣。

……

青青拿著帕子捂著唇，呼吸還不穩，被眼淚洗禮過的雙眼分外明亮。因哭了太久，眼睛下方有點紅，看著分外惹人憐愛。

朱子裕望著青青緋紅的臉，忍不住輕聲笑了起來。

青青惱羞成怒，推了推朱子裕挨著自己的肩膀，「你到那邊去，丫鬟們該進來了。」

朱子裕也知道輕重，看了看外面，見沒什麼聲響，又在青青臉上親了一下才跳下榻，到另一邊坐好。青青用帕子捂住被親過的臉頰，羞紅了臉，想斥責他兩句，可一開口聲音卻軟糯甜美，「你再這樣，我就不理你了。」

朱子裕凝視青青略微紅腫的唇，臉微紅，咳嗽了一聲，不知該說什麼。

兩人沉默了片刻，還是青青先開了口：「太后說你年紀還小，戰場又是凶險的地方，若是有個好歹，皇上也難面對老鎮國公，因此摺子給壓下了，讓你歇了這念頭。」

朱子裕遺憾地嘆了口氣，臉上滿是不甘，「讀了這麼多兵書，終是紙上談兵。」

青青知道朱子裕的心願，卻不知怎麼安慰他。過了半晌，想出一個說辭，「你雖不能去雲南，但也可以找些雲南的地圖，類比下出戰情況。」

朱子裕苦笑著搖頭，「這種地圖朝廷向來管得很嚴，等我明日去問問舅舅吧。」

既然解了心結，兩人又和好了，等徐鴻達和寧氏趕來時，朱子裕和青青已經有說有笑地坐在一起剝核桃吃。寧氏看了眼閨女，臉上雖然還能見到淚痕，但是精神十足，和昨日無精打采的模樣判若兩人。

徐鴻達對朱子裕惹哭自己的女兒頗有微詞，眼角一挑，看著朱子裕的眼神頗為不善。朱子裕在徐鴻達的怒視下有些發怵，就怕惹怒了未來的泰山大人，以後娶妻之路平添波折。

徐鴻達剛要開口說話，朱子裕順手捧起自己剝出的那碗核桃，恭敬地遞到徐鴻達面前，戰戰兢兢地問道：「徐叔叔，您吃核桃不？」

徐鴻達無語地看了眼核桃，又看了眼朱子裕，實在不明白這個蠢小子到底怎麼入了女兒的眼的。徐鴻達不屑地哼了一聲，「我不吃那玩意兒！」

寧氏摟著女兒，嗔了徐鴻達一眼，「有什麼話好好說，別嚇著孩子了。」

徐鴻達不屑地嗤笑，「還能嚇著他？就沒見過誰家孩子能爬牆頭爬得這麼順溜的。」

朱子裕委屈地看了一眼青青，不敢吱聲。

青青被朱子裕眼中的哀怨激得渾身起雞皮疙瘩，忍不住摸了摸手臂，不好意思地替朱子裕說項：「今日是我小氣了，讓門房攔著不許他進，也不怨他從牆那頭跳過來。」

徐鴻達哼道：「早晚把牆上都釘上釘子。」

朱子裕：我有暗門！

徐鴻達匆匆趕來，是因寧氏聽了兩人吵架的幾句話，徐鴻達在妻子眼神的提醒下，終於問起了正事，「我聽說你上了摺子給皇上？」

朱子裕眼中帶著些鬱色，快快地說：「皇上駁回了。」

徐鴻達滿腔的話語瞬間憋了回去，他想了一路看到朱子裕要怎麼問，要怎麼義正辭嚴地告訴他自己不會讓女兒等他，結果沒等他發揮，人家一句輕飄飄的話就把自己堵了回來。

徐鴻達說不出是鬆了一口氣還是更加難受，總之感覺相當複雜，看著三雙盯著自己的眼睛，他摸起裝著核桃的小碗，一個一個的往自己嘴裡塞核桃。

朱子裕：您不是不吃那玩意兒嗎？

徐家的日子一如既往的平淡，朝堂上卻吵翻了天。

攻打緬甸是拿定了主意的，可派誰去盛德皇帝卻猶豫了。楊家虎父無犬子，楊老將軍的幾個兒子都能征善戰，楊家老二和老三帶著軍隊駐紮在蒙古，震懾著瓦剌等部落。楊家老大和老四則都在京城軍營裡訓練將士，派他們出征似乎最為穩妥，但楊家在軍中勢力頗大，蒙古邊境靠揚老將軍坐鎮才保持了二十年的和平。蒙古的和平仰賴楊家，若是雲南的平定也要依靠楊家，盛德皇帝有些擔憂楊家會功高震主。

兵部尚書宮愷看出了皇上的心思，心中大喜。宮家本就和楊家不和，這些年楊老將軍靠軍功得了爵位，自己卻只是個尚書，生生被壓了一頭。以往沒有戰事，沒有立功的機會，如今緬甸攪和得整個雲南不太平，若是自己能平息戰亂，說不定也能撈到爵位。

宮愷懷著小心思，趁機向盛德皇帝上了摺子，自請出征雲南。

盛德皇帝看到摺子大喜，宮愷早些年也有些將才的，這些年雖沒出過兵沒打過仗，但訓練的新兵還是成效明顯，於是大筆一揮，讓宮愷帶兵兩萬將入侵的緬甸士兵驅逐出境。

聖旨一下，雖朱子裕早有準備，仍是鬱悶。

心裡不痛快的不止朱子裕一人，楊家四爺就搖頭嘆道：「宮愷那貨從未帶兵打仗過，雲南地形複雜又酷熱難捱，只怕我軍會吃虧。」

朱子裕聞言算是碰著知己了，舅甥兩個往桌上一坐，就著幾樣下酒菜喝起酒來。等楊老夫人聽說後，帶著兒媳婦前去一瞧，楊老四已經把朱子裕喝到桌子底下，自己則拿著一個酒壺還不住地吃酒。

怒罵了兩句，楊老夫人將兒子和外孫都拎到床上，又打發人去鎮國公府，說留子裕子在這睡一晚，她實在不放心放一個醉酒的孩子回去。

青青也聽說了大軍開拔的消息，據說盛德皇帝親自站在城門上給出征的士兵送行。因朱子裕並未隨軍，青青的心思也沒在這上頭，她更掛念的是堂哥徐澤浩的春闈。

徐澤浩的妻子小王氏抱著女兒來青青屋裡說話，想問問當初二叔參加春闈時帶了什麼吃食。青青一邊拿著波浪鼓逗著小侄女巧妞，一邊笑道：「那會兒每間號房裡只有一桶冷水，我擔心父親吃了壞肚子，特意讓人打了可以放石灰加熱的銅壺銅盆來。等春闈前一日，擀上十斤麵條，煮過以後瀝乾，再下油鍋炸，吃的時候用熱水泡一泡就得了。醬牛肉、醬鹵肉都帶上，放在麵上一熱，味道既鮮美又驅寒。」

小王氏道：「好法子，只是不知那銅壺銅盆還能不能使？」

青青打發人去拿，說道：「這法子雖好，但是有一個弊端，需要帶大量的石灰才能足夠九天的伙食。我爹也算練了幾年的功夫，才將東西拿到號房，換成大堂哥只怕拎不動。」見王氏面帶愁色，她安慰道：「也許上回我爹帶的東西太過駭人，又有考生說被肉麵的香味擾了思緒。聽說前一陣子皇上下旨說以後春闈都要巡場的士兵一天給考生送五次熱水。依我看，我們只帶幾包石灰就得了，預備著應急。」

小王氏沒經驗，聽到青青說什麼都點頭稱是。等到考試前那一天，姑嫂兩個去了廚房，架起大鍋鹵了一鍋滷味，又醬了牛肉和鹿肉，麵食則依舊是速熟的麵條和白麵燒餅。

三月初九，春闈開始，徐澤浩拎著考試一應用具來到貢院，負責搜撿的士兵一瞧見裡頭那閃閃發光的銅鍋和熟悉的石灰包，立刻了然地問道：「是徐鴻達徐大人的家人吧？」

徐澤浩羞赧地點點頭，還以為叔父賢名遠播連士兵都知道，不料等所有考生進場後，幾個士兵湊到一起議論。

「徐家人又帶了銅鍋來，不僅有醬肉還有滷味，也不知誰那麼倒楣住在姓徐的隔壁。」

徐澤浩這些年讀書相當刻苦，這兩年又得徐鴻達親自教導，因此順利地考上了進士，只是名次不如徐鴻達耀眼，考了個二甲三十五名。縱然這樣，徐家人依然歡喜不已。

新科進士有探親回鄉的假期，但徐家人一家都在京城，便沒必要再往老家趕，只打發個人往宗族裡送個信，而此時王氏和徐鴻翼正為買宅子的事忙得團團轉。

雖說徐家名義上沒有分家，但基本上三家之間牽扯得很小了。

除了老家的房子和地是共產，徐家最賺錢的幾門生意，瑰馥坊的胭脂是寧氏的嫁妝銀子置辦的，雖各房有分紅，但大頭依舊在寧氏手中，只是交給徐鴻飛打理。書畫坊是青青的私房，酒樓和點心鋪子是朱朱的陪嫁，除了有青青的股份，與徐家其他人都沒什麼關連。

徐鴻翼一家來到京城，本就是為了兒子科考，沒考上之前定然不敢想什麼宅子的事，現在徐澤浩考上了進士，與他叔叔同樣在翰林院做官，再住在寧氏的房子就說不過去了。王氏這幾年分紅的銀子都攢著，雖買不起大宅子，但買外城二進的小宅子還是沒問題的。

徐鴻翼和徐澤浩跑了兩日，相中了一處小宅院，之前的主人打理得仔細，並沒有什麼髒汙的地方，家具也都送給他們，直接搬進來就成。

寧氏得知此事，難免埋怨了王氏幾句說她太見外。

王氏笑道：「這一大家子和事就夠妳忙活的，哪還能給妳添亂？」

客套了幾句，徐鴻翼一家子選了個良辰吉日搬到了外城的小宅子。待安頓下來，徐鴻翼夫婦惦記著家裡的地和房子，給徐澤浩留了二百兩銀子，便帶著子女回鄉了。

參之章 ◆ 凱旋回京娶嬌娘

吃螃蟹的季節過後，深秋來了，狂風捲著枯葉一片片落下，御書房內，盛德皇帝看著雲南八百里加急送來的摺子，勃然大怒。

自宮愷帶兵到雲南，除了一開始的幾封捷報外，後面都是連失城池的消息。

看到盛德皇帝的表情，文武大臣們就知道這是又敗了。

盛德皇帝一邊調兵增援雲南，另一邊又派人籌集糧草，希望士兵們能在吃飽穿暖的情況下打贏緬甸。可惜天不遂人願，在過了一個沉悶的新年後，宮愷兵敗被緬甸王活捉，為了保全性命，他居然選擇了叛國。

宮愷放著好生生的兵部尚書不做，非要去戰場，為的就是給自己家爭一個爵位，可是在生死關頭之際，宮愷又覺得什麼家人兒子沒有自己的命重要。

據說，宮愷在投降前大呼了三聲：「我對不起宮家！」

「對不起宮家，難道就對得起朕？」盛德皇帝大怒之下，將宮家上下幾十口全部抓了起來，抄家不說，更是株連九族。

雲南已失二十三城，戰況緊急，由不得拖延。

盛德皇帝顧不得小心眼了，連忙命楊家老四楊成德為將軍，領兵八萬，急赴雲南收回失地，而朱子裕的摺子沒有再被駁回，十四歲的副將第一次上了戰場。

盛德皇帝其實很想御駕親征，可他畢竟年歲大了，雲南又距京城路途遙遠，擔心身子會吃不消，可雲南的境況很不好，不僅邊境幾個小國蠢蠢欲動，連雲南幾位土司也有不穩的跡象。好在太子正值壯年，幼時也習過武，派他去壓陣，不但能提升將士的氣勢不說，對雲南的土司也是一種震懾。

臨行前，盛德皇帝當著楊成德的面，親自對太子說：「楊將軍對敵經驗豐富，到那邊一切以楊將軍馬首是瞻，不得違抗軍令。」

太子鄭重地應下。

其實楊成德對太子很放心，聽說前些年太子跟著徐鴻達治水時，彼時徐鴻達只不過是個六品小官，太子依然對其十分敬重，在治理河道期間不僅沒有爭功的想法，還幫著解決了不少難題。楊成德當著皇帝的面讚了太子一番，又下重誓會保護好太子。

大軍開拔的時間在三日後，青青真的如以前說過的那樣，足足畫了一百道平安符，每個福袋裡塞了十張。又配了許多止血的、發燒的、腹瀉的、傷風用的藥丸，分門別類地裝在布袋子裡，在外面寫了用法，還調製了一些金創藥粉和藥膏，以及驅除蛇蟲的藥丸、香囊。

帶兵的楊將軍是朱子裕的親舅舅，沒什麼不放心的。徐家這些年因朱子裕，與楊家女眷也經常來往，而太子這些年在宮裡也時常見到，因此青青單獨拿出兩份平安符和各類的藥出來，寧氏給楊家送了一份，青青則抽空進宮送到了太后手裡。

太后年紀大了，和普通的老人一樣，聽到孫兒上戰場心裡就害怕。聖旨下了以後，鎮國公府的老太太顫巍巍進了宮，本來想和太后訴苦，結果才說兩句，倒勾出了太后的眼淚，最後兩個老人家抱著哭了一場，可哭完以後照樣沒轍。

拿著青青送的一包東西，太后的淚又下來了。錦瑟嬤嬤忙對青青使了個眼色，青青會意地挽住太后的手臂，軟言軟語哄道：「我聽說皇上這回讓太子殿下去是為了安撫軍心的，到了那邊不會讓他真刀真槍地去殺敵，不過是在帳中坐鎮指揮罷了，太后娘娘不必太憂心。」

太后擦了擦眼淚，拍著青青的手說：「妳說的我也懂，只是這心裡啊，沒著沒落的。」

青青道：「皇上這是看重太子殿下，才委以重任，娘娘該為殿下高興才是。」

太后點頭，「妳說的是。我聽說二皇子、四皇子都上了摺子想隨軍，連這幾年沒大出門的三皇子都往宮裡來了幾回。太子去也好，立了軍功回來，省得下面幾個小心思太多。」

太后說了會兒話，臉上終於有了一絲笑意，眼看就到晌午了，便留青青用飯。

青青推辭道：「臣女還想去一趟鎮國公府。」

太后想起鎮國公家的老太太，忍不住嘆了口氣，「妳去一趟也好，只怕嚇壞她了。」

青青應了一聲，趕緊出了宮。

此時老太太果然哭哭啼啼的，她抱著朱子裕不撒手，一會兒說起老國公，一會兒說起雙胞胎，一會兒又罵朱平章沒用，自己上不了戰場倒讓兒子遭罪。

朱平章被罵得臉色灰敗，看著朱子裕一臉剛毅，小兒子朱子昊抱著他的劍一遍遍摸索，實在搞不懂這兩個孩子小時候明明一個比一個乖巧，到底啥時候畫風突變成這樣的？

朱平章不得不表示，當他那天看到大兒子幾步竄到房頂上時，受到了極度的驚嚇。

看著越發能耐的兩個兒子，朱平章竟隱隱約約有些羨慕，忍不住回想起當初雙胞胎第一次上戰場前的情景，也是這樣的意氣風發，這樣的躊躇滿志。

朱平章在擔憂之餘，居然有一些欣慰的感覺：兒子沒隨他老子，真好！

朱子昊抱著劍，聽祖母第三十五回說起同樣的話，忍不住坐到老太太另一邊，「祖母，明天大軍就要開拔了，我哥的鎧甲、四季的衣裳都準備好了嗎？」

老太太的哭聲瞬間憋了回去，和朱平章大眼瞪小眼互看半天，才慌亂地吩咐：「四季衣裳和中衣快些收拾出來，不要那種綾羅綢緞，只要耐磨吸汗的棉布衣裳……」

看著老太太連聲支使丫鬟，朱子昊朝朱子裕擠了擠眼睛。

其實朱子裕都習慣祖母時不時的糊塗，早就自己準備好了各樣東西。

正亂著，下人來報：「徐姑娘來了。」

朱平章被鬧得頭疼，趕緊溜走了。

青青帶來一大箱東西，朱老夫人拉著青青的手掉淚，「好孩子，難為妳想著他，有心了。」

朱子裕趁機道：「祖母，我有事想和青青說。」

老太太點了點頭，「去吧，你們好生說說話。」

前院書房內，青青拿出自己做的平安符，親自掛在了朱子裕的脖子上，鄭重地說道：「平平安安，早日歸來。」

朱子裕將她摟在懷裡，「照顧好自己，等我立了功就請皇上賜婚，風風光光地迎妳進門。」

淚水浸濕了朱子裕的衣襟，青青在他懷裡點了點頭，「我等你。」

大軍開拔那天，青青並未到城郊送行，而是沐浴更衣後，在淨室裡對著三清的畫像念了一天祈福的經文。等天黑出來時，才發現徐婆子和寧氏坐在外面等了不知多久。看著家人擔憂的眼神，青青內疚地拉著她們，「我沒事，只是為我朝的將士們祈福罷了。」

寧氏拍了拍她的手，沒多說什麼，只道：「妳今天一天沒吃什麼，我特意讓廚房熬了湯，一會兒先喝一碗墊墊肚子再用飯。」

怕青青一人獨處胡思亂想，打第二天起，寧氏以教她管家的名義將她帶在身邊，家裡大小事理完以後，也不叫她閒著，讓她開始繡嫁妝。

寧氏說：「明年妳就及笄了，雖我和妳父親不打算那麼早讓妳出嫁，可嫁妝還是得早早備下。旁的有我幫妳操心，可這嫁衣還得妳自己親手繡才是。就妳這兩三個月做一個荷包的進度，我估摸著妳的嫁衣怎麼也得繡三年，不如得了空就開始做吧。」

青青哭喪著臉，「出嫁那天有鳳冠霞帔的！」

寧氏到底說不出「如果嫁給了旁人就沒有鳳冠霞帔」這樣的話來，沉默了片刻，說：「第二天見家人的時候總不能穿鳳冠霞帔吧？」

青青噘起嘴說：「子裕說到時候找幾個好的針線娘子做就成，當年老太太也不會針線，嫁衣就是丫鬟做的。」

寧氏氣得沒法，忍不住點了點她的頭，「還沒和他家訂親呢！」

母女兩個大眼瞪小眼地賭氣，幸好此時沈家來報喜訊：朱朱有喜了！

寧氏聞言顧不得和青青嘔氣，一邊打發人去告訴徐婆子，一邊叫沈家的人來細問。

雖說朱朱以前一直說婆婆怕她年紀小生孩子艱難才不那麼早要孩子，可寧氏依然十分操心，就怕女兒不是不要，而是要不上。徐婆子甚至琢磨著找什麼藉口把朱朱叫回來，讓她和青青一個被窩睡一晚，說不定就懷上了。

如今朱朱懷上，可算解了徐婆子和寧氏的一樁心事。

拿了上等封賞了來報信的沈家下人，寧氏開始收拾補品，連青青都放下了愁緒，歡天喜地親自選了上等的溫補固胎藥材，預備著做孕期的藥膳用。寧氏又打發人去送帖子，翌日一早徐家人帶了一車的東西，連徐婆子都跟著，祖孫三代一起沈家去看朱朱。

沈家知道徐家人要來，正經預備了筵席，畢竟是親家第一次上門。

沈夫人見徐婆子都來了，不禁懊惱說：「早知道老太太來了，我該到二門相迎的。」

徐婆子笑道：「親家客氣了，咱們是一家人，哪用那麼見外？」

沈夫人又笑著和寧氏互相見禮，方讓人去請四奶奶，還不忘和徐婆子、寧氏解釋：「我怕嘉言坐久了腰痠，說等妳們來再叫她，親家別見外。」

徐婆子道：「這是夫人疼她，我歡喜還來不及呢！」

說了會兒話，沈雪峰扶著朱朱來了。只見朱朱穿了家常衣裳，頭上只插了一根簡單的珠釵，臉上略施薄脂，精神瞧著倒好。

夫妻兩個和徐婆子、寧氏問了安，朱朱便挨著寧氏坐下。

寧氏問沈雪峰：「今兒不是休沐日，你怎麼在家？」

沈雪峰道：「得了喜訊後就和上峰請了幾日假，在家陪陪朱朱，免得她害怕。」

徐婆子笑道：「這有什麼害怕的，哪個女人不得生養幾個，到底是年輕沒經過事。」

沈夫人道：「第一個難免慎重些，再者說，雪峰在家待幾日，嘉言心裡也舒坦。」

寧氏拉著朱朱的手，問道：「感覺怎麼樣？胃口怎麼樣？有沒有什麼想吃的？」

朱朱咧嘴笑道：「旁的還好，只是喜歡打瞌睡，就像睡不夠似的。胃口還沒有什麼變化，就愛往常那口。」

徐婆子道：「日子還短，再過一兩個月，胃口就該變了。」

沈夫人道：「等想吃什麼只管說，如今妳是一人吃兩人補，可不能虧了嘴。」

朱朱笑著應下，寧氏看著沈夫人，問道：「我家這姊妹兩個從小學了些岐黃之術，經常互相把脈，對彼此的身體最是了解不過。不如讓嘉懿給瞧瞧，看看有沒有要調養的。」

沈夫人便讓人取脈枕來，「往日我肩膀痠腿疼都是朱朱幫我捏按，還開了藥浴的方子，泡了幾個月這些毛病都沒了。我還說親家養出的姑娘樣樣齊全，就沒什麼不會的。」

寧氏道：「我哪裡會這些，都是她們胡亂學的。」

脈枕取來，姊妹倆分別坐在榻桌的兩側，青青笑道：「雖然才一個半月，但胎兒很穩健。姊姊記得多吃些綠葉菜和水果，松子、栗子促進孩子大腦發育，也斷斷不可少。」

沈夫人也仔細記了下來，這時候沒太多新鮮的水果，只有蘋果、柳丁和橘子，問了青青都能吃，便吩咐丫頭每日送一盤去給朱朱吃。

快晌午的時候，沈夫人的幾個兒媳婦都來了。

沈夫人挨個指著給徐婆子認了一番，又說道：「晌午我留徐親家用飯，妳們都在自己的院子吃就行，不必來這裡伺候。」

幾人陪著說了些話，才一起告退了。

出了院子，三奶奶撇了撇嘴道：「四奶奶真是好命，小叔整日寵著她就罷了，好不容易懷了身子，看母親高興得和什麼似的，我當初有身子時可沒見母親這麼開心。」

大奶奶看了她一眼，嘴角微微抿起，「她年紀小，又是小兒媳婦，母親偏疼她也是有的。她沒進門時，母親不也格外疼妳些嗎？當初我和妳二嫂都不醋，妳何苦醋成這樣？」

「我哪裡醋了？」三奶奶甩了下帕子，眼角一挑，「我這是羨慕她，在婆家有人疼不說，娘家也拿她當回事。妳瞧瞧，沒聽說誰家孫女懷孕，祖母親自來瞧的。小叔為了這樁事還特特告了假，我琢磨著她八成懷了個天仙在肚子裡吧。」

大奶奶和二奶奶對視一眼，誰也沒有言語，到了岔路，三奶奶也沒打招呼自己先走了。

二奶奶慢了幾步，搖搖頭，「自打三弟抬舉了個姨娘，三弟妹瞧著誰都不順眼。」

大奶奶笑道：「就是慣的毛病。不搭理她，過些日子自己就好了。」

到了晌午，酒席擺在了沈夫人院子的正間，眾人分主客坐了。

沈夫人不許朱朱站著伺候，也叫她挨著寧氏坐下。

吃飯的時候，眾人留意朱朱的胃口，見她各樣吃的都多，肉也喜歡，蔬菜也不膩煩，魚蝦更是吃得香甜，青青笑道：「姊姊懷的這個孩子是個乖的，一點都不鬧騰，還好胃口。」

似乎是應驗了這句話，整個孕期朱朱都吃得好睡得好，舒舒服服地過了十個月，臨分娩前還吃了一鍋小野雞燉野山菌。

朱朱一朝分娩，生了個七斤半的大胖小子，沈家和徐家都歡天喜地。沈太傅翹鬍子一翹，親自給孫子取大名叫沈思翰。被剝奪命名權的親爹沈雪峰表示不服，非得自己再取個小名，想來想去決定叫朱寶，意思是朱朱生的寶寶。據說當時說出這個名字時，朱朱差點連月子都不做了，恨不得從床上跳下來揍沈雪峰一頓。可縱使朱朱不樂意，沈雪峰依然朱寶朱寶叫不停，叫久了，孩子也認了這個名字，朱朱無奈，只得隨他胡亂叫去。

青青用細棉布給朱寶縫了幾身精緻的小衣裳，徐婆子過來時正好瞧見，不禁笑道：「好巧的活計，妳做這個倒是細緻。和朱朱說，穿過了洗乾淨放起來，等以後妳成親生子了，再拿回來使，這孩子穿舊衣裳不長病的。」

青青被徐婆子直白的話語羞得臉都紅了，哄走了她後不免想起了遠在雲南的朱子裕。推開窗子，看著滿天的雪花，青青喃喃自語：「走了好久，也該回來了吧……」

此時雲南邊境，朱子裕帶兵圍剿最後一座被緬軍占領的城池。被團團圍住的緬甸將士剛發出求救的信號，卻不知為何被一頭不知從何處飛來的大雁撞了一下，把燒得正旺的煙火直接撞了下來，落在緬軍藏糧草的草垛上。

此時北方正值寒冬，雲南天乾物燥，發現糧草被點燃，將士們大半去滅火，剩下的小部分根本抵擋不住大光朝軍隊的進攻。等火撲滅了，朱子裕也帶兵殺進城來了，一刀先砍守城大將的腦袋。

捷報傳回京城，楊將軍、朱子裕、太子三人帶著大軍乘勢追擊，殺進緬甸。

緬甸從前之所以猖狂，不過是占據了地形之利。宮愷帶的兩萬大軍來緬甸時，不僅要在複雜的地形中與敵人廝殺，更要克服這裡濕熱的氣候，以及無處不在的蚊蟲。

緬甸軍長年生活在這裡，利用地形優勢，不知占了多少便宜，而大光朝的軍隊戰鬥力一大半都發揮不出來，加上宮愷多年來沒有領兵經驗，更疏於兵法的學習，調兵佈陣回回抓不住重點，這才連連敗退。

楊將軍和朱子裕第一回上了摺子沒能上戰場，但兩人從皇上要了雲南邊境的地形圖來，不知模擬了多少計劃。到了雲南，朱子裕每到一處都先叫人點燃驅蟲藥丸，也不知青青是拿什麼配的藥，蚊蟲少了不說，連最常見的蛇都不見了蹤影。緬甸軍之前在宮愷那裡用蛇攻嘗到了甜頭，可在朱子裕這卻失去了效果。

楊將軍帶來的八萬大軍，只折損了不到五千，還救回之前戰敗被充作奴役的七千將士。緬甸王一個彈丸小國，此時只剩三萬將士，明顯不敵。緬甸王都哈一面求和，又一面又向鄰國發出求救的書信。

楊家軍截獲書信，楊將軍將計就計，假裝去和談。緬甸王都哈見楊將軍同那個叫朱子裕的小將隻身赴宴，心中暗喜。酒席中緬甸重兵團團圍住宮殿，意圖用武力相逼，卻不知此舉正中朱子裕之計，只見他腳尖一點，抓拿他的兵士眼前一花，卻發現朱子裕不知怎麼出現在幾丈外的都哈身後，一柄鋒利的砍刀正架在他的脖頸上。

代表攻城信號的煙花從天空升起，太子帶人殺進緬甸都城。

城裡、宮內亂成一團，三天三夜後，緬甸滿朝文武皆死於刀下，皇室成員盡數被斬殺。

戰事一了，朱子裕帶領一萬人馬回京報喜，太子和楊將軍則留在緬甸，一邊打掃戰場，一邊等待皇上對緬甸處置的聖旨。

雲南距京城路途遙遠，朝上念的捷報，一般都是大半個月甚至一個月前的事了。正巧青青來看朱朱和小外甥，沈夫人拉著青青，笑著說道：「前陣子我家老爺上朝回來說雲南大捷，失去的城池已全部奪回，我估摸著子裕那孩子也快回來了。」

青青聞言臉上帶了喜色，忙說：「往常進宮也偶爾會聽說個一句半句，上回進宮時，太后說還有三個城池被緬甸王占著，怎麼這次打得這麼快？」

沈夫人說：「我一個婦道人家也不懂打仗的事，多半是那些緬甸兵被打怕了，一見我朝的將士就腿軟，不敢對戰了也未可知。」

兩人說笑著，就聽外面有人叫著：「大喜！大喜！」

沈夫人問道：「是哪裡的喜事？」

小廝進來回稟道：「老爺叫我來回太太，說朱小將軍帶兵回城了，如今駐紮在城外，正等著皇上召見。」

沈夫人和青青頓時都愣住了，還是沈夫人反應快，立刻笑道：「這可真是大喜，剛剛說著收復了失地，這麼就快回來了？」

小廝道：「皇上急召，老爺進宮去了，還說讓打發人去四奶奶家說一聲，免得掛念。」

沈夫人道：「我知道了，你下去吧。」又道：「賞他兩個銀錁子。」

沈夫人對青青笑道：「這回妳可放心了？我聽老夫人說，等他回來就給你們訂親？」

青青不好意思，「還早著。」

沈夫人說：「哪裡還早？這種時候就該喜上加喜才是。」又說：「這可是大喜事，妳回家說一聲，我不留妳了。」

青青向沈夫人道了謝，先去鎮國公府報信，又急匆匆趕回家。

此時穿著鎧甲的朱子裕向盛德皇帝行了大禮，遞上了楊將軍和太子的摺子。

盛德皇帝一目十行地看完，越看越喜，臉上是抑制不住的笑容，「好好好！」

沈太傅、楊老將軍等人都應召進宮，在殿外等候時聽見皇上暢快的笑聲，頓時放下心，彼此都露出了輕鬆的笑意。

安明達回報：「皇上，沈太傅和楊老將軍到了。」

「快讓他們進來。」盛德皇帝給朱子裕賜了座，等沈太傅等人進來行了禮，便笑容滿面地說道：「雲南大捷，楊將軍帶著將士不僅收復了我朝河山，更是鏟平了緬甸，誅殺了整個皇族。如今對緬甸的管理，眾愛卿有何看法？」

沈太傅拱手道：「依臣之見有兩種法子，一是將其圈為我朝版圖，依照雲南的法子，分割緬甸國土，設立土司進行管理。二是另立一個傀儡王，讓他每年納貢。」

盛德皇帝擺了擺手，「楊將軍好不容易打下來的地方，朕哪會輕易還給他們？照第一個法子，你擬個摺子，明日呈上來。」

沈太傅應道：「是！」

盛德皇帝看著坐在下方的朱子裕，越發覺得他順眼，不禁笑道：「你這次也立了大功，以身誘敵不說，更是拿到了都哈的項上人頭。說吧，你要什麼賞賜，朕都滿足你。」

朱子裕鄭重地跪在盛德皇帝面前，鏗鏘有力地說道：「臣不要任何賞賜，只求陛下賜婚。臣想娶翰林院侍讀學士徐鴻達的二女兒為妻，請皇上賜婚。」

少年的臉上帶著剛毅和堅決，唯獨亮晶晶的眸子洩露出那一絲雀躍和期待，才讓人想起他才是個十五歲的少年。

盛德皇帝一窒，眼神帶了絲絲不善，「若是朕沒記錯，徐家二姑娘還未及笄吧？」

朱子裕遲鈍地說：「還有幾個月就及笄了，不耽誤訂親。」

盛德皇帝沉默了片刻，心不甘情不願地道：「朕還不知徐家人的意思，哪能亂點鴛鴦譜，這事過後再議。」

朱子裕委屈地看著皇帝，「是皇上說給臣嘉獎的。」

盛德皇帝張了張嘴，無言以對。

賞給他官做吧，人家本來就有超一品的爵位；賞銀子吧，幾千兩銀子國公府還不放在心上。盛德皇帝惱羞成怒，吹鬍子瞪眼道：「朕說了容後再議，你先回家去歇歇。等楊將軍和太子回來，朕一併論功行賞。」

朱子裕聽到後頭那個賞字放了心，歡天喜地磕了頭，趕緊回家沐浴看青青去。

盛德皇帝不滿地哼了一聲，「毛還不知道長齊沒，便想著娶媳婦了！」

楊老將軍和沈太傅都是同鎮國公府、徐家極相熟的人家，看到盛德皇帝不善的眼神，不免替朱子裕說些好話，「兩個孩子打小一起長大的，據說徐家已經認了子裕這個女婿了。」

「子裕可是打九歲那會兒就惦記著娶徐家姑娘了。」

「當真是郎才女貌，天作之合！」

「……」

盛德皇帝雖然也知道這些，心裡還是免不了鬱悶，只是當著幾位老臣的面，不想透漏太多心思，便死鴨子嘴硬道：「這麼大點的年紀，不想著好好建功立業，整日琢磨著娶媳婦，也不嫌臊得慌。」

沈太傅笑道：「這不是剛建功立業了，正好娶個媳婦回家。」

盛德皇帝瞅了眼沈太傅：今天的太傅老拆臺，一點都不貼心！

將幾個老臣打發走，盛德皇帝到福壽宮去向太后報信。

這一年來，太后一直掛心太子，就怕太子有個什麼不測，時常吃睡不安。若不是有青青三不五時進宮陪伴，又軟言軟語地寬解太后，只怕這時太后早已大病一場了。如今有了大捷的喜訊，盛德皇帝也想著第一個告訴太后。

太后正在聽一個宮女念話本，有一回鎮國公府的老太太進宮請安時，無意中提及青青寫的話本好看，太后就醋了，等青青進宮的時候，就扭扭捏捏提出自己沒有新鮮的話本看。青青連忙讓人將這些年寫的話本抄撰一份，親自送到了宮裡來。

盛德皇帝聽見殿內傳來太后的笑聲，側頭問安明達：「今兒嘉懿進宮了？」

安明達人在御前，耳目卻遍及三宮六院，這宮裡就沒他不知道的事情。一聽皇上問話，連忙躬身說道：「今日徐姑娘並未進宮。」細細聽裡面有一個清脆的講書聲音，又道：「太后許是在聽徐姑娘寫的話本。」

盛德皇帝聞言搖頭笑道：「好好一個有才華的淑女，偏愛寫這些胡謅八扯的故事，難為太后還得給她捧場。」說著抬腿往裡走。

大殿內外的宮女們都得了安明達的示意，沒敢吭聲，一個個沉默地跪了下去。

盛德皇帝進了暖閣，正瞧見太后笑得前仰後合。

盛德皇帝忍不住道：「母后在聽什麼這麼高興，也讓兒子跟著笑笑。」

說書的宮女聲音一頓，跪了下去。

太后笑著起身，「皇上怎麼有空過來？」

盛德皇帝扶著太后在榻上坐下，安明達朝那說書的宮女使個眼色，宮女低頭退了出去。

錦瑟嬤嬤讓人撤了榻桌上的殘茶，奉上新茶和果子。

盛德皇帝顧不上喝茶，一坐下就說道：「還是楊家人驍勇善戰，宮愷丟失的二十三座城池，楊四全都奪回來了，還攻進了緬甸，誅殺了緬甸王。」

太后聞言喜道：「這可是天大的喜事，既然咱們大獲全勝了，太子也該回來了吧？」

盛德皇帝道：「太子和楊四處理些後續的事宜，不日即將班師回朝。」

「這下哀家就放心了。」太后喜不自勝，「不瞞皇上說，自打太子去了雲南，哀家實在是掛心得不得了，就怕他傷著碰著了，好在現在沒事還立了大功。對了，鎮國公府的那個孩子也沒事吧？我瞅著嘉懿也掛念著他。」

盛德皇帝臉頰抽了一抽，嘆了口氣，朝著幾名侍立在左右的宮女揮了揮手。四個宮女靜悄悄地退了出去，僅留下錦瑟嬤嬤和安明達伺候。

「朕就這麼一個女兒，不得相認不說，想著能藉著她服侍母后多瞧兩眼，卻不料朱子裕這小子回來，不要旁的賞賜，非要朕下旨賜婚，要求娶嘉懿。」頓了頓，他嘟囔道：「嘉懿才多大，他也太心急了些。」

太后卻不這麼認為，笑著說：「朱子裕出征之前，哀家答應過嘉懿，說等那孩子回來後就給他們賜婚。難得這兩個孩子彼此有意，朱子裕對嘉懿也上心，皇上何苦為難他們？」

「朕也不是想為難他們。」盛德皇帝嘆了口氣，他也鬧不清楚自己心裡又酸又澀，又有點得意的情緒是什麼心理，只嘴硬說道：「朕想著嘉懿還太小了些。」

太后正色道：「哀家雖不問前朝之事，但平時和嘉懿閒話也知道徐鴻達如今在翰林侍讀的位置上待了三年。我記得皇上說過，徐鴻達這人頗有才幹，要當肱骨之臣來培養。既如此，他也到了該外放的時候。依哀家看，倒不如此時定下婚事來，趁著徐鴻達還未外放，就在京城辦了婚事，免得嘉懿還得隨她父親到外省去，不知何時才能再見到。」

盛德皇帝沉默片刻，問道：「就這麼讓嘉懿嫁了？」

太后反問：「那皇帝以為如何？」

盛德皇帝看著手裡的茶碗，慢慢說道：「她是朕唯一的公主，就這麼嫁了，總覺得委屈了她。朕沒能讓她享受到公主的榮寵，便想讓她風光大嫁。」

太后沉吟道：「若是太招眼了，會讓人生疑，哀家有個主意不知可不可行。」

盛德皇帝忙道：「母后請說。」

太后道：「方才皇帝說朱子裕立了功，不知這功勞大不大？」

盛德皇帝笑道：「這小子倒是個膽大心細的，他以身作餌，斬下了緬甸王的人頭。」

太后點點頭，「這可謂是頭功一件，這樣的功勞只要一個賜婚未免浪費了些。依哀家的意思，不如讓朱子裕拿這功勞給嘉懿換一個封號，如何？」

盛德皇帝眼睛一亮，「這個主意好。」

太后笑說：「只是公主就罷了，封一個郡主比較合適。」

盛德皇帝身為天子，也知道這其中的輕重，不由嘆了口氣，「也只能如此了。到時候朕給嘉懿選一塊富庶的封地，讓她一生衣食無憂，也算全了我們父女的緣分。」

盛德皇帝等不得明日再議此事，直接打發安明達到鎮國公府知會朱子裕。

朱子裕剛沐浴完，披著濕漉漉的頭髮，聽了安明達的傳話，有些不敢置信。

「皇上說可以拿我的功勞給嘉懿換個郡主的身分？那還給指婚不？」

「指指指！」安明達沒好氣地瞥了他一眼。

重點是指婚嗎？現在說的是冊封的事！

朱子裕這才笑了，一邊拿著大汗巾擦著頭髮，一邊說道：「我得去和青青說一聲，問她願不願意當郡主。」

安明達不敢置信地看著朱子裕，「這還有不願意的？多少人盼都盼不來的好事。就說如今幾個親王的女兒，得到冊封的，一個巴掌都數得過來，還是沒封地那種。皇上可說了，要選個富庶的封地給徐姑娘。以後有了封號，有了封地，就是和你過不下去也不怕，和離了照樣還能找一個更好的。」

朱子裕氣得額頭的青筋直跳，看著安明達的眼神也充滿了不悅。畢竟是剛從沙場上下來的，身上還有血腥氣，安明達打了個哆嗦，哭喪著臉道：「皇上就是這麼說的。」

朱子裕收回視線，不滿地嘟囔道：「皇上怎麼比我未來岳父大人嫁朱朱姊時還多事。」

安明達抹了把汗，心裡暗忖：那能一樣嗎？徐鴻達好歹有兩個閨女，皇上就這麼一個，還撈不著相認。

朱子裕掛念著去瞧青青，便也沒和安明達多說，只咬定說要問了青青再答覆，便讓人送了安明達出去。胡亂將頭髮擦了個半乾，朱子裕換了身衣裳，帶著各種土儀直奔徐府。

徐鴻達和沈雪峰也是在當值的時候聽人說朱子裕回來了，兩人估摸著這小子出宮後肯定得往徐家來，便和上峰告了假，趕緊回府。

寧氏在家正和青青商議著拿料子給家人做春裝的事，就見這翁婿兩個急匆匆地回來了，忙問道：「出了什麼事？怎麼這時候回來了？」

沈雪峰笑道：「岳母，子裕回來了，這會兒剛進了宮。」

寧氏聞言愣了片刻，這才一把拽住了青青的手，笑道：「青青，子裕回來了。」

青青心裡一酸，眼圈紅了起來，一邊笑，一邊流下淚來。

徐鴻達一年多未見朱子裕，心裡剛有點記掛他，這下倒好，人還沒到，先把閨女惹哭，當下將那指甲大的思念拋到腦後，心疼地說：「等他來了，爹替妳打他！」

青青拿帕子擦了擦眼角，故意開玩笑道：「只怕會閃著爹的腰。」

徐鴻達尋思了片刻，又道：「讓妳姊夫打他。」

沈雪峰想起朱子裕舞得虎虎生風的長矛，忍不住捂著脖子退後了兩步，驚恐地道：「爹，我可是你的親女婿啊！」

徐鴻達被他氣笑了，「行了，別鬧，趕緊找人打聽看人出宮了沒？」

沈雪峰應了一聲，讓自己的長隨去打聽消息。

沈雪峰去向徐婆子請安，徐鴻達估摸著母親會細問，便也跟著去了。過了半晌，兩人同徐婆子一起過來了。

徐婆子脫鞋上了炕，笑道：「我聽說子裕回來了，就趕緊過來，省得他一會兒還得往裡頭跑，耽誤說話。」又問寧氏：「讓廚房預備飯菜沒有？晌午子裕能來咱們家吃飯不？」

寧氏道：「剛打發人和廚房說了，做幾樣子裕愛吃的。只是晌午能不能來說不準，如今還在宮裡，等出宮以後也得回府向老太太請了安才能過來。」

果然如寧氏所說，快到晌午，沈雪峰的長隨才回來稟告：「朱三爺剛從宮裡出來，他說快馬加鞭跑了一個多月才回來，要先回府沐浴，下午再過來請安。」

徐婆子聞言心裡不是滋味，嘆了口氣，「這孩子可吃了苦。打小雖習武苦了些，但好歹錦衣玉食的。哪像如今，用了一個多月的時間跑了大半個國家，他祖母若是知道了，還指不定得多麼心疼呢。」

「這也是子裕有那本事，才多大啊，就能上陣殺敵了。哪像宮尚書，叛國的那個，這回逮著沒？」寧氏轉頭問徐鴻達。

徐鴻達受不了娘們之間毫無邏輯的對話，皺著眉頭道：「這我上哪兒知道去啊？」

徐婆子白了他一眼，「啥都不知道。雪峰，你說，抓到了沒有？」

「必須抓到了呀！」沈雪峰機靈地往前湊，神神祕祕地說：「期間過程可精彩了，比話本還好聽呢，我這說不好，等子裕來，讓他好好給您講講。」

徐婆子笑了，「還是你這孩子說話明白。」

寧氏深以為然地點頭。

徐鴻達滿腹鬱悶：女婿都是糟心的玩意兒！

……

「朱三爺來了！」吃罷了飯，徐家人正圍坐在一起吃茶，就聽外面丫鬟來報。

徐婆子笑道：「可是來了！」說著放下茶碗，竟要親自去迎。

幾人剛到門口，朱子裕正掀了簾子進來。他去瞧青青，見她紅著眼眶站在眾人後面對著自己笑，頓時心疼得不得了。

向徐婆子、徐鴻達夫婦請完安，又和沈雪峰見了禮，朱子裕這才有機會湊到青青面前，小聲問道：「青青近日可好？」

青青點了點頭，看著朱子裕的眼裡閃過一抹心疼，「你高了，也瘦了。」

這時眾人才注意到，走之前朱子裕比徐鴻達略矮些，如今都比他高半個頭了，以往俊秀的面龐多了幾分剛毅和稜角。

朱子裕心裡肚裡滿滿的都是想和青青說的話，可這會兒面對面見了又不知說什麼好，只忍不住伸出手想去拉她。

徐鴻達眼疾手快地將女兒拽到身後，踮起腳擋住了朱子裕的視線，「先坐下說話。」

朱子裕：未來岳父真礙眼！

徐鴻達：對付臭小子就要嚴防死守！

兩人眼神交鋒，各自退一步，找了張椅子坐下。

朱子裕問旁邊的沈雪峰：「朱朱姊今天沒過來？」

沈雪峰聞言得意洋洋，「你朱朱姊在家看著朱寶。對了，朱寶就是我兒子，剛滿三個月，昨兒還翻了個身呢！」

朱子裕見沈雪峰露出一副「我兒子最厲害」的嘴臉，心裡冒酸水。自己喜歡青青的那會兒，沈雪峰還整天管朱朱叫大侄女，現在人家連兒子都有了，自己卻還沒娶上媳婦。

朱子裕看著青青的神色，不禁有些哀怨：好想正大光明地拉青青的手，不用像眼下似的偷偷拽一下，旁邊還有個防賊一樣的未來岳父。

徐鴻達咳了一聲，打斷朱子裕盯著青青不放的眼神，努力裝出和顏悅色的表情，「雲南那邊的事可都了結了？」

朱子裕道：「已經攻下緬甸，正等著皇上下旨設立緬甸土司。」

徐婆子聽不懂這些，她一門心思等著問那個叛國賊的下場。

朱子裕笑著說：「本來想一刀砍了他，太子說不如生擒了送回來讓皇上處置，也好消解心頭惡氣。我是快馬加鞭帶著一萬大軍回來的，押解宮愷的那行人估計比較慢，約莫還有幾天才能夠進京。」

徐婆子聽了大為解恨，怒罵道：「白吃了我們大光朝這麼些糧食，真是窩囊廢！打不夠就跑啊，跑不了咬舌頭死了也比當叛國賊強，居然還連累了一家老小跟著他下地獄。你們說，我說的對不對？」

「徐祖母說的是。」朱子裕附和道：「若是那宮愷有您老這覺悟，也不會損失我朝那麼多士兵了。不瞞您說，他就是個貪生怕死的膽小鬼，自打我們擒了他，雖抱著將他給皇上出氣的心思，但也想著他是個老臣了，若是他尋死便隨他去，不必攔著。即便這樣，他寧願每日忍受士兵的責罵侮辱，也不捨得自盡。皇上這麼多年來一直重用他，可真是看走了眼。」

眾人嘆了口氣，又問起征戰緬甸時的事情。

朱子裕避開凶險的，挑了幾個尋常的事講了。縱使這樣，依舊聽得眾人驚嘆連連。等說起殺緬甸王時，徐婆子等女眷都忍不住驚呼起來。

沈雪峰捶了捶朱子裕的肩膀，「你這小子這回立了大功，皇上有沒有說獎賞你什麼？」

朱子裕一下子紅了臉，看著青青的臉滿是柔情。

徐鴻達見狀，瞬間緊繃起來，心裡閃過一絲不妙之情，就聽朱子裕害羞地說：「原是求皇上給我和青青賜婚的，只是皇上說既然我不用加官進爵的，只一個賜婚太簡薄了些，說可以用我的軍功給青青換一個封號。」

徐鴻達和沈雪峰聞言心中遲疑，徐婆子和寧氏則是滿滿的迷茫，問道：「什麼封號？」

朱子裕道：「可以賜給青青郡主的封號，同時賞賜封地。」

眾人皆倒吸一口涼氣。

徐鴻達和沈雪峰是朝廷命官，對歷朝歷代的封賞也算了解，從未聽說過軍功可以為旁人求封號的。寧氏則是大為心驚，她雖不懂這樣合不合規矩，卻也知道大光朝的郡主不多，得到封地的更是幾乎沒有。

青青不是宗室之女，就這樣輕而易舉成了有封地的郡主，到底是因為朱子裕的功勞，還是皇上知曉了青青的身世？

青青也相當錯愕，她下意識看了寧氏一眼，卻發現她面白如紙，連忙摟住寧氏的手臂，急切地問道：「可以拒絕這個冊封嗎？我不想當什麼郡主！」

話音一落，眾人齊刷刷吸了口冷氣。

比起朱子裕剛才的話，青青的決定更為驚人。

沈雪峰不解地問道：「為什麼啊？」

青青一臉平靜，淡淡地說道：「無功不受祿，我要這個郡主封號做什麼？」

朱子裕看了看青青，心裡感到不安，問道：「青青，妳不會不想和我成親了吧？」

青青聞言，忍不住嗔他一眼，「傻子，我哪有那麼說？」

朱子裕撓撓頭，「只要願意和我成親就行，郡主當不當無所謂，我養得起妳。」

徐鴻達簡直聽不下去了，重重地咳嗽兩聲，「青青的親爹在這裡呢！」

沈雪峰立刻附和道：「就是就是，我岳父大人同意把青青嫁給你了嗎？你就在那邊得瑟！用得著你養嗎？」

看著一唱一和的翁婿，寧氏原本惶恐不安的心忽然平靜下來，她意識到自己不用害怕。若是皇上真的知道了青青的身世，那麼他這委婉的冊封不正是說明了他不能光明正大地認回青青嗎？若是沒察覺青青的身世有何不妥，那自己何必又為此擔心？

徐婆子看看這個，看看那個，有些糊塗地問道：「不是王爺的女兒才是郡主嗎？我們青青也能當郡主？」

沈雪峰道：「以前倒也有冊封民間有功女子為郡主的先例，只是比較少罷了。」

徐婆子問道：「當了郡主後，還是我們家的孩子不？不會過繼給哪個王爺吧？」

沈雪峰笑著說：「您老放心就是，這個不牽扯過繼的事。」

徐婆子一拍巴掌，「好事啊，青青，妳為什麼不答應？」

青青看了看寧氏，寧氏早已想通了關節，此時面色如常。察覺到青青的眼神，寧氏拍了拍她的手，「雷霆雨露皆是君恩，若是回絕了，只怕會惹怒皇上，不如答應下來。」

徐鴻達也點頭道：「這事雖有過先例，但在本朝也算首次。只怕除了朱子裕的軍功外，太后也說了好話，要不然不會封妳為郡主的。」

青青望著朱子裕道：「你真的想好了，將你的戰功拿來為我請封？」

朱子裕笑得開懷，「我隨軍征戰緬甸，就是為了能風光娶妳。」

青青笑了，丹鳳眼裡閃過淚花，鄭重地點頭道：「好！」

見青青和朱子裕兩人情意綿綿地凝視著彼此，徐鴻達腮幫子酸得疼。打小捧在手心裡精心養大的女兒，從一顆幼苗精心呵護，培育成蓓蕾初開的嬌花，還未疼惜夠呢，就有人想要來辣手摧花了。

看了眼朱子裕，又回頭瞅了眼沈雪峰，徐鴻達很是不滿，「哼！」

沈雪峰：我幹什麼了我？

這時，寧氏的丫鬟過來回話，看了看朱子裕，略微為難地說：「朱三爺送來的土儀有些不明白是什麼，不好入庫。」

朱子裕恍然大悟，笑道：「都是從雲南得的一些東西，因來得匆忙，沒來得及寫禮單，就一併拉來了。」說著對寧氏道：「有幾樣是單獨給祖母、嬸娘和青青的，不如出去瞧瞧。」

徐婆子笑得都看不見眼睛了，「到哪裡都惦記著你徐祖母，不孬，沒白疼你。」

下人把箱子全抬到院子裡，第一個箱子略小，裡頭擺著些精緻的匣子，朱子裕拿出一個打開遞給寧氏看，「雲南那邊也盛產玫瑰，這些都是當地有名的玫瑰胭脂，方子我給嬸嬸尋來了，您看有沒有能用得上的。」

寧氏拿過一小瓶玫瑰口脂瞧了瞧，「顏色看著更豔麗些，多謝你想著。」

第二個箱子是首飾，朱子裕道：「都是從緬甸皇宮裡得的，留著給青青賞人。」

徐婆子好奇地打開一個匣子，見裡面是一對碧綠色晶瑩剔透的鐲子，稀奇地問道：「這是什麼玉？看著怪透亮的。」

朱子裕答道：「緬甸那邊的一種硬玉，說是叫翡翠，我瞧著那裡的婦人都愛戴這樣的鐲子。」又指著其他幾個箱子裡用軟布包的整塊玉石，說道：「這些都是那種叫翡翠的石頭，做鐲子和玉佩都成。」

寧氏道：「回頭找手藝好些的玉器師傅來打鐲子，青青小時候撿的那塊羊脂白玉、藍田玉和紅水晶都還放著，正好一併打磨出來做成頭面，出嫁的時候好用。」

沈雪峰聞言深深地震驚了，看著青青問道：「這玩意兒也能撿得到？」

青青一臉無辜，「當時撿到的時候是石頭，後來摔裂了才發現裡面有東西。」

沈雪峰撓撓下巴，覺得哪裡不對，「藍田玉不是失傳千年了嗎？」

青青想了想，說道：「是開原石的師傅說的，他沒見過也說不準，不知姊夫知不知道哪家玉石師傅眼光獨到，請他來認認。」

朱子裕哪肯將這種機會讓給沈雪峰，忙說：「回頭我幫妳找去，不必麻煩姊夫。」

沈雪峰臉色肅穆，搖了搖頭說：「我覺得還是先不找人來辨認比較好。」

青青一臉不解，「為何？」

沈雪峰道：「這藍田玉的珍貴性自不必說，就從失傳千年這點來看，但凡有一塊藍田玉出世，都會引起軒然大波，更何況史書中說秦始皇的傳國玉璽就是用藍田玉刻的。」

徐鴻達若有所思，「若是我家發現了藍田玉，那必須得獻給皇上了。」

沈雪峰點點頭，「是，小婿正是這般考慮的。若是想進上，那不妨拿出玉石，否則倒不如像以前一樣藏著比較好。」

徐鴻達看了看青青，沉吟片刻道：「那鑒定之事暫且拖一拖吧，等過幾日青青冊封郡主，京城各府還不知得議論多久，這時候暫且低調些比較好。」

青青連忙點頭，她其實對那塊藍田玉沒有太多感覺，但是不知為什麼也不想獻給皇上。其他幾個箱子都是裝雲南和緬甸當地的特產，朱子裕給徐鴻達帶了茶葉，沈雪峰軟磨硬泡地分走了一半，給徐婆子送了各色衣料和藥材。另有五大簍各類野山菌，都是京城平常沒見過的菌種。青青上前略微翻看了一下，笑道：「倒可以煮個山菌鍋子吃。」

寧氏嗔了青青一眼，「子裕好不容易回來，妳就給他吃鍋子打發他？」

朱子裕忙道：「吃什麼都好，青青愛吃的我都喜歡。」

沈雪峰哎喲一聲，見朱子裕射過來不善的眼神，立刻捂著嘴道：「酸得牙疼。」

朱子裕嗤笑一聲，「明日我去你家，可得好好向朱朱姊告狀。」

沈雪峰的口氣立刻軟了下來，湊過來摟著比自己還高一些的朱子裕，撞撞他的肩膀，「咱們倆以後可是連襟，咋能啥事都向你姊告狀呢？」

寧氏見兩人打打鬧鬧的，不禁好笑，一邊吩咐人將幾個箱子抬了各放各處，一邊看著時不時互相對視的小兒女，心裡暗嘆女大不中留，佯裝無意地說：「雪峰，你今日正好有空，我家那兩個小子你去看看他們的功課。」又指使徐鴻達幫自己看帳本，最後看了眼滿臉期待的朱子裕，寧氏點了點青青，「去吧，帶子裕去園子裡轉一圈，一會兒過來吃晚飯。」

朱子裕爽快地應了一聲，走到青青身邊，拽了拽她的袖子。明明這麼高的人，可是一面對青青，舉止投足就不自覺撒起嬌來。

寧氏拽著不情願的徐鴻達往屋裡走，徐婆子好笑地跟在後頭，不停絮叨：「你媳婦讓你看個帳有什麼不樂意的？趕緊的，別惹你媳婦生氣。」

徐鴻達滿心無奈，他是不願意幫媳婦看帳冊嗎？他是擔心那個臭小子又趁著沒人瞧見的時候摸自己閨女的小手。

見實在推脫不過，徐鴻達給了朱子裕一個警告的眼神，乖乖地被媳婦拽進了屋裡。

等院子裡的人都走光，青青這才看向朱子裕，臉上不自覺露出甜蜜的笑容，「走吧，我帶你去瞧我新種的花。」

一年多未見的兩人，心裡嘴裡都是滿滿的話。並肩走在園子裡，見左右沒人，朱子裕忍不住伸手勾住青青白嫩的小手，紅著臉卻不敢看她，低聲問：「青青，妳有沒有想我？」

青青笑著看他，落落大方地道：「我自然是想你的，每天早上我都在三清面前幫你念一回祈福的經文，就想著你能早些回來。」

朱子裕咧嘴一笑，露出潔白的牙齒，臉上滿是害羞的紅暈。他緊緊握著青青的手，輕聲說道：「我也想青青了，每天都想。」

青青笑了笑，轉頭去看園子裡綻放的山茶花。

朱子裕伸手摘下一朵層層疊疊分外嬌豔的粉色山茶，別在青青的髮上。他的眼神認真，簪花的手卻有些發抖。他的呼吸拂在青青的臉上，惹起了一片紅暈。

「好了！」朱子裕看了看青青，眼神裡滿滿的都是愛戀，「真好看！」

也不知誇讚的是花，還是簪花的佳人。

青青微微害羞地低下了頭，朱子裕伸手想把她摟在懷裡……

「少爺，你晚上在徐家吃飯不？」玄莫的大嗓門打破了兩人之間的旖旎。

朱子裕循聲看到玄莫蹲在兩家中間的圍牆上，見朱子裕看過來，玄莫興奮地擺擺手，「天莫讓我問您，要是您在這裡吃，我倆就先回家，晚上再來接您。」

朱子裕第一次覺得兩家中間這堵長長的圍牆如此礙眼，腳一抬，一顆石子從地上彈了起來。那小石子像離弦的箭，朝玄莫射了過去。

玄莫躲閃不及，小石子正中眉心，當即從牆頭上掉了下去。

牆那邊，天莫發出爆笑聲。等玄莫再爬上來時，額頭上已有一個鴿子蛋大小的包。

玄莫頂著紅腫的小包，鍥而不捨地問：「少爺，我們先回家到底行不行啊？」

「滾滾滾，趕緊滾，晚上不用你們來接，放你們十天假，好好在家陪媳婦和孩子。」朱子裕眼裡閃過一絲笑意，口氣雖然不耐煩，卻從懷裡掏出一個瓷瓶扔向玄莫，「塗上，把包揉開。白練了這些年的武了，連一顆小石子都躲不開。」

玄莫接過瓷瓶，自得地說：「拿一個包換十天假，值得！」

朱子裕好氣又好笑，「誰給你出的主意？」

玄莫理所當然地回答：「天莫啊！」

牆那頭的笑聲瞬間消失，朱子裕挑了挑眉，「本來我打算給你們放一個月的假，誰讓你趴牆頭來著，所以只有十天了。」

玄莫叫了一聲，從牆上跳下去。

那頭很快傳來玄莫的吼叫：「看你出的餿主意，看拳！」

朱子裕恨恨地道：「早晚在牆上釘上釘子，讓他們沒法落腳。」

青青笑道：「真巧，我爹也是這麼想的！」

兩個月後，楊將軍和太子帶著大軍班師回朝，盛德皇帝領著文武大臣親自到城門相迎，犒賞三軍。百姓們夾道歡迎，跪在路的兩側，一睹英雄的風采。

在金鑾大殿上，盛德皇帝連下三道聖旨。除了對三人的厚重封賞外，一道冊封徐鴻達之女為懿德郡主，賜魯省為封地。

聖旨一下，滿朝文武面面相覷，這軍功還能換封號的？

不等眾人多想，安明達緊接著又念了一道賜婚聖旨，將新鮮出爐的懿德郡主，賜婚鎮國公府的世子朱子裕。

◆　◆　◆

京城裡近來最熱門的話題是，一個從六品小官的女兒被封為郡主，並指婚鎮國公世子。有知道徐家的紛紛表示徐鴻達命太好了，大女兒嫁到太傅府就罷了，小女兒直接成了郡主，還是未來的鎮國公夫人，真是好命。

徐鴻達笑在臉上，心裡卻止不住地流淚。

說好的等閨女十八歲再出嫁呢？

皇上，您到底收了朱子裕什麼好處，那麼迫不及待想將我閨女嫁出去？

他不知道的是，皇上怕他外放了把閨女帶走，到時候他就沒辦法在太后宮裡瞧見美美的閨女了，這才忍痛割愛，便宜朱子裕那小子。

總歸是喜事，徐家大擺宴席，往日來往的只有鎮國公府、輔國將軍楊家、沈太傅府，都是高門大戶，平常多是同樣品級的小官，可自從家裡出了一個郡主，京城裡許多一二品大員便通過沈太傅家的關係，跟徐府要個帖子。旁的不說，讓自己的閨女與郡主親近一下，也學學郡主的過人之處，將來能說個好親事。

據說郡主這個懿德的封號，是太后娘娘選的，說嘉懿郡主總是進宮陪伴她，德行美好，才華橫溢，深得她喜歡，所以才選了這樣一個高度誇讚其德行的封號。

青青臉有點紅，她在宮裡光給太后講段子來著。

青青得了郡主封號，也有人眼紅，旁的不說，本朝一共三個親王、五個郡王，只有和親王的長女在出嫁時封了郡主，還沒有封地，而和親王的其他嫡女和庶女在出嫁時都未得封。剩下的幾個親王都曾經在盛德皇帝繼位前與其有些齟齬。眼看著各家親王府都有女兒備嫁，但皇上連提都不提，似乎像忘了這件事一般。郡王府多半還好，他們的女兒最多也是個縣主身分，只嘴上醋一醋罷了。

京城其他豪門貴冑的姑娘，對青青多是羨慕的態度，倒有一個人意難平，便是昌樂侯的女兒李元珊。她早在沈太傅府上做客時就與青青姊妹倆不睦，被青青的一幅畫打了臉生了怨恨，後來又被朱朱撞破在梅林裡對三皇子表白被拒，更是惱羞成怒。此後每當在宴會場合碰見徐家女兒，定會陰陽怪氣地說兩句，奈何青青姊妹從來都是靠實力打別人的臉，不費嘴上功夫，反令李元珊在夫人們之間得了個刻薄的評價。

如今李元珊已嫁人，沒成為夢想中的三皇子妃，而是被家裡許給了表兄。雖也是老牌世家，但爵位只剩最後一代。李元珊嫁的是小兒子，更沒有什麼東西能繼承，以後也是分出去過活的命。

眼看著自己最厭惡的姊妹倆，一個嫁給了權勢滔天的沈家，夫君又是正經探花出身，以後前程自不必說，而青青的親事讓她兩眼發紅不說，郡主的名頭更是讓她睡不著覺。她相公見她和發癔症似的整晚不知叨叨什麼，嚇得幾日都歇在小妾屋裡，愣是不敢回正房。

這些紅眼病的人，青青自是不知，太后又讓人給她做了成箱的衣裳，打了各色的珠寶首飾。她親自去宮裡謝恩，然後忙起家裡宴席的事宜。

因為來的人多，因此宴席分了三日，第一日是親戚朋友和徐鴻達的同僚，第二日、第三日則是不算相熟的人家，按品級分了日子。

第一次辦這麼隆重的宴席，寧氏少不得提起十二分的精力，連朱朱都將朱寶放在婆婆那邊，親自回來幫忙。酒菜什麼的不用愁，朱朱從酒樓裡調來四個大師傅和十個打雜的夥計，連各樣珍稀的食材都一併送來。

戲班子用的是鎮國公府的家戲，在鎮國公府老太太這些年熱愛各類修仙故事的奇特愛好下，戲班子在追求唱、打的基礎上，講究的是既要唱好曲子，又得演好故事。如今家裡有戲班子的人家不少，但多半唱的都是相同的劇碼，到誰家都是這幾齣。

鎮國公府現在沒有當家主母，只有一個姑娘打理家事，故而基本上不辦什麼宴席，京城眾府近些年來都沒聽過鎮國公府的戲。

酒菜、戲班子都有了，寧氏和朱朱整日為宴席的流程、金銀器皿、宴席座次、打掃更衣的屋子忙得團團轉。沈太傅府逢年過節常擺幾桌宴席，誰和誰親近，誰和誰不和，皆瞭若指掌。朱朱這些年每逢宴席也跟著忙碌，學了不少東西，這回特意和沈夫人請教了一二，要了自家宴會用的座次單子，便回家給徐婆子參詳。

到了正日子那天，寧氏和朱朱更是天一亮就起來，各處又瞧了一遍，見事事妥當才放了心。待到巳時，客人們陸續到來，男人們引到前廳坐，婦人女孩們都到了內院的小廳。

青青打扮得俏麗，與來人問好。女孩們有相熟的，也有初次見的，青青領了她們到隔壁的屋子吃果子喝茶。

青青本就貌美，又一團和氣，連那第一回見的都很快放下了拘謹，跟著說笑起來。女孩子們湊在一起無非是胭脂、首飾、衣料的話，青青懂的多，和誰都能接上話，又能說出子丑寅卯來，這屋裡很快就熱鬧起來。

夫人們在小廳裡聽見內間裡傳來的說笑聲，不禁都笑道：「她們倒是玩得快活。」有羨慕的人對寧氏道：「不知妳怎麼養閨女的，聽說樣樣都通。」

寧氏笑道：「我自己都是個愚笨的，哪裡會教什麼？」

也有的人問：「原來郡主的畫就賣價極高，這回有了郡主的名頭，只怕更要難得了，但不知郡主往後還作畫不？」

寧氏道：「她自己的鋪子，怎麼打算的我也不知。我家裡素來對兒女管得寬泛，她若是愛畫，畫一輩子也沒人說她。若是畫膩了，要停了鋪子也隨她去。本就是她一個愛好，掙了銀子也是她自己的，由著她折騰吧。」

大理寺卿薛夫人自打請青青畫符，又有了胭脂下毒一案，與徐家來往密切起來。聽見寧氏如此說，不禁笑道：「不是我誇郡主，實在這孩子畫得著實好。自古書畫大家多是男人，難道我們女人不會賞畫不會作畫不成？還不是被他們這些男人給硬壓下去了。郡主開了書畫鋪子，用了書香居士的名號，作的畫頗有吳道子遺風不說，畫技高超誰不佩服，可是給我們女人家爭了口氣。」

聽見外頭的說話聲，薛夫人的女兒薛一諾好奇地問青青：「徐姊姊多大開始學畫的？」

青青道：「第一次拿畫筆時才三歲，那時候不懂畫，只拿師傅的畫來描紅或上色。」

薛一諾笑道：「我那會兒《三字經》還讀不熟呢。」

第一回來徐家的翰林院學士之女李夢茹說道：「我爹收藏了郡主一幅《錦繡山河》，我也只是去他書房才看過一眼，平日裡我爹珍惜得不得了，碰也不許我們碰的。今日有幸過來做客，不知可否看一下郡主的書房，也讓我好好賞兩幅畫，回家說去，讓我爹眼饞。」

其他女孩聞言，皆一臉期待地看著青青。

青青點頭道：「妳們不嫌無趣便好。」

女孩子們簇擁著青青跟著一起去了青青的院子，打開房門，便見整個廂房都被打通了，牆壁上掛著數幅字畫，桌案上、畫缸裡皆是青青的大作。

女孩們三人一堆，五人一組，去尋自己喜歡的畫賞玩。這些嬌女對於書畫都略通一二，鑑賞之餘少不得評論一番，有說的不一樣的，便拽青青來評判，一時間書房裡熱鬧不已。

薛一諾極愛一幅《大光山河圖》，拿在手裡看了半個時辰捨不得放下。

想到今年薛一諾要訂親，青青和她說：「等妳成親的時候，我送這幅畫給妳添妝。」

薛一諾先是大喜，隨後想起青青的畫價值不菲，女兒家之間添妝八兩十兩的也就夠了，哪裡肯收如此高價的添妝禮，連連搖頭道：「不行，這不合適，太貴了些。」

青青挽著她的手臂，親熱地說：「若是這樣說，就是和我不親近了。我送妳只看我們之間的情誼，難道還要拿銀子衡量不成？」

薛一諾被她說得一笑，她本就是落落大方的人，便也不矯情了，將畫卷遞給青青，「那妳可得幫我收好了。」說完忍不住一笑。

書房裡正熱鬧，前面已經預備開席了，寧氏打發丫鬟來尋這些千金小姐們，青青這才恍然發覺已過了這麼久，於是先讓丫鬟帶姑娘們去一回淨室，再一起去了席上。

宴席分了三日，每日來的人不是特別多。拿今日來說，後院只擺了五桌而已。徐婆子、寧氏陪著夫人們，朱朱陪著年輕的小媳婦，青青則招待這群姑娘。

酒過三巡，小戲唱起，雖然都是不到十歲的孩子，但一個個聲音清亮，唱作俱佳。這齣戲講的是一個秀才無意間獲得一機緣，每晚在夢中都能到天庭一遊，今天唱的這折就是講初上天庭的所見所聞。

因故事新奇，戲子們演得活靈活現，唱得又好，因此眾人都看住了。直到天明時秀才做完神仙安排的打掃活計，得了一口仙露返回人間，救活了重病在床的母親，眾人才回過神，紛紛笑道：「這是哪裡的戲班子？唱得倒是有趣。」

寧氏道：「鎮國公府的小戲，唱的是老太太喜歡的話本，勝在新鮮有趣。」

沈夫人誇讚道：「平常聽戲也聽過百十齣，翻來覆去都是那些戲文，雖然唱腔悅耳，但也不免聽得絮叨了。這齣戲雖然白話些，但聽得倒更讓人入戲。」

翰林院學士李夫人道：「不如再讓他們唱上一折，倒比旁的有趣。」

寧氏應了，打發人去戲班子說一聲，於是稍微潤了嗓子，這些孩子們又上臺唱了起來。熱熱鬧鬧的到了下午申時，打聽到前面散了席，眾人才起身告辭。

寧氏母女三個一路送到二門處，方才回來。

讓人看著收器皿桌椅，寧氏累得癱在榻上動彈不了，朱朱和青青還想給她按腿按腰的，寧氏擺手道：「讓我躺著就成，妳倆也歇歇，還有兩日的宴席呢！」

青青和朱朱應了聲，也頭挨頭腳挨腳地倒著，一會兒就睡著了。等母女三人醒的時候，天都黑了，丫鬟點燈笑道：「姑爺想接大姑娘回家，聽說姑娘睡了，在老爺書房等著。」

寧氏聞言懊惱道：「都怪我累迷糊了，該讓妳那會兒一起回去，白讓姑爺等這麼久。」

朱朱微紅了臉，半是惱怒，半是害羞地說：「我都說了來家裡忙上三天，晚上不回去，又做什麼非得接我？」

寧氏忙說：「朱寶還小，怕是晚上會找娘。再者說，咱們兩家離得近，明天早上妳再來就是，也不必太早，吃了早飯再來就行。」

寧氏打發人去提晚飯，趕緊和女兒們梳洗了請女婿過來。因鬧了一天，徐鴻達、沈雪峰都喝不少酒，晚上以清淡小菜為主，一家人安安靜靜吃了飯，朱朱夫妻起身告辭。

寬敞平穩的馬車裡，朱朱捏了沈雪峰的腰一把，嗔怒道：「我說了今晚在娘家睡的。」沈雪峰順勢一把將朱朱摟在懷裡，親吻她耳垂，曖昧地說道：「離了妳我睡不著。」

縱使兩人已成婚三年，朱朱依舊被沈雪峰挑逗得面紅耳赤，輕輕捶了他胸膛一下，嚶嚀了一聲，「別鬧。」

沈雪峰笑了笑，又在她嘴上親了兩口，方小聲說道：「早上妳走了以後，我找東西，看到妳箱子裡藏了一個匣子。」

「匣子？」朱朱有些茫然，因為屋中箱子裡都是匣子，她不由問道：「哪個匣子？」

沈雪峰曖昧地在她手心裡畫了一個圈圈，「就是岳母幫妳準備的春宮圖啊！」

朱朱瞬間紅了臉，掙脫了沈雪峰的摟抱不敢看他。

沈雪峰將朱朱抱在膝蓋上，摟著她不許她動，繼續說道：「雖然畫得醜了些，但上頭幾種姿勢倒是新奇，晚上我們也挑兩個試試？」

「羞死人了！」朱朱捂著沈雪峰的嘴不許他說，沈雪峰忍不住笑了起來，溫熱的呼吸席捲著朱朱的手心，朱朱的呼吸不免也變得急促。

只是這時已進了內城，沈雪峰不敢再逗朱朱，怕一會兒二人下了馬車後丟醜，便將朱朱抱在懷裡，兩人交頸摟抱著，平復著體內的燥熱。

鎮國公府內，朱子裕沐浴過後半躺在床上看書，背著劍的朱子昊竄了進來，一邊將劍抱在懷裡，一邊好奇地問道：「哥，你今天見到青青姊沒？打扮得漂亮不？」

「沒有！」朱子裕鬱悶地說：「裡頭有不少未出閣的姑娘在，我不方便進去。」

朱子昊「唷」了一聲，似乎有些替他遺憾。

朱子裕看著弟弟抱著的劍，好奇地問：「這一年我不在家，你的劍法可有長進？」

話音一落，朱子昊就興奮地抽出了長劍，朱子裕來不及阻擋，眼睜睜地看著他弟一劍下去，一丈開外的書架一分為二，隨即轟然倒塌。

臥房的書架上擺著的書都是朱子裕常看的，眼看自己心愛的兵法就這麼砸在廢墟裡，朱子裕頓時火冒三丈，從床上一躍而起。朱子昊見勢不妙，幾步竄了出去，可他到底跑得不如朱子裕快，沒出院子就被抓了個正著。

據說當晚朱子昊被揍得抱頭痛哭，連後頭的老太太都聽到了聲響，鼻青臉腫的模樣更是見者流淚聞者傷心，以致於不明真相的人都猜測，是不是鎮國公府的兩位公子之間不合，不然怎麼會打得這麼慘烈。

吃了大虧的朱子昊很想去青青跟前晃一晃，賣個慘，順便告他哥一狀，可惜徐府還有兩天宴席要擺，等擺完了宴席再歇上幾天，朱子昊來的時候臉上的傷已好了大半。

縱然這樣，朱子昊來徐府的時候，臉上仍是青青紫紫的。

徐婆子拽著朱子昊，心疼地問道：「你哥怎麼把你打成這樣？」

在旁邊的朱子裕笑了一聲，朱子昊便將預備好的扯謊說辭給吞了進去，哼哼唧唧道：

「不小心把我哥的書架給弄塌了。」

徐婆子不識字，但養了個狀元兒子出來，知道買書是多費銀子的事，當即念叨他：「那書架又不是能玩的東西，怎麼能把書架弄塌呢？你哥打你不虧！」

看著朱子昊青白交加的臉，青青和朱子裕大笑。

訂了親，朱子裕來找青青更加明目張膽了。大光朝本就風氣開放，未婚男女都可見面，更別提未婚夫妻了。無情地將弟弟丟到了徐祖母的屋裡，朱子裕和青青打著賞花的藉口，一前一後離開了。

朱子昊心裡忿忿不平，「我也要找個媳婦！我也要訂親！」

徐婆子笑著逗他，「你看中哪家的姑娘了？徐祖母給你做媒去。」

朱子昊一肚子話給憋了回去，半晌才絕望地道：「我還沒見過別人家的姑娘呢！」

朱子裕早把蠢弟弟拋在了腦後，跟青青手牽手，滿園子轉悠，「我家園子的花開得好，等我們成親，我讓人將園子裡的登高樓收拾出來，夏天我們就睡在那裡，既涼快又清靜。」

青青面上卻有些愁雲，她鬆開朱子裕的手，隨意採了些花配著柳枝編花籃。

朱子裕在她身邊坐下，用手撥開她臉頰的髮絲，「怎麼不高興了？不想嫁我呀？」

青青嗔了他一眼，輕聲問道：「我們必須得今年成親嗎？」

朱子裕一聽這話音不對，連忙拽著她問：「皇上都選好日子了，我盼了好幾年了！」

青青放下花籃，小聲道：「昨日我去向太后請安，聽娘娘的意思，今年我爹許會外放。不知我爹會到哪裡做官，總不會是近的地方。剛嫁人就要離爹娘這麼遠，我捨不得。」

朱子裕沉默了片刻，方說：「既然太后說了，定是選好了地方，回頭我偷偷打探，也悄悄去問問沈太傅，若是得了信，我再和妳說。」

青青點頭，又道：「現在也未必定得下來，聽說一般快到八月才會下旨。」

朱子裕笑道：「我們六月就成親，等到出了滿月，我陪妳回娘家住對月。」

青青見左右無人，悄悄告訴他：「當初姊夫來我家的時候，都是住前院書房的。」

朱子裕一張俊臉變成了苦瓜，皺著眉頭粗聲粗氣地說道：「這一定是岳父的餿主意。」

青青伸手刮了刮臉蛋，睨他一眼，「回頭我把這話告訴我爹。」

朱子裕抓住她的手，放在手心裡揉搓，嘴上哀求道：「好青青，千萬別告訴妳爹，若是他聽到了，成親時還不知道要怎麼為難我。我可不像姊夫文采那麼好，到時候對不上他的詩，誤了娶妳的時辰可怎麼好？」

青青狡黠一笑，「我教你一個法子，你去求姊夫，他整日和爹在一起辦公，一定能知道爹會出什麼題目。再讓他幫著做兩首詩，你背過就得了。」

朱子裕喜笑顏開，轉而又道：「妳前幾日說要打首飾，我請了一個極好的玉石分割師傅，明日打發他過來？」

青青說：「也好，只是不知他會不會切割打磨紅寶石？我想拿紅寶石打兩副頭面。」

朱子裕道：「鑲嵌寶石另有一個出名的師傅，明日請他一起過來。這樣精貴的東西，得花細功夫才能做出好的頭面來。」

未婚的小倆口坐在廊下私語，宮裡的皇上和太后也在談論徐家，盛德皇帝有意外放徐鴻達去四川管鹽業。

川南一帶是本朝最大的井鹽產地，每年朝廷從川南徵的鹽稅就有二百萬兩，但與旁處的鹽務不同，自貢的井鹽是掌握在張、王、李、趙四大家族手裡，多年形成一個結實緊密的鹽網，雖每年賦稅超過二百萬兩，可這些人手裡剩下的只有更多。

盛德皇帝一直想改革川南的鹽務，奈何前一任巡撫李光照因急於立功，不明不白地死在了任上。雖拿不出什麼證據，但種種跡象顯示，巡撫之死與四大鹽商脫不了關係。可以說，川南這塊是個幹得好極容易立功，卻也風險並存的一個地方。

太后聞言有些不安，「既然這麼危險，讓徐鴻達去妥不妥當？可別讓他丟了性命，到時候咱們和沒法和嘉懿交代。」

盛德皇帝負手道：「朕打算讓楊將軍一起前往，任四川提督一職。楊家和徐家向來交好，有楊將軍在，定能保徐鴻達平安。」

肆之章◆十里紅妝鬧四方

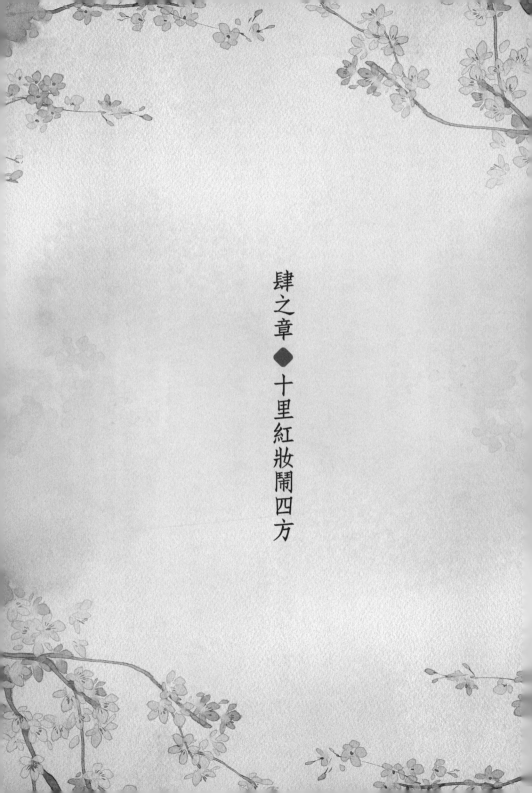

五月的天已經開始熱了，換上薄衫的青青，坐在炕上聽寧氏說及笄的事宜。及笄禮那日穿的衣裳戴的首飾都不用另備，及笄用的三套衣裳和首飾，太后早就安排人做好賜下來。

到了正日子，饒是寧氏做了萬全的準備，也被上門的人數驚住。有一家來了好幾口的，有外甥女侄女都帶來的，將後院特意搭起的棚子擠得滿滿當當。寧氏和朱朱眼看著招呼不過來，沈夫人忙讓自己其他三個兒媳婦幫襯著安排座次，招呼茶水。

正熱鬧著，忽然一僕婦匆匆進來，回稟道：「宮裡來了人。」

寧氏聞言連忙帶人到二門處恭迎，半晌徐鴻達、朱子裕二人陪著太后宮裡的錦瑟嬤嬤和御前大太監安明達從前院過來。

寧氏請安問好，錦瑟嬤嬤和安明達也和善地回了一禮。

安明達朝徐鴻達擺擺手，笑道：「徐大人自去忙就是，讓徐宜人陪著就成了。」

徐鴻達笑著點了點頭，倒是朱子裕踮著腳眼巴巴地往裡瞅，可惜二門處離棚子遠著，自然是什麼也瞧不見。

徐鴻達見朱子裕唉聲嘆氣，不由推他，「走吧，怎麼這麼沒出息，昨兒不是剛見嗎？」

朱子裕搖了搖頭，用憐憫的眼神看了眼徐鴻達，「一日不見如隔三秋的這種感情，岳父大人是不會懂的。」

徐鴻達氣得恨不得一巴掌把朱子裕給拍出去。

什麼叫這種感情我不懂？

當年我暗戀青青她娘的時候，你這個小兔崽子還沒出生呢！

給了朱子裕一個不屑的眼神，徐鴻達哼了一聲，背著手，昂首挺胸地走了。

朱子裕十分不解，岳父大人到底在驕傲什麼？

寧氏帶著錦瑟嬤嬤和安明達來到棚子，熱鬧喧譁的棚子裡一靜，沈夫人和楊大太太孟氏率先反應過來，笑著打招呼，其他人方才起身行禮。因兩人是代表皇上和太后來的，因此沈夫人等人往下讓了一個位置，請二人上座。

錦瑟嬤嬤今日不像在福壽宮的時候那麼嚴肅，穿的衣裳鮮亮了兩分，臉上也帶著笑容，可她是規矩了一輩子的人，縱使坐著，身子也挺得直，雙手板板整整地放在膝蓋上。

面對眾人或多或少的好奇目光，錦瑟嬤嬤泰若自然地道：「太后娘娘掛念懿德郡主，本想親自來觀看郡主的及笄禮，但皇上擔心太后年事已高，出宮多有不便，恐傷鳳體，便讓我同安公公一起代為觀禮。」

寧氏鄭重地行了大禮，謝過皇上和太后娘娘的厚愛。

青青及笄禮的正賓是大理寺卿薛連路的夫人，贊者由朱朱擔任。從一開始的素衣襦裙、曲裾深衣，到最後的大袖長裙翟衣，薛夫人配著衣裳連梳了三個髮飾，意味著青青從天真無邪的女童，成為典雅端麗的少女。

一次又一次的跪拜，青青拜父母的養育之恩，拜長輩們的關愛之情，接著拜皇上和太后娘娘的厚愛。

丫鬟送上素酒，青青一邊敬酒，一邊鄭重地向薛夫人、觀禮的客人等作揖行禮。

望著女兒有些稚嫩但不失端莊大氣的舉止，寧氏想起了青青剛出生時的情景。本覺得還在眼前的事情，看到亭亭玉立的女兒，才恍然發覺已經過去了十多年。

安明達和錦瑟嬤嬤觀完禮就要回宮覆命，青青和寧氏不免挽留一二。

錦瑟嬤嬤幫著青青正了正髮髻上的簪子，笑道：「太后娘娘還等著我回去講給她聽，若是回去晚了，只怕娘娘晌午飯都用不香。」

寧氏、青青及幾位相熟的夫人將人送到二門，徐鴻達、朱子裕早得了信在二門外候著，迎了安明達和錦瑟嬤嬤出來。徐鴻達這邊領了二人要走，卻見朱子裕邁不動腳，回頭一瞧，原來是看盛裝打扮的青青看傻了眼。

青青看見了朱子裕的傻樣，忍不住笑彎了眉眼。

徐鴻達見朱子裕像呆頭鵝似的，嗤笑一聲，按住他的頭，輕聲喝道：「看什麼呢？還不趕緊跟我到前面去。」

朱子裕艱難地轉頭，嘴裡應著，腳卻不動。

安明達笑道：「少年慕少艾，我們郡主又是絕色佳人，朱大人看呆了也是有情可原。」

眾人聞言大笑，朱子裕回過神來，撓了撓頭，難得有些羞赧。

錦瑟嬤嬤也笑意盈盈地道：「還有兩個月就要成親了，等娶回家再可勁地看。現在還未成親就這樣盯著人家姑娘瞧，只怕你岳父不樂意。」

看了眼徐鴻達的黑臉，朱子裕心虛地乾笑兩聲，朝青青擠了擠眼睛，乖乖跟著去送客。

安明達和錦瑟嬤嬤回到宮裡，各自回到主子身邊，繪聲繪色地講起青青及笄禮上的事。兩人都是伺候主子多年的，口舌伶俐，千篇一律的及笄禮愣是讓二人說出花來，聽得不僅太后懊惱沒能堅持己見去觀禮，連皇上也認真琢磨等青青成親時自己是否方便去觀禮。

說到朱子裕看著青青發呆的時候，兩人更是止不住地笑。

錦瑟嬤嬤說：「娘娘不知道朱子裕那傻樣，愣是把咱們郡主看出個大紅臉來。」

太后笑道：「這說明這對小兒女感情好，一輩子都能恩恩愛愛的。」

盛德皇帝聽了安明達的描述，卻是略帶著醋意地冷哼，「徐鴻達就是沒用，黑著臉朱子裕也不怕他，若是朕在，哼……」

安明達抹了把額頭上的虛汗，心道：若是皇上您黑臉，別說朱子裕了，就是朱子裕他爹也得嚇得腿哆嗦啊！

辦完了及笄禮，青青專心備嫁，鎮國公府此時卻在忙旁的事。

鎮國公朱平章要迎娶第三任夫人了。

頭幾個月前，鎮國公府的老太太上摺子跟太后說這事時，太后一陣厭煩。自己的孫女眼看著就要嫁進去，這時候突然多了一個不相熟的婆婆，任誰都不自在，可鎮國公如今還算壯年，不讓人娶也說不過去，便命人仔細打聽了女方的品行。

幾日後，安明達親自來回話，說道：「也是殷實人家的女兒，父兄都在朝中為官，及笄後定了一武將為妻，未料這武將在成親前三個月去緝拿匪患的時候，一時大意被絆了馬腿，從懸崖摔下去死了。姑娘被婆家指責命硬，姑娘一氣之下要剪了青絲長伴古佛，幸好她娘眼疾手快攔了下來。雖沒叫這姑娘出家，但也在家裡修了個佛堂，隨她每日在裡頭念佛。」

太后微微皺眉道：「是誰給鎮國公府做的媒？」

安明達回道：「是楊家。楊四將軍有個下屬是昔日死去的那個武將的上峰，說那武將家裡這些年心裡的怨氣都散了，也可憐那姑娘守著，想託人幫著說一門親事，算是為自己死去的兒子積德。楊四夫人親自去瞧了，雖模樣寡淡了些，但性子比那模樣還淡，是個沒脾氣好相處的，也不像是會為難媳婦的婆婆。」

太后道：「這也就罷了，只是她的八字到底如何？剋不剋家人？」

安明達不知想起什麼，忽然笑了，「皇上召欽天監來問，監寺說命是硬了點，有些剋夫，對旁人倒沒妨礙。皇上說剋死了朱平章正好，省得他娶了一個又一個，也不嫌鬧得慌。」

太后聞言笑了兩聲，對錦瑟嬤嬤說：「回頭鎮國公府請誥命摺子時，記得提醒哀家。」

……

經過幾個月的準備，朱平章在兒子成婚前一個多月將媳婦娶進了門。因鎮國公府娶的是第三任主母，並未大肆操辦。第二日見家人的時候，朱子裕和寶珠還好，朱子昊難免想起自己的親娘，心情有些低落。

朱子裕見狀扯了朱子昊出去，去距離京城五十里地的一座被圈起的狩獵圍場跑馬打獵，瘋了十來日。朱子昊練了這麼久的功夫，可算有用武之地了，東一劍西一劍的和野物近距離廝殺，倒是斬殺了不少東西。

朱子裕殺了一隻黑熊，朱子昊居然殺了一隻矯健的豹子，十分得意。

收穫滿滿，凱旋而歸。兩人將東西歸類，一半差人送回府裡，一半兩人親自送到徐府。

在山上打獵，兩人住在莊子裡，衣服雖乾淨，但和野獸搏鬥，身上多少有些傷痕。朱子裕有過廝殺的經驗，又多年習武，擅長遠攻，除了手臂被抓了一道血痕，旁的倒無大礙。朱子昊就慘多了，手臂和腿上各有幾道傷不說，臉上還有兩道痕跡，幸虧只破了點皮，又及時塗了青青給備的藥，如今已經結痂了。

徐婆子見了朱子昊的模樣，心疼地多說了幾句。朱子昊樂呵呵聽著，一點也不膩煩，等徐婆子說完，他便講起這幾日打獵的種種，說得眉飛色舞。

青青回房取了配好的去疤痕的藥，晶瑩剔透的小瓶只裝了核桃大小的藥膏。

青青道：「早晚塗一次，薄薄一層便好，保管不出五日就好了。」

朱子昊看了眼藥膏的瓶子，「瓶子怪好看，就是藥膏少了些。青青妹多給我一些，也不拘這麼好看的瓶子，隨便裝在什麼裡頭都成，我手臂和腿上還有傷呢！」

青青笑道：「這原是在胭脂鋪賣的藥膏，因此瓶子精緻些。前幾日我想著朱寶學走路難免磕著碰著受傷，便在家裡也調配了些，正好做的有多的，你若是不嫌棄瓶子不好看，我拿瓷瓶多裝些給你。」

朱子昊忙說：「青青姊的藥膏比太醫配的管用，給我我就偷著笑了，怎會嫌棄？」

青青便打發人再去拿些藥膏來，徐婆子則問朱子裕兩個：「你們那個新後娘如何？」

朱子昊通過這幾日的發洩，心態倒是調整過來了，認真想了一回，方說：「臉上看著沒多少笑意，但說起話來倒是軟聲軟語的，只是不知為何，祖母對她淡淡的。」

徐婆子心道：那是被你親娘嚇出心病來了！

只是眾人都知道，朱子昊這個孩子單純心善，他母親的所作所為與他並無關聯，他也絲毫不知情，故而誰也沒告訴他親娘的種種惡毒，都哄他騙他說是病死的。

朱子裕道：「打她嫁進來第二日，我就帶子昊出門打獵了。我們雖不在家，但每日我都打發人來給我送信。據這十來天看，倒是個本分的，早上向祖母請安後大半天都待在正院裡，祖母的吃穿用度都親力親為，對家裡的幾個姑娘也上心，認真教導我家三個庶妹的針線，只是寶珠要把中饋交給她，她以未管過家為由給推拒了，也不知是真心還是假意。」

寧氏道：「我聽你四舅母說過，這姑娘在家時是個本分和善的，雖念了五六年的佛，性情變得冷淡些，但心應該不壞，要不然四夫人也不會叫她給你們做後娘。你們和她相處時也別總把人往壞了想，旁的不說，面子情總該顧到。就拿你們這次出來打獵來說，實在很不該，這個時候出來，難免會讓人覺得你們兄弟不待見後母。」

朱子裕和朱子昊乖乖地應聲，寧氏笑道：「回去記得找話圓一圓，你們是小輩，總不能先從你們這失了禮數。」她看著朱子裕和朱子昊兩個兄弟，臉上充滿了慈愛之情，「好在你們大了，只要她不傻，就知道該好好拉攏你們，而不是和你們勾心鬥角，算計來算計去。」

徐婆子指著朱子裕接著說：「看你平日裡穩重，其實還是淘氣得像孩子似的。旁的不說，你眼看著就要成親了，若是臉上被抓個口子，到成親那日還好不了，可不就露醜了。」

朱子裕和朱子昊兩兄弟忙發誓下回再不這麼莽撞了，哄得徐婆子直笑。

說了會兒話，天色尚早，徐家也不留他們兄弟吃飯，打發他們趕緊回家，省得老太太惦記。青青送朱子裕出去的時候，悄聲問道：「你哪日來？我燉熊掌給你吃。」

朱子裕眉開眼笑地說：「明日在家陪陪祖母，後日一準過來。可惜這會兒的熊掌不肥厚，若是冬季裡獵的熊，那熊掌才叫好吃呢！」

朱子昊聞言也不顧朱子裕嫌棄的目光，努力地擠到兩人中間，拽著青青的袖子道：「青青姊，燉熊掌時多放些筍，既鮮美又吸油膩。」

青青笑道：「我沒做過熊掌，回頭從食道長留下的食譜裡翻找，看看有沒有這道菜。」

朱子裕是吃過食道長的手藝的，頓時口水直流，朱子昊更是饞得沒法，好聽的話不要錢似的一個勁兒往外掏，把青青鬧得咯咯笑。

朱子裕看弟弟狗腿的模樣，心裡暗自慶幸：幸虧這小子年紀小，若是和自己同歲，只怕又要多一個情敵。

剛琢磨這事，就聽朱子昊拍胸脯道：「可惜妳和我哥訂親了，我只能把妳當親姊看。唉，我就不如我哥命好，以後也不知能不能找到和青青姊手藝一樣好的媳婦。」

青青撲哧一聲，笑了出來。

朱子裕一巴掌把弟弟拍飛，「想吃好的，多養幾個廚子就罷，誰娶媳婦是為了吃的？」

青青笑道：「姊夫當初就是喜歡我姊做的菜，兩人成天嘀咕吃的，才互相看對眼的。」

朱子昊也是吃過朱朱做的菜的，當下垂涎欲滴，仰天哀嚎，「若是我再大個幾歲，定要和朱朱姊成親，可惜生不逢時啊！」

朱子裕又氣又笑，指著他和青青道：「倒是和姊夫有得一拚。」

青青點點頭，「看得出是小時候虧了嘴。」

三個人說笑了一番，青青將兩人送到二門外才回轉。

當天下午，青青果然拿出食道長的菜譜翻看，然後在廚房花了小半日的時間處理好了熊掌，又拿高湯小火煨著。

待到朱子裕兄弟倆來的那日，青青取出煨熟的熊掌去骨，又佐以青蝦、鮮筍、火腿、嫩菜心等物，將熊掌大火紅燒。待這道菜端上桌時，只見熊掌油亮金黃，肉質酥爛。

徐婆子年紀大了，吃不得太油膩的東西，吃了兩口熊掌便只夾裡頭的配菜吃。青青和寧氏也只嘗了幾口，倒是徐鴻達夾了剩下的大半個放在碟子裡，就著小酒細細品嘗。

青青的三個弟弟平日裡雖吃的不少，但和朱子裕兄弟倆比起來就算秀氣了，三人分食一隻也盡夠了，剩下的兩個都讓朱子裕兄弟倆一掃而光，尤其是朱子昊，就著熊掌上的肉吃了兩碗飯還不足，見盤子裡剩下了不少碎肉和湯汁，便讓丫鬟直接往盤子裡盛了一碗飯，拌了拌，呼嚕呼嚕都吃了。

徐婆子見朱子昊吃得香甜，笑得滿足，指著自己的三個孫子道：「你們看看子昊，自習武後，身子不知強了多少，飯量也見長。你們跟你爹學五禽戲到底學出個門道沒？我怎麼見你們吃的還是不如子裕兄弟他們多呢？不行，你們跟著他倆也蹲馬步去。」

徐澤寧三兄弟頓時苦了臉，朱子裕立刻力挺小舅子，笑道：「他們以後都是要考狀元的，武藝不必精通，能夠強身健體就成。子昊以後和我一樣，得走武將的路子，少不得每日都得把時間用在這上頭，因此吃的多些。」

徐澤寧連連點頭，徐鴻達用筷子往他頭上一敲，喝道：「你今年也十二歲了，眼看著進國子監讀了幾個月書，也不知有無長進，一會兒吃了飯到書房我考考你。」

徐澤寧讀書扎實又肯花功夫，當下樂呵呵地應了，還想著拿自己這幾日作的文章叫爹瞧瞧。當徐鴻達的視線滑向徐澤然時，徐澤然垮了臉，他依舊和小時候一樣，雖然極其聰明，但功夫都用在了作畫上。

徐鴻達見到徐澤然向青青求救的眼神，冷哼一聲，「你若作畫我也不管你，等你什麼時候考出舉人來，我隨你到處畫去。」

徐澤然眼睛一亮，「若我考到舉人，爹當真不管我？我去遊覽山河作畫，爹也不說？」

徐鴻達想起兒子那過目不忘的腦子，頓時後悔自己話說得太快，只好硬著頭皮道：「你想出去遊覽河山，必須得自己賺盤纏。男子漢大丈夫，總得有養家的本事，總不能靠你娘和你姊接濟你一輩子。」

徐澤然信心滿滿，「將來我的畫定比姊姊的畫賣的價格還高。」

徐鴻達本想說他猖狂，卻不料青青先開口道：「有志氣，姊相信你。」

徐鴻達見狀只得快快地把話吞了回去。

小心翼翼觀察著敵情的徐澤天見躲過了一劫，方小聲地鬆了口氣。其實他不知，就他一個小屁孩，還在啟蒙階段，有先生管著，前頭的哥哥教著，徐鴻達自然放心他的功課，根本不願意把心思放在他身上。

鬆快了幾日，青青開始最後盤點嫁妝，鎮國公府也在為親事做最後的忙碌，只是他家一個剛進門的夫人，一個未出嫁的姑娘，雖然都按照東西準備了，但哪裡有缺漏就沒什麼經驗了。朱子裕想著後娘張氏這些年也沒和人交際，怕是禮儀都生疏了，請示了老太太後，便去輔國將軍府請了大舅母來幫忙。

親外甥的婚事，孟氏十分上心，每日早上跟楊老太太請完安就到鎮國公府，各處點卯後一處處檢查婚禮要用的東西。

寧氏原本給青青備的嫁妝同朱朱一樣，近來因封了郡主的身分，少不得再加二十台。正在寧氏四處張羅著再買些古董、打些首飾之類的，宮裡忽然賜下來嫁妝。皇上賞了五十抬，太后賞了五十抬，整整一百抬嫁妝，寧氏傻了眼，這回倒是不愁嫁妝不夠，而是太多了。

皇上和太后的舉動又讓京城為之一震，紛紛都說：「看來太后娘娘真心喜歡郡主，就是去年太后的親侄孫女出嫁，太后也只賜了十抬嫁妝。」

也有的人說：「原本都說徐姑娘這郡主身分是朱小將軍拿軍功換的，我看怕是也有太后的默許和推波助瀾，歷朝歷代沒有聽說拿軍功可以給女人換封號的。」

青青再次成為京城人關注的焦點，此時她卻沒空關注旁人的議論，倒是忙著和寧氏再次翻檢嫁妝。原來自家備的精簡一部分，再使勁塞塞，最後拾掇了一百二十八抬的嫁妝出來。

嫁妝換了，嫁妝單子也要重抄，好在宮裡送的東西是有單子的，只謄抄一遍，再加上自家的東西就得了。寧氏親手幫著青青抄嫁妝單子，越寫越是心驚，一樣樣東西往常都是聽過沒見過的，有些甚至聽都沒聽過。

她不知道，這是皇上和太后開了私庫，找了自己珍藏多年的奇珍異寶來。按照盛德皇帝的話說：「就這麼一個女兒出嫁了，不能叫朕一聲父皇，但朕總得盡些當爹的義務才是。」

若不是怕太過惹眼，盛德皇帝把一百二十八抬嫁妝全包了的心思都有。

御賜嫁妝雖然讓人羨慕得眼紅，可眾人都知道，自從四年前太后因大愛書香居士的畫，將徐家二姑娘叫到宮裡去畫影壁牆之後，隔兩三日就要叫她進宮陪著說話，甭提多受寵了，連宮裡的偏殿都撥給她起居用。每逢過年、太后壽誕的時候，旁人都在棚子裡候著，偏她能請了自家人和親近的人家到偏殿休息。一想著人家在暖和的屋子裡吃茶、喝點心，自己只能在外頭凍著，眾命婦便暗嘆沒生個會哄人的好閨女。

原本京城不少人家都猜測徐二姑娘長大後會入宮為妃，畢竟長得那好模樣，又成了太后心肝上的人，誰知一道聖旨下來，封她為郡主不說，還賜了婚，並賞賜了一百抬的嫁妝，據說隨便哪一樣拿出來都是價值連城的寶物。

這下眼紅的人更多了，許多人甚至開始琢磨，徐姑娘嫁了人想必進宮的日子就少了，自家的孩子看看哪個模樣好又會說話的，找個機會帶給太后瞧瞧，看是否能得太后的青眼。

打這種譜的人不少，有些自認比較有「遠見」的人家，自影壁牆那事起，就花大筆銀子請了名家回來教家裡的女孩作畫，希望能投太后娘娘所好。若是像徐二姑娘一樣，能長伴太后娘娘左右就更好了，以後說不定能也嫁個公府、王府之類的，還能得到御賜的嫁妝。東西是小，難得的是臉面，有太后娘娘撐腰，以後在婆家不會輕易讓人欺負了去。

青青安心在家備嫁，福壽宮卻熱鬧非凡。一些高門大戶的老封君能和太后說上話的，陸續遞牌子進宮，還都帶著自家養得嬌嫩靈巧的孫女，有的甚至帶著自家孫女作的畫。

一開始太后不明所以，順勢誇了句好，那家子喜出望外，隔了兩日帶著孫女又來了。一家這樣，偏偏幾家都是這個套路，太后總算想明白了前因後果，頓時哭笑不得，連說這些人家太會鑽營，等下回這些人家再遞牌子進宮，都叫太后駁了回去。

在三皇子府裡，安平微躬著身子，講著近日來京城的新鮮事。

祁昱自淑妃被杖斃後，一直躲在府裡閉門不出。去年雲南發生戰亂，他自認得了機會，找各種機會想隨楊將軍出征，不料皇上派了太子去雲南，反而斥責他自以為是。

備受打擊的祁昱又龜縮回了府裡，遠離一切爭鬥，卻也遠離了權力中心。

安平說完新郡主和御賜一百抬嫁妝的事後，忐忑不安地抬頭偷偷瞄了眼三皇子的臉色。祁昱似乎沒有察覺，只面無表情地盯著自己手裡的茶盞，過了好一會兒才擺了擺手，安平滿頭虛汗地退了下去。

徐家……祁昱眼裡閃過一絲複雜的光芒。

當初和徐家相遇時正是他風光的時候，母妃是得寵的淑妃娘娘，自己是皇上最喜愛的兒子。當時他春風得意，想為太后壽誕準備一幅畫，原本只在書畫坊下個訂單就好，可他好奇作畫之人到底長何模樣，所以逼迫書畫坊的掌櫃將作畫之人食客帶來。本以為會是個滿腹才華的才子，卻不料來的是豆蔻年華的少女。

想起第一回見徐嘉言的情形，祁昱臉上不自覺露出笑意。

徐嘉言的模樣清秀，姿色也算不上多出眾，但白皙的肌膚卻讓人忍不住多瞧兩眼。她就像隻小奶貓一樣，瞧著慵懶可愛，可時不時就想伸出利爪撓他一下。瞧著她對自己敢怒不敢言的樣子，他就忍不住想逗弄她，可惜啊……

祁昱心裡有幾分苦澀，可惜佳人對他無意，反而與沈雪峰訂了親，聽說現在連兒子都有了。看了看自己如今的窘境，他不由嘆了口氣，當沈府正兒八經的少奶奶，總比做自己這樣一個破落皇子的侍妾好。

想起當初結識徐家姑娘的情景，祁昱當真是想不到，自己風光的皇子生活，居然會終結在徐家人手裡。

「母妃，妳糊塗啊……」

祁昱臉上閃過一絲傷痛。

當初他第一次見徐家二姑娘的時候，還笑言她與母妃有些相似。也就因為這相似，淑妃害怕徐家二姑娘會入宮，害怕她會奪走自己的寵愛，所以想了下毒的法子，卻沒想到徐家安然無恙，而寵冠後宮的淑妃卻因此被杖斃。

想到母妃臨終前的淒慘模樣，又想到徐嘉懿現在的風光大嫁，祁昱是既心疼又惱怒。心疼母妃只因一番胡亂的猜測就斷送了性命，惱怒徐家的咄咄逼人。當年只要徐家退一步，母妃就不會被皇上追責，那些見不得人的東西也不會被翻出來。

「上酒！」祁昱怒喝一聲。

安平在外面無聲地嘆了口氣，一邊打發小太監去廚房取下酒菜，一邊熱了酒送進去。

「殿下，醉酒傷身，您少喝些。」安平勸道。

「傷身？」祁昱嗤笑了一聲，「縱然傷身，有誰會心疼我？父皇，還是太后娘娘？」他笑著將杯中的酒一飲而盡，眼淚從眼角滑落，「他們寧願去疼愛一個和他們毫無關係的女子，也不願分一絲寵愛給他們的親兒子親孫子。」

喝了幾杯酒，祁昱的臉上多了幾分凶狠，「一定是太子怨恨我當初故意壓制他，所以現在開始對我報復了。」他一把將安平的領子揪住，喝問道：「是不是太子最近在皇上面前說我的壞話了？你是不是瞞著沒告訴我？」

「沒有！沒有！」安平連連擺手，因為緊張和害怕，聲音有些沙啞，「我的好主子，市井上傳的話，小的還能聽得到。太子殿下住在宮裡，小的如今連宮門都進不去，哪裡能知道太子和皇上說了什麼話？」

祁昱鬆開手，愣愣地跌坐在椅子上。

◆◆◆

日子轉瞬即逝，眨眼到了青青出閣的前一日，徐澤浩的媳婦小王氏代表娘家人替妹子往鎮國公府送嫁妝。青青的一百二十八抬嫁妝早已在京城傳得沸沸揚揚，喜歡八卦的京城人士左等右盼，終於到了送嫁妝的日子，大家都早早地吃了飯，提前到徐家到鎮國公府的必經之路上等候，想瞧瞧這御賜的嫁妝裡到底有什麼好東西。

百姓八卦就算了，許多夫人閒來無事也很關注此事，有含蓄的讓奴僕去瞧瞧好回來給自己說說，有的直接提前訂了沿街的酒樓，準備到時從窗邊一睹御賜嫁妝的真容。

送嫁妝的隊伍這邊剛出了街口，就被接踵而至的人群嚇了一跳。好在自家這是喜事，來看的人越多越好，鼓樂簇擁，吹吹打打，一百二十八抬嫁妝逐一抬出家門。

百姓們自覺地站在路邊，誰也不敢靠近了瞧，那可是皇上賜的，若是離得太近把那金燦燦的首飾、圓滾滾的珍珠碰下來摔壞，可是要殺頭的。

因為圍觀的人太多，五城兵馬司的人也趕了過來，十步一人地攔在路邊，維持秩序。

因本朝送嫁妝的時候，箱子、匣子的蓋子都是打開任人瞧的，所以路人們看得格外清楚。雖然有些東西他們不認得，但不妨礙他們的認知。用老百姓的話說：晃得眼睛都睜不開，一看就值錢。

幾個年輕的夫人站在一家店鋪的二樓，擠擠攘攘地瞧著下面路過的嫁妝箱子。一箱箱的頭面首飾，有赤金的、白玉的、珊瑚的、瑪瑙的，各色寶石，花樣更是讓人眼花繚亂。什麼累絲嵌寶銜珠金鳳簪、金鑲珠寶松鼠簪、金累絲嵌紅寶石雙鸞點翠步搖……一件件做工精緻的首飾，看得這些夫人們興奮不已。

「那支雙層蝴蝶金簪真是漂亮，外頭可想不出這麼精巧的法子，一瞧就是宮裡的手藝，回頭我也找個老師傅給我打一支。」一個年輕的小夫人說道。

「那些金簪子倒罷了，不過是精緻些，樣式新穎些，我瞧著最好的是那串珊瑚珠，那麼漂亮的正紅當真難得。和親王府的郡主出嫁時也有一條，只是瞧著珠子不如這個大，顏色也比這串暗淡了些。」一個年紀大了幾歲，似乎更有見識的夫人說道。

另一個也不甘寂寞，嘰嘰喳喳地插進話來，「那匣子珍珠妳們瞧見沒？看那光澤怕是南珠吧？只是怎麼都那麼大？」

「進到宮裡的南珠自然是最大最好的，咱們沒見過也是有的。」

「上回吃酒，林家那個三少奶奶戴了一對南珠的耳環，還說是宮裡娘娘賜下來的，我瞧著比這個小一圈還多呢！」

……

首飾看完了，又去瞧一箱箱的衣裳和布料、皮子。因衣裳都是摺著的，看不出來樣式，但單看那料子和上頭露出的繡花，也足以讓人津津樂道了。

有的人瞧了，忍不住和旁邊的人說道：「宮裡這嫁妝早就給備下了吧？單說這麼些衣裳可不是幾日功夫能趕出來的，那衣裳就是最熟練的繡娘不歇著也得繡上十天半個月。」

夏天的衫、冬天的襖，宮裡給準備的四季衣裳足足有兩三百件之多，件件用的都是各地進上的好料子。

衣裳首飾之類的，女人看得一個個眼睛發亮，男人們卻有些不明所以，直到看見一件件家具時，才瞪大了眼睛。黃花梨雕花千工床、紅木邊鑲大理石插屏、紫檀嵌象牙花映玻璃炕屏、紫檀邊座嵌雞翅木圍屏、雞翅木雕竹屏風……

另有各種擺件、各種書冊無數。

鋪子、良田、莊子，皇上和太后當真像嫁自家的孩子一樣，準備得無比齊全。

前頭的嫁妝已經走了兩條街，後面的嫁妝還沒出門。

青青的嫁妝，讓京城百姓看得眼花繚亂。

足足一個時辰，眾人才瞧完宮裡賜下來的一百抬嫁妝。後面的二十八台，是徐家人為懿德郡主準備的。原本以為在宮裡豪華奢侈的嫁妝的對比下，徐家的嫁妝肯定不值一提，卻不料有人剛這麼說完，就被一套紅寶石的頭面打了臉。

鮮紅的顏色在陽光的照射下熠熠生輝，徐家送的這套紅寶石頭面，無論是顏色和質地都瞧著是同一塊紅寶石切割出來的。看著簪子、金釵、戒面上一個個碩大的紅寶石，一套三十多件的首飾，不得不讓人猜測到底是多大的紅寶石才做得出這樣的頭面。

紅寶石帶給人們的震驚還未退卻，一件件和田白玉的飾品再次讓人鴉雀無聲，直到嫁妝隊伍走得很遠了，圍觀的人才回過神來。

一家首飾店鋪的掌櫃咧著腮幫子道：「徐家這是挖了和田玉礦啦？」

旁邊的人聽見，忙過來打聽。

這掌櫃也愛做好人，忙介紹道：「你們瞧見沒？那匣子裡的和田白玉鐲子、玉佩、玉簪居然有上百件之多，看那成色可是一塊和田白玉掏出來的。關鍵是，那樣一塊大的和田白玉，居然細潤滑膩，毫無瑕疵，真是太難得了。」

旁邊的人驚呼，「那麼多東西同一塊玉石挖出來的，得多大的玉啊？」

掌櫃捂住胸口，「我估摸著怎麼也得像個西瓜似的那麼大。這樣好的玉，多少年都沒見過了，竟然做成了首飾，實在太可惜了。」

有人忍不住笑了，「又不是用你的玉石，你心疼個啥勁兒？」

掌櫃瞪眼，「若是我的玉石，我哪捨得做成首飾？我得把它供起來，一天上三炷香。」

眾人聞言哈哈大笑。

嫁妝送到了鎮國公府，小王氏忙著帶人去安床。輔國將軍府、沈家及一些關係親近的人家都來瞧。這些人都是見過世面，存了不少好東西的，因此也更瞧出了這份嫁妝的貴重，一個個讚不絕口。

新鎮國公夫人的母親臉上雖帶著笑容，心裡卻滿是苦澀。張家本就不是什麼大富大貴的人家，女兒為未婚夫守了多年，二十餘歲才得了這門親事。張家家底薄，原本給女兒備的嫁妝不過七八百兩的東西，後來又得了鎮國公府這門親事，之前的嫁妝就有些簡薄了，全家費盡心力還賣了兩百畝地，才湊了兩千兩銀子給女兒置辦嫁妝。

可是，瞧瞧郡主的嫁妝，只怕單那套紅寶石的首飾就不止兩千兩了。

張夫人愁容滿面地回了家，唉聲嘆氣地對她家老爺說道：「咱們家幸兒雖說是婆婆，可閨女的兒媳婦不僅是郡主，還有那麼厚的嫁妝，只怕幸兒以後不好壓制她。」

「糊塗！」張老爺喝了一聲，「咱們家閨女那鎮國公夫人的位置和虛的一樣，人家明天進門的郡主才是未來正兒八經的國公夫人。妳回頭和閨女說，好生和兒媳婦相處，別總想著壓倒這個壓倒那個的，弄那歪門邪道的心思。要是能生就趕緊生個一兒半女，後半生也有個依靠。若是懷不上更要老老實實的，以後還得在兒子、兒媳婦手裡討生活。」

張夫人道：「老爺說的是，這些不過是我自己瞎琢磨的，幸兒向來看得比我通透，定不會糊塗的，等明日我去國公府上再囑咐她。」

此時青青還不知道自己的嫁妝成了眾人關注和議論的焦點，她正好奇地坐在廊下，聽母親和姊姊在書房裡嘀嘀咕咕說悄悄話。

當日朱朱出嫁時，徐鴻達奉愛妻之命出去買春宮圖，原以為他是個穩妥之人，辦事定妥當，誰知他竟然把買回來的春宮圖私藏起來，反而把贈品給了閨女。那贈品外面看著還有模有樣，裡頭一卷卷的圖畫。打開一瞧，畫工慘不忍睹，不知道的還以為在摔跤呢。

寧氏引以為戒，不再信任徐鴻達，萬一他再幹出上回那事，不僅耽誤了閨女的正事，自己的老腰也著實受不了，因此自青青及笄那陣子，寧氏就悄悄囑咐了朱朱，讓她私下裡給青青畫一卷春宮圖。

朱朱雖成親了三年，但說起這事難免還是有些害羞，只是想想當初自己收到的那東西，朱朱還是勇於承擔起教導妹妹人事的重大任務。

之前在家，朱朱也偷偷畫過幾幅，只是中間沒藏好，不小心被沈雪峰瞧見。這下可好，朱朱像一隻送到餓狼嘴邊的羔羊一樣，差點連骨頭都被啃沒了。

面對朱朱哀怨的眼神，沈雪峰還振振有詞：為朱朱提供更多的春宮圖素材。

不敢在家裡畫，朱朱偷偷拿到娘家來畫。既要躲著青青，又要藏好不能讓人瞧見，朱朱為了這東西可謂是身心疲憊。好在青青明天要出嫁了，朱朱也畫滿了十八幅。

寧氏面紅耳赤地驗收，末了意味深長地看了朱朱一眼，暗道：小倆口會的花樣真多！

朱朱險些被她娘那眼神看得吐血。

那些姿勢明明都是妳拿的摔跤圖裡畫的！

可若是問為何記得如此清楚，那自然是因為被沈雪峰拿出來挨個實踐並反覆複習過，朱朱作為當事人之一，定然是記憶深刻。

來不及做畫軸，寧氏和朱朱商議過後決定直接放在匣子裡。

兩人將畫放好，抱著東西打開門，卻被坐在門外的青青嚇了一跳。

「妳怎麼在這裡？聽見什麼了？」寧氏有些懊惱又有些心虛，擔心青青聽到不該聽的。

青青笑道：「聽妳們在裡頭嘀嘀咕咕說送給我的畫。都畫好了？我瞧瞧？」

寧氏抱著匣子下意識往後躲，朱朱忙扶住寧氏，小聲道：「娘，反正晚上也是要給她瞧，她要是現在看，您正好給她細講講。」

寧氏下意識看了看明亮的天空，「青天白日的，說這事不太好吧？」

也不知朱朱和寧氏嘀咕什麼，寧氏臉上帶著三分羞澀、三分惱怒以及滿滿的不自在，瞥了青青一眼，匆匆丟下一句：「妳跟我進來！」就抱著匣子一溜煙鑽進了屋裡。

青青滿頭霧水地看著寧氏的背影，用手臂撞了朱朱一下，「咱娘跑那麼快做什麼？」

朱朱轉頭躲開青青探究的目光，含糊地說：「娘叫妳呢，趕緊過去。」

看著母親和姊姊神情中透著古怪，青青多了幾分好奇，起身進了屋。

寧氏坐在青青的臥房裡，見瑪瑙和珍珠跟了進來，忙把她倆打發出去，並囑咐道：「守好門，不許讓人在窗下偷聽。」

青青發誓，那句在窗下偷聽一定是娘親在打趣她。她不過是好奇她倆在嘀咕什麼，可是寧氏和朱朱的聲音實在是太小了，她當真什麼都沒聽清楚。

寧氏坐在桌旁，左手搭在匣子上，右手端起茶盞喝了兩口，自認為情緒醞釀得差不離，這才露出一個和藹的笑容，看著青青，喚道：「寶啊！」

青青打了個哆嗦，一臉驚恐地看著寧氏。

被青青這樣一瞧，寧氏好不容易琢磨好的說詞瞬間忘了七七八八。

「妳那是什麼表情？」寧氏頭疼。

「娘，您好多年沒叫過我寶了，冷不丁來這麼一下，我有點受不了。」青青指了指脖子上的雞皮疙瘩給寧氏瞧。

寧氏順手摩挲了青青脖子兩下，又努力將話題轉回來，「青青啊，妳明天就要嫁人了，娘有些話得囑咐妳。這成親了就和以前不一樣了，比如說，小倆口得在一個床上睡覺。」

青青很自然地點頭，「我知道，您和我爹不就在一個床上睡嗎？」

寧氏老臉一紅，嗔了青青一眼，努力克制著心裡的不自在，試圖說得更直白些，「夫妻兩個在一個床上的時候也不是光睡覺，有時候也會做些旁的事情。」

青青聽到這裡，恍然大悟。

原來母親打算給自己做婚前性教育，所以她和朱朱在書房裡嘀咕半天，畫的是……

「娘，您先給我看看畫唄！」青青看著匣子，滿懷期待。上輩子她好歹活了二十多年，大學時在宿舍裡，別說小黃文了，就是小黃片也看過不少。身為一個理論知識豐富的少女，青青唯一沒瞧過的就是一筆一筆畫出來的春宮圖。

寧氏醞釀好的情緒再次被青青打斷，頓時惱羞成怒。

這孩子怎麼話怎麼多，當初跟朱朱講的時候也沒費這些事啊！

本想著循序漸進告訴女兒兩個人在一起是怎麼回事，再讓她瞧一兩眼畫就得了，誰知現在話還沒說明白，青青就想著看畫了。

「看吧看吧！」寧氏破罐子破摔，將畫匣子推向青青，琢磨著她一會兒瞧見畫定然會害羞，到時自己再仔細和她說，總比現在心不在焉的效果好。

青青期待地打開匣子，第一幅畫映入眼簾。許是寧氏和朱朱特意排了順序，第一幅畫是常規姿勢。朱朱對自己的那套春宮圖怨念過深，所以她給青青畫的都是寫實風格，拿炭筆用素描手法畫出來的。

青青腦海裡冒出來的一個念頭就是：我姊這素描畫得越來越有模樣了，可以看出她嫁人後，畫功也沒有荒廢。

寧氏無語地看著青青：光溜溜的一男一女在紙上，居然不臉紅不心跳地說什麼畫技。

想想當初朱朱出嫁前也是這個反應，寧氏頓時為自己沒有第三個女兒鬆了一口氣。

寧氏努力擠出笑容，語氣溫柔地說：「青青啊，畫技不重要，主要看內容。」

青青皺著眉頭盯著上面的一男一女，這才意識到自己應該做出害羞的表情。

說真的，這些年她沒少臉紅害羞，有時候被朱子裕盯的時間長了，就會臉紅心跳。有時候兩人牽牽小手，也會紅到脖根。她和朱子裕在一起臉紅，那是因為彼此相互吸引。兩人之間的曖昧情緒、戀愛的粉色泡泡，不自覺讓人沉浸在臉紅心跳的氣氛裡。可是單單一幅畫，青青實在代入不了任何情緒，況且她以前還看過不少更過火的，自然不會為一幅畫臉紅。

寧氏見青青盯著畫看個沒完沒了，忍不住咳嗽了一聲。

青青迅速反應過來，趕緊回想前兩日朱子裕在自己耳邊說的悄悄話……

一絲絲紅潤爬上了青青的臉頰，青青將畫放在一邊，眉眼裡都是羞澀和不安。

寧氏這才抹了把額頭上的汗：原來閨女是太遲鈍了，看了半天反應過來。

將匣子蓋上，寧氏對青青努了努嘴，「那畫瞧見了？成親以後，兩口子都要那樣的。妳是女孩子，不會沒關係，只管躺著就是。兩個人剛在一起的時候會有些疼，妳咬牙忍忍就好，千萬別把子裕給踹下床去，知道嗎？」

青青咬住嘴唇忍住笑意，微微點了點頭。

寧氏好歹算是把婚前性教育給完成了，她扶著桌子站起來，說道：「這個匣子妳要收好，等成了親，若是有什麼不懂的就打開瞧瞧。妳姊她……她給她妳畫得很詳細……」

寧氏說完，匆匆忙忙走了，出了門還不忘拽走坐在廊下的朱朱。

青青追到門外，一句話都沒來得及說，就見她娘拉著她姊跑得沒影。

珍珠一臉霧水地問：「夫人這是怎麼了？」

青青認真地說：「許是想起什麼事忘了吩咐。」

看了眼兩個丫頭深信不疑的表情，青青笑了笑，叮囑道：「妳們守好門，不許旁人進來，我略微躺一躺。」

珍珠和瑪瑙應了一聲，搬著小杌子堵著門口坐下。

青青抱著匣子坐在床上，一張一張拿出來欣賞。

不得不說，朱朱在這上頭真的是用盡了心思，人物畫得逼真不說，連表情都畫得維妙維肖，至於姿勢嘛，理論經驗豐富的青青敗給了實戰性人才朱朱。

懂的可真多，好些姿勢她以前都沒聽說過！

當晚徐家一家子坐在一起吃飯的時候，青青意味深長地看了朱朱一眼。

朱朱……

吃罷了晚飯，沈雪峰領著朱朱回家了。

青青陪著徐婆子說了好一會兒話，又替她按了回腿腳，才隨寧氏回房休息。

青青平躺在床上，寧氏側躺在她外面，支著手臂看著她，心裡既有喜悅又帶著絲絲的酸楚。女兒大了，要嫁人了，以後不能每日陪伴在爹娘身邊，說不定得十來日甚至一個月才能見上一回。再想起自家夫君說今年怕是要外放，也不知會到什麼地方做官，那時與青青一別少則三年，多則六年九年，只怕自己再見到時，女兒都帶著兒女喊自己外祖母了。

越想越難受，寧氏頓時淚如雨下。

青青嚇了一跳，爬起來拿帕子給寧氏擦淚，「娘不哭，娘若是捨不得我，我不嫁了。」

寧氏的眼淚瞬間止住，沒好氣地說：「這是皇上指的婚，妳有幾個腦袋不嫁？」

青青把寧氏的眼淚擦乾，躺在親娘懷裡，緊緊摟住她的腰。

寧氏反手將青青摟住，母女倆沉默片刻，寧氏說：「妳小時候最喜歡這樣抱我。」

青青在寧氏懷裡點點頭，上輩子她沒有父母，從來不知道有媽是什麼滋味。這輩子有了疼她愛她的親娘，她就忍不住想把上輩子缺失的愛一併找回來。

「若是嫁了人也能和娘住在一起就好了。」青青悶悶的聲音從寧氏懷裡傳來。

寧氏好笑地捋著青青黑亮的頭髮，「傻孩子，得招上門女婿才能和爹娘住一起呢！」

「我捨不得娘。」青青鼻子有些酸，眼淚忍不住掉了下來。

「我也捨不得我的青青……」寧氏收緊了手臂，淚水無聲滑落。

◆　◆　◆

震耳欲聾的鞭炮聲響起，青青穿著郡主冠服端坐在房中。沈雪峰帶著一群翰林院同僚團團將進門的路攔住，鬧著笑著，讓朱子裕答題作詩。

前面的熱鬧後院雖聽不到，但擋不住畫眉腿勤，一趟趟跑來學話。畫眉本就是說書的，她將前院發生的事繪聲繪色地講出來，還加了許多有趣的描述，聽得屋裡的人哈哈大笑。

青青微微彎了下唇角，算算時間，還有不到小半個時辰她就要離開徐家嫁到鎮國公府。告別生養自己十五年的爹娘，成為別人家的媳婦。看著寧氏紅腫的眼睛，青青一揪一揪的有些心疼。真到離別時，才知道心有多痛。

此時，徐鴻達坐在前院的正廳裡，聽著外頭的哄笑聲，想起朱子裕待青青的點點滴滴，臉上露出欣慰的笑容，可紅紅的眼圈洩露了他內心的不捨。

盛德皇帝則一個人坐在御書房中，他猶豫了幾日，最終還是沒有出宮觀禮，因為青青離別的時候跪拜的是父母，跟他一文錢的關係都沒有。在青青眼裡，他只是皇帝，僅此而已。

青青向徐鴻達和寧氏磕了三個響頭，父母親留著淚的面容最終被紅蓋頭給遮擋。十二歲的徐澤寧背起姊姊，一步一步走向門外的花轎。

在鞭炮聲中，朱子裕騎著高頭大馬，帶著自己期盼了多年的新娘回家。

拜過天地後，青青被喜娘扶著進了新房。鎮國公府的親戚不算太多，此時在新房裡的女眷多半是楊家的人。朱子裕從喜娘手裡接過秤桿，歡喜得手竟然有些哆嗦，連伸了幾次才搆住紅蓋頭，輕輕往上一挑，正好瞧見青青微微上揚的嘴角。

青青從小就長得好看，到了豆蔻年華的時候容貌更加出眾，今天是出嫁之日，青青的妝容有別於以往的輕描淡抹，盛妝的她看起來越發動人心魄。

看著青青坐在新床上，滿足和喜悅充滿朱子裕的心裡，他忍不住笑了起來。

外面還要敬酒，朱子裕囑咐珍珠和瑪瑙好好照顧青青，又想著青青一下午滴水未進，趕緊叫人把準備好的茶點端上來，又叫上一桌酒菜。

把想到的事都安排妥當了，朱子裕才在眾人的催促下戀戀不捨地走了。

楊家的人青青早已熟悉，朱家的幾個姊妹以往來的時候也見過，並無生疏之感。熱熱鬧鬧地互相見了禮，說了會兒閒話，見茶點羹湯都送了進來，大夥兒才告辭。

換上輕便的衣裳，青青叫瑪瑙打了熱水來把臉上的濃妝卸去，又塗上了面脂。

珍珠笑道：「費那麼多時候才畫出這樣的妝，旁人還沒瞧上兩眼，可惜了。」

青青道：「成親不都是這樣嗎？難不成為了讓人瞧，我還得出去轉兩圈？」

珍珠不好意思地轉而問道：「姑娘喝哪種粥？」

青青看了送來的幾樣粥，往蓮子百合粥上點了點，珍珠便盛了一碗放到青青面前。

青青舀了勺粥，吹了兩下才慢慢喝下。瑪瑙拿筷子夾小菜給她就粥吃，往桌上一瞧，每道菜都是青青愛吃的，不禁道：「這桌席怕是早就交代好的，方才能有這幾樣，姑爺真的是時時刻刻都記著我們姑娘。」

剛喝了一碗粥，又夾了一個乾煨鯽魚到碟子裡，忽然聽到外間屋子有說話聲傳來，珍珠剛要去看，就見朱子裕急匆匆進來。

青青起身相迎，「你這敬酒還沒到兩刻鐘就回來了，他們在席上肯放過你？」

朱子裕順勢將青青摟在懷裡，抱起來轉了個圈，笑道：「楊家幾個表兄幫我擋酒，我趕緊趁機溜回來瞧妳。」

青青問道：「還回席上嗎？」

朱子裕摟著青青的手越發緊了起來，輕聲道：「今晚是我們倆的洞房花燭夜，我哪兒也不去，就在這裡陪妳。」

瑪瑙和珍珠對視一眼，悄悄退了出去。

屋裡沒了人，朱子裕更大膽了些，在青青臉上親了好幾口，頭埋在她的脖頸間，「青青，我很久之前就想這麼抱妳，一直把妳摟著不放開。」

青青白皙的脖頸被朱子裕的呼吸弄得癢癢的，「難不成這樣抱著你就很開心？」

「是呀！」朱子裕在青青的脖子上又親了一下，惹來青青嬌嗔。

朱子裕見狀笑了笑，無比滿足地在青青細嫩的小臉蹭了又蹭，「以往拉妳一下手都得背著岳父大人，親妳一下更是夢中才敢的事情。現在我們成親了，每日我都可以拉妳的手，親妳的臉，妳說我開不開心？」

青青想起以前兩人相處的情景，輕笑道：「也不怪我爹老盯著你，誰讓你到我家來去自如的，我爹不防你防誰？」

拍了拍朱子裕的手臂，青青說：「我剛喝了粥，菜還沒吃呢，我們先吃飯再說話。」因丫鬟們都出去了，朱子裕親自給青青舀粥夾菜，又給她斟酒。兩人肩挨肩坐在一起，你給我夾菜，我給你餵酒，一餐飯吃得含情脈脈。直到在耳房的珍珠、瑪瑙都吃飽了飯，又喝了好一會兒茶，才有個小丫頭進來回道：「姊姊，我聽見裡頭三爺在叫人。」

珍珠、瑪瑙帶著兩個小丫頭進去，一進屋就瞧見剛成親的小倆口臉上酡紅，再一看桌上一罈酒吃了一半，菜也吃了七七八八，珍珠不禁頭大，一邊打發兩個小丫頭收拾桌子，一邊出來叫人抬熱水進去。

見兩人都有些醉了，不知要不要沐浴，瑪瑙有心想問，可一瞅兩個人手牽手說得熱鬧，又不好打擾，只得讓人把浴桶裝上熱水，恭敬地說道：「三爺、三奶奶，熱水已經好了。」

青青抬起微沉的頭直笑，「傻丫頭喝醉了，還管我叫奶奶，我是妳家姑娘！」

瑪瑙頭疼，帶著丫鬟們退出來。見丫鬟們有些懵的模樣，瑪瑙悄悄對珍珠道：「只聽說過新婚夜有新郎被客人灌醉的，還沒聽說過新娘和新郎在洞房裡吃酒吃醉了的。」

珍珠道：「倒也無礙，左右沒外人知道，只是怕他們鬧晚了，明日起來頭疼。」

兩個丫頭到底不放心，熬煮了醒酒湯想送進去，可在外頭問了幾聲，屋裡除了不知什麼動靜外，並沒有人說話。

此時朱子裕已將青青抱到了床上，俯身壓下。

看著躺在自己懷裡的青青，朱子裕的眼睛無比明亮。他低下頭吻住青青的唇，青青意識模糊地嚶嚀一聲，微微張開了唇瓣，燥熱一點一點傳開。

朱子裕胡亂解開自己的衣裳，又去拽青青身上的盤扣……

龍鳳喜燭的燭火跳躍著，映出兩人交纏在一起的影子。

……

如今天長，早上天也亮得早，不過才到卯時，天光已經大亮了。

珍珠和瑪瑙兩人提了剛燒滾的山泉水來，泡上熱茶，這才走在內室門口喚道：「三爺、三奶奶該起來了。」

連喚了三聲，才聽到裡面朱子裕粗聲粗氣地應道：「聽見了，外頭候著。」

兩個丫頭應了一聲，自去外頭等候不提。

此時新房內可謂是一片狼藉，屏風後頭浴桶裡的水灑了一半，地上隨意丟著的衣裳被水給浸了，怕是不能再穿。帷帳內各種姿勢的春宮圖撒了滿地都是，甚至外頭還有幾張。

十多歲的少年正是血氣方剛的時候，更何況娶的又是自己放在心尖尖上的女孩，洞房之夜的朱子裕別提有多快活了，緊緊抱住青青，恨不得與她融為一體。

摟摟抱抱，親親摸摸，兩人氣喘吁吁中透著幾分春意。與女孩婚前有母親教導不同，本朝的男孩多半靠自己摸索，無師自通。

朱子裕年紀雖不大，但是行軍打仗時也聽了不少葷話，那事明白不少，只不過是缺乏實際經驗。兩人親摸了小半個時辰，朱子裕只覺得渾身滾燙，像是要爆炸一般，便壓住青青想著攻掠陣地。

青青到底是嬌生慣養的孩子，從小到大手沒割破過，見到這架勢難免害怕。一個要攻，一個想躲，好不容易抱在懷裡心肝肉兒的話說了上百遍，可慢慢進去時，青青依然因突如其來的不適皺起眉頭。朱子裕瞧見了又忍不住心疼，頓時卡在那裡不敢動彈。

兩人臉上都帶了幾分痛楚，可漸漸地，青青逐漸適應他的存在，朱子裕的疼痛卻持續增加。看著朱子裕臉上身上的汗水，看著他寧願忍受不適也不想弄痛自己的舉動，青青也不知哪來的勇氣，忽然反身將朱子裕壓住，一抬腿坐在了朱子裕的身上。

青青因疼痛僵住了身子，朱子裕將她圈在自己的胸前，細細親吻，直到撫平她微皺的眉頭，這才反客為主，帶領青青感受夫妻間的趣味……

也許是第一回得了趣兒，又或是第一次就被壓在下面有些不服，朱子裕很快要再戰第二場。兩人不知鬧了多久，連青青都昏頭昏腦地將裝著春宮圖的匣子拿了出來，之後更是一發不可收拾，等鬧夠了玩夠了，小倆口連收拾自己的力氣都沒有，沾著枕頭就睡著了。

被喚醒的朱子裕看到滿地的春宮圖，不禁想起了昨日的洞房之夜，不由哀嚎了一聲，捂住了臉，自己的第一回居然被媳婦給強壓了。

將春宮圖一張張撿起來收好，朱子裕拿了一件中衣披在身上，才喚丫鬟送熱水進來。浴桶裡換上乾淨的熱水，地上也都收拾妥當了，朱子裕掀起鴛鴦戲水的被子，看到青青身上的吻痕，暗自責怪自己吃醉了酒沒輕沒重的。

叫了青青兩聲，青青閉著眼睛哼唧了一下又睡了過去，朱子裕只能打橫將她抱起，放到浴桶裡。青青枕著浴桶邊上墊著的汗巾，睡得越發香甜。

一處處細細把心愛的小媳婦洗乾淨，朱子裕又將她抱到旁邊墊了七八條巾子的椅子上，幫她擦乾身上的水珠。此時瑪瑙和珍珠已快速將新床收拾好，換了乾淨的被褥。

躺在床上，把洗得香噴噴的小媳婦摟在懷裡，朱子裕一點一點啄吻她的額頭、眼睛和鼻子。青青微微睜開眼睛，撒嬌地哼一聲，「別鬧，還想睡呢！」

朱子裕笑道：「小懶豬，還得起床請安，等見了祖母後再睡好不好？」

青青這才想起成親第二日有好多事等著她，請安見姑舅，還要祭拜祖先。越想越精神，青青側身便想起來，可剛一動，就忍不住「嘶」了一聲又倒了回去。

「怎麼了？」朱子裕急忙摟住她，還不忘掀開被子看看哪裡不對。

青青按住被子，臉蛋紅紅地看著他，有些不好意思，「我下面有些痛，你幫我打開那個箱子，上頭匣子裡頭有個碧綠色的小瓷瓶，你幫我拿過來，我塗些藥。」

朱子裕拿來藥就要給青青塗，青青搶了幾次，反而被朱子裕說道：「妳我都是夫妻了，這有什麼好害羞的？妳趕緊躺下，我瞧瞧哪裡腫得厲害，一會兒多抹點。」

青青被她說得臉上一熱，索性摸了件衣裳蓋住臉不去瞧他。

淡綠色晶瑩剔透的藥膏散發著陣陣清香，抹在紅腫處，青青只覺得絲絲冰涼蓋住了火辣辣的疼。裡外抹了三次藥，青青的臉越發紅了，想起昨晚自己喝醉了幹的那些事，不禁緊緊地捂住了臉，酒醉誤人啊！

◆　◆　◆

當開遍菊花，每日都有螃蟹下酒的時候，小倆口成親一個月有餘了。

朱子裕自打仗回來職位掛在軍中，還未再領朝中職務，因此也不用當值點卯，每日除了練武外，其餘時候都和青青膩在一起。

鎮國公夫人張氏已嫁過來幾個月了，寶珠交了幾次中饋都被退回來，等青青進了門，是正兒八經的少奶奶，寶珠又琢磨著將府內事務交給青青。

看著寶珠帶來厚厚的帳本和對牌，青青笑道：「好妹妹，我才嫁過來幾日，萬事還不熟悉呢，麻煩妳再多辛苦些日子，等轉過年去再說。」

姑嫂倆還在推讓時，瑪瑙撩起簾子進來，「三奶奶，咱們家太太打發寧哥兒來了。」

青青忙道：「快請進來。」

寶珠只得起身笑道：「嫂子有客，我明日再來。」

青青將寶珠送到門口，待人走遠，才叫人請徐澤寧進來。

徐澤寧進來茶還沒喝上一杯，就急急地說：「姊，咱們爹放了外任。」

青青臉上一白，聲音也有幾分顫抖，「去哪裡？」

徐澤寧道：「到川南府任同知，大姊夫也同去，他謀了從五品都轉運鹽使司的職位。」

青青心裡早就有所準備，因此既是欣慰又有些難過，「好在姊姊能一起同去照應父母，只是我就隔得遠了，也不知幾年才能相見。」說著掉下淚來。

◆　◆　◆

當朝太后對佛道兩教都比較推崇，自先帝殯天後，太后便多了每五年到五臺山念佛的習慣。今年又到了第五個年頭，太后就和盛德皇帝說起去五臺山的事。

盛德皇帝道：「如今四海昇平，沒什麼大事，不如讓太子監國，朕奉母后去五臺山。」

太后笑道：「也好，太子這些年越發出息了，也該放手讓他歷練一下，皇帝隨哀家出去走走，給你父皇抄兩卷經文，也順便瞧瞧這大好河山。」

這對天家母子商議定了，便著手準備出宮事宜。因是去禮佛，一切以清靜素淡為主，隨行的東西並未帶太多，不過兩三日，太后和盛德皇帝就帶著浩浩蕩蕩的人馬直奔五臺山。

太子祁顯將盛德皇帝和太后送出京城，又足足跟著走了三十里。太后叫人停下馬車，喚了太子到車前，「已經出來很遠了，趕緊回去吧，好好處理政務，不要叫你父皇失望。」

祁顯恭敬地向太后磕了頭，又去拜別了父皇，這才策馬揚鞭回了京城。

當了三十年的太子，若說對那位置不心動是假的，可惜早些年父皇對他好一陣歹一陣，他除了用心做好父皇交給他的一應事務外，旁的連打聽都不敢。好在這些年忽然轉了運勢，不僅父皇開始拿他當太子看待，他也因親自參與了魯省水患治理、攻打緬甸這兩件事，在朝中很得文武百官的心。

盛德皇帝走的時候，重要的政務都處理完畢，剩下的不過是些微不足道的小事。即便這樣，祁顯也甘之如飴，每天花大量的時間在御書房內批閱奏摺，只是坐的並不是御座，而是在御案下方又單獨擺了一個小桌。

剛批好手裡的摺子，太監來報：「殿下，楊將軍來了。」

「快請！」祁顯放下朱筆，起身相迎。

楊成德和太子在攻打緬甸的時候建立了深厚的情誼，一見面，祁顯便先笑道：「將軍好，打從雲南回來，還是第一回見你。」

楊成德行了禮，祁顯叫人給楊將軍搬椅子、倒茶。

楊成德開門見山地道：「皇上前日封了我做四川提督，臣對那邊並不熟悉，想帶幾個相熟的下屬過去。」

祁顯道：「提督相中了哪些人帶走就是，倒還親自跑一回。」

楊成德道：「旁人倒也罷了，有個人必須和太子打聲招呼。」

見祁顯一副洗耳恭聽的樣子，楊成德又道：「倒也不是外人，就是我那外甥朱子裕。殿下也知道他，子裕年紀雖小，行伍打仗卻是好手。如今京城太過安逸，鮮有歷練的機會，因此我琢磨著帶他到外頭再磨練幾年，給他好好定定性子。」

祁顯微皺了眉頭，「只是不知道鎮國公府是什麼意思？孤聽說這些年老太太十分寵溺朱子裕，去年去雲南的時候還到宮裡哭了好幾場。這跟你一走也說不好在那邊待幾年，老太太年紀大了，她能願意？」

楊成德道：「她自是有些不情願的，只是好兒郎哪能總養在家裡？殿下放心，我前幾日便和子裕商議定了，又請了我母親去和老太太說項，如今老太太點了頭，只是說在那邊只待三年，過了三年立刻就回來。」

祁顯笑道：「只要鎮國公府願意就行，至於三年的期限倒也無妨，到時候上個摺子和父皇說一聲就成了。」

兩人商議好，祁顯便囑咐楊將軍寫個摺子遞上來，祁顯則給了朱子裕一個軍中指揮僉事的職務，又叫人將摺子送了回去。

楊成德拿到摺子，讓人去叫朱子裕來，笑道：「太子准了，咱們五日後出發。」

朱子裕聞言興奮不已，「我還怕太子不許我走，又讓我在京中領閒職呢！」

楊成德笑道：「這回如意了？趕緊叫你的小娘子收拾東西。只是不知道這天高皇帝遠的地方，她願不願意跟著去？」

朱子裕笑了，「小舅忘了，我岳父這回也是去四川做官，她這幾日正傷心要與父母分離，若是知道此事，還不知怎麼歡喜呢！」

楊成德道：「既是如此，你趕緊回家去讓她歡喜一下，也好好安撫你祖母。雖說只有三年就回來，但老人家年紀大了，萬事說不準，若是傷心難過折了壽數，便是你的不是了。」

朱子裕連忙回了家，一進屋就四處找青青。

青青正在書房作畫，聽見動靜，出來說道：「今遇到什麼事這麼高興？滿院子都是你的聲音，也不嫌鬧得慌。」

朱子裕笑嘻嘻地拉著她的手進屋，打發丫鬟出去，一抬手將青青打橫抱起。青青驚呼一聲，連忙摟住他的脖子不敢撒手。朱子裕笑著將青青放在榻上，俯身壓了過去，趴在她身上逗她，「妳素來聰穎，猜猜今日我為何這樣高興？」

青青抬手捏住朱子裕的臉頰，輕聲道：「這幾日就見你神神祕祕的，還整天往外跑，可是在尋什麼差事？」

朱子裕在青青臉上親了兩下，「舅舅替我在太子面前求了指揮僉事的職務。」

丈夫升官了，青青自然也歡喜，抬頭親了親朱子裕的下巴，「恭喜相公升官。」

朱子裕笑道：「還不知道爺去哪裡做指揮僉事就高興成這樣？」看著青青好奇的眼睛，他再也忍不住了，趴在她耳邊道：「五天後咱們跟著舅舅一起去四川！」

青青不敢置信地睜大了眼睛，看到朱子裕含笑寵溺的眼神，這才反應過來，眼淚瞬間就落下來了，抱住朱子裕的脖子哭了起來。

朱子裕爬起來拿帕子給她擦淚，「好端端的，怎麼就哭了？」

青青摟住朱子裕的腰，臉緊緊埋在他懷裡，「我知道你是為了我，才去謀這個差事。」

朱子裕安撫地拍了拍青青的後背，「這也是楊家的意思，四川沒有大的戰事，但那裡匪患鬧事的卻有不少，舅舅讓我跟著再去歷練幾年。」

青青剛點頭，忽然又苦了臉，「可是，我們走了，老太太怎麼辦？這子昊和寶珠也十二歲了，再過幾年就得相看親事，若是將這事交給夫人，我總覺得不放心。」

朱子裕揉了揉她的腦袋，「小管家婆！」

看著青青不滿地鼓起小臉，朱子裕沒忍住捏了一把，說道：「不過去三年而已，到時候咱們回來他們才十五，正好說親事。」

青青聞言從榻上爬起來，「那我得去和寶珠好好交代一下，你也去囑咐子昊幾句。」

朱子裕見青青滿心都是弟弟妹妹，一點都沒想著他，不滿地拽住了青青的衣角，「妳也不好好說謝我，光想著旁的事。」

青青順著朱子裕的視線看到他下面支起的小帳篷，好氣又好笑地拍他，「不知羞！」說著揚聲叫了瑪瑙進來給自己梳頭。

朱子裕可憐兮兮地瞅著媳婦用最快的速度梳了頭髮，帶著兩個丫鬟一溜煙地沒了影，只留他一個人孤單躺在榻上，頓時失落不已，幻想中的親親抱抱摸摸的獎勵全都破滅了。

總得做些什麼緩解鬱悶的心情，朱子裕從榻上爬起來，準備去和朱子昊練拳法。

青青先去了老太太的院子，老太太正坐在榻上唉聲嘆氣，見青青來了，招手叫她，「早上子裕他外祖母來說想讓他跟著舅舅去四川，妳知道這個事嗎？」

青青心虛地垂頭道：「他剛才和我說了，說是太子已經准了摺子。」

老太太嘆了口氣，「妳說這當官有什麼好，整日不著家的，不是去這就是去那。打他小時候，我就怕他有這樣的心思，因此只拘著他在家裡玩。等他後來大了，拘不住，就整天跑出去，不知從哪兒學了功夫，還上了戰場。我這擔驚受怕了一年，才等到他平安無事回來，又娶了媳婦，想著這總該好好過日子了吧，結果又要去什麼四川，真是瞎折騰！」

青青端起一旁的茶盞遞給老太太，「子裕從來都是跳脫的性子，喜歡在外頭闖蕩。」

老太太喝了口茶，繼續嘆氣，「和他祖父和哥哥一個樣，像極了他們老朱家的人。還有子昊，前幾年還只會之乎者也，連路都不愛多走一步，現在可好，書也不看了，改看兵法，還整日魔怔似的在院子裡練劍，唉，這血脈傳承的東西真是攔都攔不住。」

青青點頭，「我以前聽說子昊經常生病，自練了劍後旁的不說，這身體倒是結實了許多，幾天不見就竄了一大截。」

老太太臉上多了幾分笑模樣，「可不是？也不知他以後會不會也整天想著上沙場？」

青青道：「祖母安心就是，咱們大光朝打緬甸那一仗震懾了臨邊的幾個小國，原本有的還想著趁亂分一杯羹，這回瞧見緬甸滅國，一個個都消停得不得了。」

老太太笑著說：「這樣才好呢，在自己家待著多好，做什麼整日想著旁的國家的地盤，當真是不安分。」

青青見老太太心情好轉，便將話題挪到正事上，「我和子裕三年就回來，到那時子昊和寶珠正好十五歲，也好給他們相看親事。」

老太太說：「我也正擔心這事，如今我不愛動彈，也不知現在各家的孩子都什麼樣子。原本想託付楊家幫忙相看，可因為他們母親的緣故，楊家對他們淡淡的，也不愛管他們的事。妳婆母性子悶，和各家都不熟悉，交給她我不放心，這事正該妳這當嫂子的操心才是。」

青青道：「我明日就去太傅府，拜託沈夫人這幾年幫我們留意著，等三年後我們回來就相看，定能給他倆尋個好姻緣。」

老太太點頭，「這法子好，沈夫人交際廣，看人也準，有她把關錯不了。」

青青見老太太沒什麼事，便道：「我去瞧瞧妹妹，免得我們走了她心裡打鼓。」

老太太笑道：「去吧，妳們姑嫂好好說說話。」

青青應了一聲，轉身往寶珠的院子裡去了。

原本朱家四姊妹住在一起是因高氏惡毒，老太太不放心她教養女孩，便把四姊妹都攏在自己院子裡住。後來高氏死了，老太太又讓他們姊妹自己挑院子全都搬了出去。四姊妹畢竟在一起住過一陣子，彼此都和睦，因此選的院子也近。青青來的時候，她們都在寶珠屋裡喝茶吃點心。

見青青來了，四個女孩站起來請安，青青問道：「在玩什麼呢？」

寶珠讓了坐，又和妹妹們坐在下首，「不過是說起詩詞罷了。」

丫鬟上了茶又端來新鮮的點心，青青在老太太屋裡說了好半天的話，現在正好口渴，先吃了半盞茶水，這才說道：「妳們哥哥尋了個軍中的差事，五天後我要隨他到四川赴任。」

三個庶出的女孩還好，寶珠臉上變了幾分顏色。青青握住她的手，溫柔安慰道：「不過是去三年，一晃眼就回來了。」

寶珠聞言才多少鬆了口氣。

她已滿十二歲，年紀雖小，但管這鎮國公府大大小小的事十分俐落，凡事考慮的也多。父兄相繼成親，繼母是個沉默的人，每日只愛在屋裡撿佛豆，旁的事事不關心。嫂子是以前相熟的，來往起來沒那麼多猜忌也好相處，眼下唯一讓她掛在心上的就是婚姻大事。

祖母有些糊塗，繼母眼界不夠也不愛交際，往後的親事多半是嫂子操心。這一聽說嫂子要隨哥哥外省赴任，可不把寶珠嚇得變色。

看了看幾個妹妹，青青說道：「我和妳們說的事妳們別可害羞，剛才我和祖母商議了，妳們幾個的婚事是府裡最大的事，好在妳們還小，寶珠也剛剛十二歲，我請太傅府的沈夫人幫忙先打聽著，等我們三年後從四川回來，正好幫妳們相看親事。」

聽說能請動沈夫人幫忙留意，寶珠心裡這塊石頭算是落了地，臉上也多了幾分笑意，卻也有幾分害羞，三個小的更是聽得捂住了臉。

青青笑道：「這有什麼好害羞的，出嫁可是一輩子的大事，萬不能糊塗。」又道：「再一個要操心的就是嫁妝，好在咱們家古董字畫都有，衣裳首飾等我們回來置辦也來得及，比較麻煩的事就是家具。我聽說咱們家庫房裡有存著的黃花梨、雞翅木和楠木？」

寶珠是管家的，一聽這話，連忙叫人拿了帳冊子來，逐一告知青青。

青青道：「從南邊傳來的架子床最受人追捧，那好的架子床要打磨得精緻，可得費兩三年的功夫。回頭我和咱們家大總管說一聲，讓他找個好的木匠，先給寶珠打嫁妝。等日後也讓他留心著，若有好木頭也幫妳們三個把嫁妝置辦起來。」

姊妹四人都紅著臉垂著頭，青青又說：「現在寶珠管家，事事都方便，看到有什麼好的東西，可以先存放起來。」

寶珠輕輕地「嗯」了一聲。

青青看著寶珠，就像看自己的妹妹一樣疼愛，拉著她囑咐道：「我們走了，妳在府裡就是最大的了，要照應好弟弟和妹妹。」

寶珠回握住青青的手，「嫂子放心就是，只是子昊最近性子很跳脫，我怕他不服我管，還得讓我哥說說他才行。」

青青道：「妳且安心，妳哥一定會好好囑咐他的。」見沒什麼旁的事，她起身道：「我還得去母親那邊說一聲。」

寶珠姊妹四人起身相送，到門口的時候，青青叮囑道：「我們走了，祖母難免會失落，妳們平時閒了多去陪陪她。祖母喜歡聽曲聽書，喜歡那些新鮮有趣的玩意兒，叫子昊出去的時候多尋些來，哄祖母開心。」

寶珠點頭道：「嫂子放心便是。」

將青青送到院門口，直到她拐了彎看不見身影，寶珠四人方才回來。

心裡的事有了著落，幾人都心安不少，寶珠要看帳本，三個女孩自去尋姨娘轉達這事。

正院裡，張氏拿著一卷經文輕聲誦讀，陪嫁丫鬟初雪進來，奉上一盞茶，輕聲回道：「三奶奶去了老太太的院子，又去了大小姐那裡，這會兒往咱們院子這邊來了。」

張氏將經書放在榻上，拿起茶來喝，「府裡最近有什麼事嗎？」

初雪有些茫然，「沒聽說有什麼事，倒是早上的時候楊老夫人來了，在老太太那裡待了大半個時辰才走。」

張氏扯出一個笑容，「這府裡也就三爺值得楊家上心，等一會兒咱們家的三少奶奶來了就知道有什麼事了。」

兩人等了大約一炷香的時間，就聽見外面的丫鬟請安問好的聲音。

張氏給初雪一個眼神，初雪迎了出去，親自打簾子笑道：「三奶奶來了。」

青青微微一笑，「來瞧瞧母親。」

張氏也算新婦，但穿的衣裳素淡，青青則偏愛新鮮顏色。兩人相差不過五歲，可張氏略有些平淡的容顏，在素衣的襯托下，看起來比青青老了十歲不止。

青青請完安，張氏臉上露出了一絲笑意，「坐吧，給三奶奶上茶。」

青青道：「子裕在軍中尋了一個差事，五天後我們要到四川赴任，特來跟母親說下。」

張氏點了點頭，「男兒志在四方，出去總比在家裡強。妳好好照顧他，萬不能生病了，讓妳祖母操心。」

青青應道：「謹遵母親教誨。」

張氏沉默了片刻，竟然不知道還要和青青說什麼，倒是青青一眼瞧見榻上的經文，當下問道：「母親在讀經？」

張氏看了眼佛經，「每日都讀上兩卷，三奶奶看經文嗎？」

青青說：「唯讀寫道家經文。」

一個信佛，一個信道，更沒有什麼共通話題了。

張氏點頭，「去忙吧。」

青青順勢起身道：「因三爺說得急，好些東西還沒收拾，得回去看丫鬟們收拾箱籠。」

初雪將青青送了出去，張氏愣愣地嘆了口氣，「三爺對三奶奶可真好。」

初雪回來聽到這句話，問道：「夫人的意思是，三爺為了三奶奶才特意求這個差事？」

張氏挑了下眼角，「徐家剛說放了外任去四川，三爺就尋了四川的差事，妳說是為了誰？若只為差事，京城那麼多官職都能選，何苦跑那麼遠的地方？」

初雪若有所思地點點頭，「夫人說的有道理。」

張氏手指摩挲著腕上的佛珠，語氣裡有微微的酸氣，「咱們家三奶奶真有福氣，長得花容月貌不說，娘家人疼婆家人寵，丈夫更是把她當寶貝似的供著，著實好命。」

初雪看看張氏的衣裳，勸道：「老太太也賞了好多鮮亮的料子，我給夫人裁了來？」

張氏冷哼一聲，「有什麼好裁的，穿了給誰看？」

初雪笑道：「女為悅己者容嘛，更何況還有國公爺呀！」

張氏臉上的笑容立刻就沒了，轉身回了臥房，「我要小睡片刻，妳出去吧。」

聽到初雪的腳步聲逐漸遠去，張氏躺在床上，眼裡滿是不甘。同是女人，為何她年輕輕的死了未婚夫，再嫁只能嫁給這五十歲的老頭子。鎮國公又怎樣，超一品的誥命又如何，剛成親就守活寡，還不如死了算了。

張氏的手搭在胸口，忍不住回想起府裡的三少爺朱子裕：高高的個子，俊朗的外貌，更有一身好功夫，這樣好的人，偏生眼裡心裡只有她。

想起朱子裕望著青青的眼神，張氏失落地再次嘆氣。

……

青青回了院子，打發人去給徐家送信，又給沈家送了帖子。

寧氏得知朱子裕得了四川軍中的差事，歡喜得不得了，和徐婆子笑著說：「再沒有這樣好的事了，原本能和女婿在一處做官已是意外之喜，聽說通常都要避嫌。這下可好，連青青都和我們一起處，真是老天爺保佑啊！」

徐婆子笑瞇了眼，「前幾日青青雖不說，但我看她那紅眼定是沒少哭。咱們家青青是被神仙保佑的孩子，從來都不受委屈的，定是哪位神仙看到了心疼，才施了這妙法。」

寧氏聞言樂不可支，「母親說的是。」一轉念一想，這次徐婆子不願去四川，若是青青也走了，只怕徐婆子在家會寂寞，忍不住勸道：「三弟兩口子得忙著鋪子，平常也照顧不了您，您還是跟我們去四川吧。」

徐婆子擺擺手，「要是再年輕五歲我就去了，我年紀大了，路途又遠，不瞎折騰了。」

寧氏繼續說：「要不給老家去個信，請大哥大嫂來京城陪您？」

徐婆子道：「京城吃住都貴，來做什麼？還不如讓他們在家好好伺候地。妳安心去四川，不用擔心我。我都想好了，等你們走了，我就讓老三送我回鄉。出來這麼些年，我也想咱們村裡那些人了。」

看著寧氏擔憂的神情，徐婆子笑道：「我有誥命又有個郡主孫女，回老家縣太爺都得供著我，妳還有什麼可擔心的？再者說，咱們家那地也行，想吃什麼都能買來，一出門還有鄰里能聊天，比在這裡拘著強多了。」

寧氏只得依了她，又打發人去鋪子裡叫回徐鴻飛兩口子，囑咐了一番。

五日後，楊成德帶著自己的親兵在城郊等候，沈家、徐家、鎮國公府的馬車相繼出了城與楊成德匯合。

「小舅！」朱子裕笑著請了安，沈雪峰和徐鴻達也前來行禮。

楊成德笑道：「咱們都是姻親，不是外人，用不著那麼客套。」

徐鴻達道：「這回可真是無巧不成書了。」

寒暄片刻，眾人分別上了自家的馬車，親兵分成兩組，一組在前方探路，一組保護著車隊，往四川方向走去。

兩個月後，盛德皇帝和太后回了宮，還未沐浴，太后就吩咐道：「打發人到鎮國公府請郡主進宮說話。」

留守的大宮女一臉苦澀，「太后娘娘，郡主隨夫去四川了。」

太后茫然，「去四川做什麼？難道是送她爹娘？」

大宮女垂頭，「楊成德總兵臨行前上摺子，想帶朱三爺去四川歷練，太子准了摺子。」

太后晃了下身子，「快叫皇帝和太子來！」

一臉懵逼的祁顯，在遭遇了皇祖母眼淚的洗禮後，屁股上又挨了父皇好幾腳。

盛德皇帝怒氣沖沖地看著他，「就是為了不叫嘉懿跟著徐鴻達去四川，朕才許朱子裕這麼早娶了青青。你倒好，朕剛出門，你就把朱子裕給朕弄到四川去了。你說你想幹啥？你是不是想上天啊？」

祁顯欲哭無淚，「楊成德親自來說項，鎮國公府老太太也同意，沒什麼錯的地方呀！」

盛德皇帝忍不住又踹了他一腳，「懿德郡主是你祖母心肝上的肉你不知道嗎？她走了，誰陪你皇祖母說話？」

看著太后祖母淚眼婆娑的模樣，祁顯忙道：「要不，孫兒叫太子妃每日來陪皇祖母？」

太后哭得更傷心了，「太子妃來有什麼用，她又不是哀家的親孫女！」

太子：親孫女？

太后：說漏嘴了！

盛德皇帝：……

太子：好像知道了什麼了不得的事！

伍之章◆川南歷險查祕事

徐婆子送走了二兒子一家，又親自去鎮國公府向老太太告別，「之前在京城就是因為老二一大家子，如今他們去了四川，我一個人留在這裡沒什麼意思，索性回老家去。在村裡頭說話的人多，也熱鬧。」

老太太聞言難免有些傷感，「嘉懿走之前留了幾十個話本給我，我正琢磨著叫她們說了給我們聽，誰知妳也要走了。」

徐婆子笑道：「等子裕他們小倆口從四川回來，我還會再來的。」

「子裕他們三年就回來了，估摸那時候妳兒子不一定能回來。」老太太正色道：「妳一個人在家難免無趣，到時候妳就住我家來。咱們倆一個屋，說說話還能解悶。」

徐婆子見老太太說得認真，也一本正經地應承，「行，到時候陪妳說話，只要妳家兒女不厭煩就行。」

老太太喜笑顏開，連聲說道：「誰有意見就攆誰出去，在府裡我輩分最大，我說了算。」

徐婆子笑得很真心，「那是自然，您可是老封君。」

老太太聞言笑了，喝了口茶，又囑咐徐婆子：「你們村子裡新鮮事多，妳都留心記著，等妳來的時候說給我聽，我就喜歡聽那些鄉野之事。」

兩個老人家一本正經約定好，老太太還叫人拿了青青留下的那疊話本給徐婆子看。徐婆子不識字，但看那厚厚的一疊也有些咋舌，「這麼多？什麼時候寫出來的？」

老太太道：「說是攢了好幾年的，等我聽完這些，他們就該回來了。」

兩人正說著話，朱子昊進來了，笑著躬身道：「祖母安，徐祖母安。」

老太太看到小孫子，頓時笑容滿面，把他拽到懷裡來，「又去耍劍了？」

朱子昊一臉黑線，剛想說那不叫耍劍，就想起哥哥說的萬事順著祖母的話，只好硬著頭皮點頭，「嗯，耍劍來著。」

老太太摟著他，對徐婆子道：「這孩子和他哥一樣，就喜歡刀啊劍的，我看他以後也是個不著家的主兒。」

徐婆子笑瞇了眼，「男孩子就得在外頭闖蕩，更何況他們是武將，哪有整天窩在家裡不出門的將軍呢？」

老太太喟嘆道：「嫁了個會打仗的男人，年輕時候幾年才見一回，好在生了兒子算是老實的，到這些孫子一個個都隨他爺爺。」

徐婆子道：「這樣妳家才能興旺呢！」

這幾年老太太聽的話本裡也有不少世家的故事，兒孫嬌生慣養，多半會家道中落，這些年也看到了一些老牌世家的起起落落，這才想起年輕時老鎮國公罵自己的話來，再看看自己兒子大門不出二門不邁的樣子，難免心裡不是滋味。好在子裕小小年紀能征善戰，有他在，這國公府就倒不了。

老太太看著子昊，頗為感嘆，「我雖養廢了兒子，好在這兩個孫子都強，以後我死了，也能見他們祖父了。」

見老太太感慨頗多，徐婆子沒敢早走，陪著說了一天的話，直到吃了晚飯才回家去。休息了兩日，裝好寧氏早備下的各種東西以及鎮國公府送來的土儀，徐婆子在徐鴻飛的護送下，風風光光地返鄉了。

因怕徐婆子累著，徐鴻飛並不急著趕路。他每年來往老家和京城多次，早把這條路摸熟了，晚上住店，晌午吃飯都安排得妥妥當當的，遇到風景好的地方還停下一兩日帶徐婆子賞玩一番，等到家時足足用了兩個月的時間，而拉著各色禮物和土儀的車早就到了家。

徐鴻翼和王氏在家左盼右盼，久等不來，還打發人去尋，因此，徐婆子人還沒到，村裡和鎮上，甚至連縣太爺都知道徐家的誥命老太太要回來了。

等徐婆子抵達平陽鎮那天，縣太爺早就訂好了酒樓，親自到城外相迎。一見面，就笑著請安道：「老夫人好。」

徐婆子瞅了瞅他，回頭問兒子：「他誰啊？」

徐鴻飛見縣令有些尷尬，忙笑道：「這是咱們的縣的縣令王大人。」

徐婆子這才笑道：「縣令大人好，還勞您出來迎。」

王縣令滿臉堆笑，「應當的，老夫人一路可辛苦？」又道：「我已備下酒席為您洗塵。」

徐婆子想著徐鴻翼說家裡很得王大人照應，寧老大幾次想拿徐鴻達的由頭生事都被王縣令給壓了下去，心裡對他頗為感激，便應承下來。

王縣令很會琢磨人心思，知道徐婆子歸心似箭，用完飯便親自將人送回澧水村。

此時澧水村可比過年還熱鬧，頭一個月好幾車的東西送回來，這些人就看得眼花繚亂，都盼著徐婆子回來。

馬車緩緩進了村子，後面還跟著縣令的轎子，整個澧水村都騷動起來，一個個跑到村口去看。徐婆子聽見熟悉的鄉音，叫人停了馬車，掀了簾子，扶著兒子的手下了車。

原先徐婆子在村裡的時候又瘦又黑，看起來和她們沒啥分別，只不過衣裳乾淨整潔些，沒有補丁罷了。這回一瞧，哪還像當初那鄉下老太太，臉上身上富態了不說，那皮膚更是細嫩白皙了不少。身上穿著繡花的綾羅綢緞，頭上戴著沒見過的首飾，腦門還有鑲珠嵌寶的抹額，瞧得村裡人直咋舌。
有和他家親近的湊過去打招呼：「老嫂子，妳咋回來了？不在京城享福啦？」
徐婆子一瞧，也樂了，「鐵柱他娘啊，現在幾個孫子啦？家裡都還好吧？我家老二放了外任，領了媳婦孩子去四川做官。他本也想帶我去，可我想著實在太遠了，說話也聽不明白，倒不如回鄉自在。」
又有媳婦一個湊過來問：「徐嬸子，聽說妳家大妞也成官太太了？」
徐婆子笑瞇了眼，「可不是？這回也外放了，跟我家老二在一處，彼此能照應。這大妞也就罷了，我家二妞那才叫能耐了，咱們太后娘娘最喜歡的就是她了，在京城的時候，隔兩日就打發太監來接她進宮，幾天不見就吃睡不香。」
「太后啊！」村裡人聞言驚詫不已，他們瞧見縣太爺還哆嗦呢，這太后在他們眼裡可是和天老爺一樣的人物。
「太后在她宮裡還給我家二妞置辦了宅子，四季的衣裳都不用我們自家做，宮裡專門有撥給她的繡娘。」徐婆子提起自己最得意的孫女，那是滔滔不絕。
「哎喲，那丫頭從小就好看，以後怕是得進宮當娘娘吧？」有一個老婆子插嘴道。
「什麼娘娘啊，皇上的年紀都能當我們二妞的爹了。」徐婆子不滿地瞪了她一眼，回頭瞅了眼大兒媳婦，「咱們家青青當郡主的事，妳沒和她們說啊？」
王氏一臉尷尬，她從來不是多嘴的人，京城的事她時常揀些無關緊要的提，這些郡主啊之類的她都鬧不明白，自然不會多說。
徐婆子將頭轉了回來，「皇上封我家二妞當郡主啦，還有封地呢，還給她賜了婚。這不，剛成親幾個月，嫁的是鎮國公府的少爺，以後我們家二妞可是鎮國公夫人呢！」

這一串串嚇人的名號聽著就厲害，村裡像炸了鍋一樣，七嘴八舌議論著，連後邊的縣令都驚動了。王縣令家世普通，全家就他一個做官，因此沒什麼消息管道。這一聽徐家姑娘都當郡主了，還嫁到鎮國公府，忙也湊過來說：「咱們家姑娘可真了不得，通常只有皇上的親侄女才能當郡主呢！」

徐婆子洋洋得意，「皇上對我們家二妞可比親侄女還親，你知道她封號叫什麼不？懿德！我雖不懂，但我聽人說是誇讚女子最好的詞了。」

王縣令連連點頭，「那是那是，您家可真是走了福運了！」

坐在馬車裡看書的青青打了個噴嚏，寧氏嚇了一跳，忙摸她額頭道：「可是生病了？」不怪寧氏緊張，青青打小就沒生過什麼病。

青青摸了摸自己的鼻子，又吞了吞口水，覺得沒什麼異常，方道：「並無大礙。」算了算離家的日子，她忽然笑道：「定是祖母到家了，這麼些年沒回去，肯定得顯擺上幾個月，我估摸著祖母指不定在家裡怎麼念叨我呢！」

想起婆婆的性子，寧氏也笑了，「兒孫一個比一個能耐，妳祖母這是高興。」

青青道：「我就猜會如此，走的時候特意給她塞了好些潤喉的藥丸子，說多了話，晚上吃一粒就成，也不知她記不記得？」

人算不如天算，縱然青青準備得齊全，可徐婆子過於興奮，早就把這事忘到腦後。她站在村口足足說了一下午，等到家吃了晚飯，又和來串門的鄰居說了半個時辰。第二天早上起來的時候，徐婆子悲劇地發現自己聲音啞了。

她翻箱倒櫃地總算找出藥來，就著茶水嚥下去，張了張嘴，依然一副鴨公嗓，不由生起氣來，「這藥不靈驗啊！」

王氏笑道：「又不是仙丹，哪能吃了就好？」

徐婆子失落地嘆了口氣，「我還打算今天去墳上和妳父親叨叨一回呢！」

◆ ◆ ◆

馬車走了三四個月，徐鴻達一行人終於到了四川境內。一進四川，就是川南府的地界，徐鴻達任川南府的同知，沈雪峰管理鹽務也在川南府任職，楊成德和朱子裕一行則要往成都去，眾人便在此地別過。

川南和成都離得不算遠，馬車又走了四五日便到了成都境內。聖旨早已下到成都，楊成德一行人到後，便有官員出來相迎，驗了印章，貼了告示，這算正式上任了。有長官到任，提督府的副將少不得擺上酒席為楊成德等人接風洗塵。因有女眷，副將差人將楊夫人和青青送到準備好的宅子裡，又打發人送了一桌酒席。青青坐了幾個月的車，早就疲憊不堪，只略吃了一些粥餅墊墊胃。

朱子裕是正四品的指揮僉事，因此特撥給他一個二進的小宅子。青青四處轉了轉，倒是還算齊整，屋子裡家具也齊全。青青這次帶了十來個丫鬟、小廝，有的燒水有的擦拭家具，半天功夫就將宅子裡收拾得乾乾淨淨。

珍珠和瑪瑙提了燒好的熱水，青青好生泡了一回，瑪瑙和珍珠拿大汗巾替她擦乾頭髮，她便躺床上睡著了。等醒來時，天已擦黑，青青微微皺起眉頭，「三爺還沒回來？」

珍珠道：「可不是？我還琢磨著是不是找不到家，特意打發了兩個小廝去尋。」正說著，就聽見外面有聲音，青青忍不住露出笑容，「定是回來了，妳們去煮上一碗醒酒湯。喝了這一下午，還不知醉成什麼樣呢！」

果然，朱子裕扶著小廝進來時腿腳虛浮，看得青青直樂。

青青打開匣子，掏出一粒醒酒丸塞到他嘴裡，少不得斥責兩句：「是不是喝酒前沒吃醒酒丸？怎麼醉成這樣？」

朱子裕摟住青青的肩膀，揮手讓小廝退下，「妳不曉得，在軍中都是拿罈子倒大碗裡，一乾就是三碗。這樣的喝法，妳那醒酒丸也不管事了。」

青青小心翼翼地扶他在榻上坐下，擰了汗巾子替他擦臉。片刻，珍珠端了醒酒湯來，朱子裕連喝兩碗，這才醒過神來，「喝了一下午的酒，沒吃什麼東西，喝上兩碗湯倒覺得餓了，家裡有沒有什麼吃的？」

青青道：「晚上熬了雞湯，讓他們下碗麵條給你吃？」

雞湯是現成的，有個專做點心的廚娘手腳麻利，不多時就擀出麵條，下在雞湯裡，又放了些青嫩的菜葉，熱氣騰騰地送了進來。

朱子裕早就餓得飢腸轆轆，一聞到雞湯的香味，頓時忍不住了，盤腿坐起來問青青：「妳要不要也吃一碗？」

青青道：「我晚上拿雞湯煮的餛飩，比這還香呢！」

朱子裕聞言也不再讓，唏哩呼嚕地吃下去兩大碗，吃出了一身的汗。

從京城到四川，一路途徑多省，路上雖也有驛站、酒樓可歇息，但沐浴不過是以潔身為主，不如在家裡泡著自在。

朱子裕脫了衣裳，往浴桶裡一坐，青青在後頭幫他洗了頭髮又擦乾。剛吃了個飽腹，此時坐在微燙的水裡，旁邊有嬌妻伺候，朱子裕的眼神忍不住活泛起來，手一伸就抓住了青青的小手，笑嘻嘻地問道：「青青要不要和我一起洗？」

順著他的視線，青青也瞧見了水中的光景，登時臉一紅，手抽出來在他臂上捏兩下，「在路上折騰了幾個月，也不嫌累得慌。今晚好好睡覺，旁的你什麼都別想。」

朱子裕不甘地噘起了嘴，朝青青示意，「要不就親兩口？」

青青在他嘴上一拍，隨即往後躲去，「我才不信你，我一近前，你定會把我拽到桶裡去。這招你都用過好幾遍了，我才不信。」

朱子裕遺憾地道：「媳婦太聰明，越來越不好騙，只能晚上到被窩裡再行使夫權了。」

朱子裕的想法倒是多，可惜心有餘力不足，他本就疲憊加上喝了不少酒，上床之前還想著要怎樣怎樣，可一躺到床上，頭剛挨著枕頭，便呼呼地睡著了。

在家休息了幾日，日子便上了正軌。

朱子裕每日要到軍中當值，青青也受了楊夫人的邀請，到提督府一聚。

楊夫人之前隨丈夫在邊疆多年，和這些將領夫人們打交道可謂是輕車熟路。青青以往交際的多是文官的家眷，除了楊家外，還未與其他的武官家眷打過交道。

到了約定的日子，青青早早來到提督府，先向楊夫人請安，方才笑道：「這還是我成親後第一次以朱夫人的身分和旁人打交道，說起來還有些緊張呢！」

楊夫人聞言也笑了，少不得傳授些經驗給她，「雖說武官夫人性子直爽的比較多，但那也得要分人，相處久了就知道了。等一會兒說話時，看誰合得來就多聊些，話不投機的，以後遠著些就得了。」

青青道：「咱們初來乍到，少不得要主動些。」

兩人正說著話，陸續有夫人到了。

楊成德身為四川提督，在軍中楊夫人可算是第一夫人了，因此來的人多奉承她。

青青坐在一邊，暗暗記著這些夫人的名字與其丈夫的職位，時不時和人說笑兩句。

蜀地富裕，軍中的油水也很足，故而這些夫人們打扮得相當精緻。

青青正抿著嘴喝茶，忽然察覺有人在打量她，她便放下茶碗，朝那人一笑。

指揮使李夫人回了一笑，聲音和善，「我聽說朱大人年紀不大，但已是正四品的指揮僉事了，真真是年輕有為。」

青青道：「他去年跟著提督大人攻打緬甸，得了些軍功。」

李夫人聞言面帶驚喜，「咱們四川和雲南挨著，去年那場戰役時常聽我們家老爺提起，沒想到朱大人那時也在軍中。」

青青點頭，「是，他身為副將，輔佐提督大人。」

眾人恍然大悟，李夫人道：「原來朱大人是那名斬殺緬甸王的小將。以前也聽我們老爺說過，只是沒對上號。這麼說，朱大人是鎮國公府的三少爺？」

做為將領的家眷，年紀大些的都聽說過鎮國公府那對戰死在沙場上的雙胞胎的事，如今又知道朱大人是鎮國公府的人，登時都對青青親熱不少。

指揮同知許夫人還道：「我們老爺前一陣子光提提督大人的英勇、朱大人的果敢，誰知這回來了真神，倒不曉得和我說一聲，讓我險些鬧出笑話。」

氣氛熱烈許多，楊夫人趁機問道：「我們才來對四川也不熟悉，聽說常鬧匪患？」

許夫人是四川本地人，便細細和她講來，「咱們這個地方旁的都好，就有一樣讓人頭疼，時常會發生地動。每回地動都有不少百姓流離失所，朝廷每回雖會撥賑災的錢糧，但也只夠他們餓不死。老人孩子倒還罷了，青壯少不得要尋些別的法子。那老實能幹的到哪都能活下來，也有的性子凶悍，見一切都沒了，鋌而走險去做了山匪。」

李夫人接著說道：「夫人剛來，對這裡還不熟悉，旁的就罷，有一樣一定要記住，只要覺得地動山搖，便要趕緊往外面跑。」

楊夫人和青青聞言連連點頭，王千戶的夫人笑道：「其實也不用緊張，地動都憑老天的心意，有時候一年地動幾次，有時十來年都平安無事。」

楊夫人聞言便不再糾結此事。

李夫人轉了話題，問楊夫人道：「夫人來成都，怎麼沒先拜見蜀王妃？」

楊夫人道：「來的那天就給蜀王府遞了帖子，王妃身上不爽利，叫過幾日再去拜見。」

副將張夫人道：「這倒是我們的不是了，王妃病了也不知道。夫人去蜀王府的時候，知會我們一聲，我們也該去向王妃請安的。」

蜀王是盛德皇帝的親弟弟，十餘歲的時候就被先王賞賜了封地，打那以後，除了先皇殯天時回過一次京城，便再也沒回去過。

因蜀王離京的時候早，與盛德皇帝並沒有明顯的齟齬，但天家的兄弟情一直很淡薄，這些年盛德皇帝極少提起蜀王，而蜀王除了固定的請安摺子，連封信也未寫給盛德皇帝。

想起自己也給蜀王府遞了帖子，但一直未收到回信，青青隱隱約約覺得，這位蜀王妃怕是不喜歡自己吧。

蜀王祁炎的生母是貴妃，在祈炎的印象裡，他算是得寵的皇子，先皇對他們母子一直寵愛有加，可在祁炎大婚後，先皇不知為何忽然變了態度，不由分說將他封為蜀王，賜蜀地為其封地。先皇這些兒子中，祁炎是唯一有封地的皇子，面對其他皇子頗為嫉妒的神色，祁炎心裡卻很不是滋味。

按理說，祁炎為蜀王，蜀地的稅收都應歸祁炎所有，且擁有蜀地的一切兵權，然而先皇在旨意中明確說道：蜀地鹽稅上交國庫，其餘稅收歸蜀王所有。至於其封地的兵權，先皇更是連提都沒提，但是這幾十年來接連不斷派來提督、總兵就能看出，無論是先皇還是當今的盛德皇帝，都沒有將兵權交給蜀王的心思。

錢、權好歹算身外之物，最讓祁炎心酸的是，當初封王的旨意中最後一句：無詔不得入京。祈炎覺得很不是滋味，感覺先皇拿自己當逆賊來防，幕僚們都寬慰他說，也許先皇是用這種特別的方式保護蜀王。

其實這樣說也不無道理，當初十個兄弟，死了三個，剩下的有的是親王，有的是郡王，但無一人有封地，在朝中也無實權。比起他們，蜀王已經算好很多，畢竟他還能拿到蜀地除了鹽稅以外的其他稅收。

可縱使這樣，祁炎依然心緒難平。當初母妃病死，祁炎不知上了多少摺子希望能回京送葬，但先皇不但不准，還下旨斥責他。先皇駕崩，盛德皇帝繼位，祁炎終於得以奉旨回京，可看看這再無母妃的京城，看著盛德皇帝眼裡和先皇一樣的冷漠，祁炎悲從中來，此後再也沒上過摺子說要回京的事，甚至嫡長女出嫁都沒上摺子為其討要封號。

從提督府回來，青青便和朱子裕提起蜀王妃的事，「遞了摺子，一直沒回話。」

朱子裕沉吟片刻，說道：「我對蜀王也不了解，在京城只偶爾聽說他與聖上不睦，其他的就不知道了。」

青青好奇地問：「你們初來乍到，不用去拜見蜀王嗎？」

朱子裕笑了，揉揉青青的頭，「妳們女眷平時來往也就罷了，像我們駐紮在蜀地的武將，都是要遠著蜀王的。」

青青想起盛德皇帝平時略有些小心眼的性子，便也明白了其中緣由。

朱子裕見青青若有所思的樣子，連忙囑咐她道：「逢年過節時送份節禮，平時遠著些，不要走動得過於勤了。」

青青笑著說道：「你只管放心就是，我瞧著蜀王妃似乎也不願意讓我上門。以後凡是涉及蜀王府的，我們隨大流就是。」

夫妻兩個商議定了，便將此事放到腦後，誰知十天後，蜀王府忽然打發人送了回帖來。

青青坐在正廳見了來送信的婆子，只見對方行了大禮後方說：「王妃說，原本早該請郡主到府上一敘，但實在不湊巧，偶感風寒，臥床休息了幾日，還望郡主不要怪罪。」

青青客套地笑著，「王妃客氣了。王妃身子可是大好了？」

那婆子說：「多謝郡主掛念，已經無礙了。說起來，這幾日有不少夫人都送帖子詢問王妃的身子，如今身子好了，理應感謝諸位夫人的關心，因此特意在後日設小宴，除了有答謝的意思外，也是為郡主和楊夫人接風洗塵。」

青青點頭，「定會準時赴約。」

蜀王府的婆子躬身告退，珍珠送她出去，又遞給她一個上等封兒。

那婆子忙說：「多謝郡主賞錢買酒吃。」

青青回到臥房，不多時珍珠回來了，說道：「賞了那婆子一個上等封。」

青青點點頭，「沒問問蜀王妃平時都喜歡什麼？咱們上門做客，也該帶些禮物才是。」

珍珠道：「問了兩句，那婆子只說自己不在王妃身邊伺候，不甚了解。」

青青微微皺了眉頭，「既然如此，把太后賞的茶葉拿兩罐子出來，宮裡新樣式的料子挑幾匹顏色沉穩的。」

珍珠將東西找出來給青青過目，青青翻看了下料子，說道：「家裡的老山參拿一支出來，再放兩罐玫瑰香露，這樣也算是一份厚禮了。」

青青又親手寫了禮單讓珍珠收拾好，準備後日走禮用。

天色已經黑了，朱子裕才從大營裡回來，到家也顧不得梳洗，便躺在了榻上。

青青叫人打了熱水來，取了汗巾子給他擦臉，摸著他手心又粗糙了不少，不禁問道：「你這幾日都在軍中做什麼，怎麼瞧著比幹活還累呢？」

朱子裕閉著眼睛說道：「那幫小子看我年輕又身居高位，心裡多少不服氣。直到副將說了我在雲南的戰績，他們才放下了找事的心思。可不知是誰的主意，一個個在練完佇列後非要挑戰我，一個接一個打了一天，到晚上的時候精力不濟，險些著了道。」

青青心疼朱子裕的辛苦，但也知道在軍營裡這些士兵們都崇拜強者，朱子裕必須在這個時候樹立起自己的威信，收攏住他們的心，才能讓他們的心往一處想，勁兒往一處使，練出一支能打勝仗的鐵軍。

見朱子裕累得睜不開眼睛，青青也不叫上什麼菜了，直接吩咐廚房用雞湯煮一碗麵條送來。朱子裕半閉著眼睛，呼嚕呼嚕一氣吃了，拿水胡亂沖了沖身體，漱了口，躺床就睡。

青青在他沖澡的時候發現他身上有幾處青紫，趁著他睡著了，拿藥給它塗抹，用巧勁將藥化開，促進肌膚將藥力吃進去。

轉眼到了去蜀王府做客的日子，青青特意打扮了一番，穿的是今年進上的蜀錦裁製的寬袖大衫，戴了紅寶石頭面。

馬車駛到蜀王府大門外時，正好遇到了其他幾位夫人。幾人都是見過的，也在一起吃過飯，彼此見禮後，那些夫人的眼睛就不由自主朝青青的穿戴看去。

蜀地因鹽業發達，算是有名的富地，這些夫人們家裡或多或少都有些生意，因此各個都是有錢的主兒。女人在置辦衣裳首飾上頭格外用心，故而瞧見青青的頭面都有些驚疑不定。旁的不說，頭面上的寶石大大小小足有十幾塊，同樣鮮亮的顏色，一瞧就是一塊石頭掏出來的，這麼大的寶石可不是有錢就能買到的。

蜀王府早有人在大門外候著，見來了客人，連忙迎了出來。

幾位夫人三三兩兩進了蜀王府，剛走兩步，就聽見外面又有馬車來。眾人不由停下腳步往外張望，有靈巧的丫鬟去門口瞧了瞧，回道：「是提督府的馬車。」

聽說是楊夫人到了，大家索性折回去迎她。

楊夫人是武將的女兒，又嫁給了武將，從小到大的生活習慣導致她素來不太喜歡胭脂首飾，平時戴的飾品都極為簡單，有時宴客才多戴兩支金玉釵飾。今日也不知怎地，楊夫人也戴上了全套頭面，看起來倒有幾分威嚴。

笑著和大家說了兩句話，楊夫人便拉著青青走在頭裡。

後頭幾個夫人彼此使著眼色，有的了然，有的不解。指揮同知許夫人用手背擋住嘴，悄悄告訴旁邊的人：「聽說楊提督是朱大人的親舅舅。」

眾人這才恍然大悟。

幾個伶俐的丫鬟帶著眾人來到蜀王妃的院子，丫鬟打起簾子，青青跟在楊夫人身後進了正間，方看到原來屋裡已有不少人了。

楊夫人等人向蜀王妃請了安，蜀王妃笑道：「早該請大家吃酒的，卻不想換季害了咳嗽，倒耽誤了這麼些時候。」

楊夫人回道：「王妃客氣了，該我們先上門拜訪才是。」

蜀王妃點了點頭，視線挪到青青身上，「這位就是懿德郡主吧？」

話音一落，其他人頓時竊竊私語起來。

也不怪她們吃驚，如今這個年代本就是資訊閉塞的時候，交流全靠書信。有些官員專門養了些耳目在京城，就為了隨時掌握京城裡的動態，但是大部分官員不願意將銀錢花在這上頭，又沒什麼親人在京城，所以對時事不甚了解。

今日坐在蜀王府的大部分人是那日一起吃酒的夫人，也有些文官夫人是沒有見過的，此時聽見蜀王妃說起懿德郡主，都驚訝地看向青青。

青青泰然自若地上前請安，「懿德見過蜀王妃。」

蜀王妃笑得很自然，「前些日子聽說皇上封了一位郡主，是個十分得太后娘娘疼愛的可人兒。原本以為是哪位皇兄的女兒，倒不知道原來是朱大人的家眷。」

青青微微一笑，「懿德這郡主原本就是我家夫君拿軍功換的。」

眾夫人頓時眼睛一亮，紛紛問道：「軍功還能換郡主？多少功勞能換啊？」

青青：……

眼看著話題跑偏，一群人興高采烈地討論自家男人的軍功夠不夠給閨女換郡主，實在不行換個縣主也不孬，等出嫁時候穿著郡（縣）主冠服別提多風光了。

眼瞅著這些夫人們開始討論自己的女兒封了郡主後該準備什麼樣的嫁妝，蜀王妃一直端著的完美笑容終於裂了條縫，她咳嗽了兩聲，眾人這才後知後覺地停止議論。

蜀王妃看了眼青青，笑著說：「妳們說得輕巧，自古以來，哪有聽說用軍功給女人家冊封的？嘉懿郡主這是特例，她一直深得太后娘娘寵愛，聽說在太后的福壽宮專門有一間側殿是給郡主用的，皇上這個冊封，不過是藉著朱大人軍功的名義順水推舟罷了。」

青青不太明白蜀王妃非要拿自己的身分和寵愛說事到底是什麼目的，只淡然一笑，「王妃雖幾十年未回京，倒是對京城發生的事瞭若指掌。」

蜀王妃笑容一僵，隨即若無其事地說道：「前些日子我嫂子打發人來送中秋的節禮，我這才知曉的。」

青青笑而不語，轉頭和楊夫人說話。

蜀王妃面上閃過一絲惱怒，很快又遮掩住了。

蜀王妃不喜青青也是有緣由的，原本蜀王就對盛德皇帝有心結，畢竟當年先皇就是為了穩固盛德皇帝的太子之位才封了蜀王。這麼些年，盛德皇帝一直牢牢掌握著蜀地的軍權和鹽稅，蜀王宛如傀儡一般，除了拿些剩餘的稅收，沒一點實權。不能將怒氣發到皇上身上，但做為太后身邊的紅人，青青毫無意外地受到了蜀王妃的敵視。

蜀王有親信在京城，每個月往蜀地送消息，夫妻一體，蜀王每回收到消息都不避諱蜀王妃，因此蜀王妃對太后相當疼寵一個小官之女的事早有耳聞，只是沒想到平常的疼愛也就罷了，出嫁前竟然直接封她為郡主。自己的嫡長女都沒得到一個郡主之位，卻冊封了一個沒有血緣關係的外人，蜀王妃心裡更加不平。

身為蜀王的賢內助，蜀王妃深知在官場上，夫人們彼此打好關係的重要性。楊夫人身為提督夫人，自然不用發愁與人結交的問題，而朱子裕初來乍到，只不過是個四品官員，在這軍營裡還真不算稀奇。

蜀王妃在蜀地多年，三節兩壽的時候也常與武官的家眷打交道。在蜀王妃看來，這幾位夫人一個比一個腦筋直，喜怒又常在臉上，便想著挑撥一二應該不算太難，最好讓這懿德郡主與其他武官夫人合不來才好。

蜀王妃認為這些直來直去又不通文墨的人定然不會喜歡一個詩詞書畫樣樣在行，又在品級上輾壓她們的郡主，就像她們不喜歡自己一般。

「我聽說郡主善丹青，當初太后娘娘召妳進宮就是看上了妳的畫作？」蜀王妃似乎要將青青的老底都揭穿一般，有些咄咄逼人。

青青頷首道：「我在京城開了個書畫鋪子，略有些名氣，卻不想太后娘娘也知道了，遂叫我進宮畫了一幅影壁牆。」

話音剛落，一個夫人湊過來問道：「我聽說在京城這些字啊畫啊都十分值錢，有的甚至能賣到八百兩、一千兩的高價，京城的生意都這麼好做嗎？」

家裡開了這麼些年鋪子，青青常幫著對帳，倒也有幾點心得，遂與她們交流起來。

蜀地因井鹽而繁盛，這些夫人個個手裡都有好幾個鋪子，只是在賺錢上不如書畫鋪子。青青會的東西雜但樣樣精通，說起生意經來也是頭頭是道，這些夫人聽得兩眼冒光，一個個都敬佩不已。

能將這麼高雅的事最後討論成如何賺錢，蜀王妃對這些人也服氣。眼看著氣氛不像自己預想的那樣冷場，反而一個個和青青熟稔起來，頓時氣得胃疼。

眼睛在青青身上轉了一圈，看著青青頭上的紅寶石頭面，蜀王妃故作驚訝地道：「這套頭面上的紅寶石看著顏色、光澤十分接近，真真難得。我來蜀地這麼多年，還沒見過顏色這麼正的紅寶石頭面，想必是太后賞賜妳的嫁妝吧？」

聽到蜀王妃說話，眾人這才又安靜下來。

青青摸了摸頭上的簪子，「不是太后賞賜的，這套頭面是我娘親替我準備的嫁妝。」

蜀王妃眨了眨眼睛，似是很吃驚，「聽聞令尊在京城不過是從五品的侍讀學士，只怕他一年的俸祿還不夠妳這一支簪子吧？妳爹娘倒是真寵妳。」

青青臉上的笑容不變，看著蜀王妃說：「其實打這套頭面也沒花費多少銀錢，我小時候在老家喜歡撿些石頭回家，其中有一塊磕破了，這才發現裡面藏著好大一塊紅寶石，這套頭面就是用那塊紅寶石打的。」

眾夫人聞言陣陣驚呼，七嘴八舌地提問。

「在哪裡撿的？」

「那塊石頭是什麼樣的？」

「多大的紅寶石呀？」

……

蜀王妃聽得一陣頭疼，看眾人的眼神頗為不屑，暗忖：無知的婦人，旁人說什麼都信！眼看著討論越來越火熱，蜀王妃忍不住又打斷了她們，「妳說撿了許多石頭回家，其中一塊出了紅寶石，其他的呢？」

蜀王妃的視線在青青手腕一轉，笑吟吟道：「難不成還出了對羊脂白玉的鐲子？」

青青笑笑，「王妃猜得真準，雖然不是鐲子，但有一塊好大的羊脂白玉呢！」

眾夫人掩嘴驚呼，「我的天！」

蜀王妃：妳當我是傻子嗎？這天簡直沒法聊了！

眼見蜀王妃的臉色越來越不好，楊夫人率先起身道：「王妃身子剛好，想必還有些虛弱。我瞧著王妃有些累了，不如我們先行告退，改日再來瞧王妃。」

蜀王妃強撐出笑容，「已備好了宴席為楊夫人和懿德郡主接風洗塵，不如我們現在就移步到花廳吧？」

楊夫人略一沉吟，「還是以王妃身體為重，我們來日方長。」

蜀王妃都備了宴席，哪會讓這些人不吃就走，說出去豈不是掃了蜀王府的面子？

蜀王妃扶著侍女的手站了起來，臉上帶著不容拒絕的微笑，「楊夫人，這邊請。」

許是之前蜀王妃的情緒有些外露，席上眾人言行都拘謹了許多，敬酒回敬走完了套路，便紛紛起身告辭。

蜀王妃這回沒再挽留，而是打發自己的丫鬟將眾人送了出去。

回到主院時，蜀王妃臉上慣有的微笑消失無蹤，陰沉著臉進了東次間，重重地拍了下榻桌，發出了「啪」一聲重響，「就她，滿腦子的市儈，憑什麼能做郡主？」

一個嬤嬤從外頭進來，眼神一掃，丫鬟們便乖乖地退了出去，她這才上前拉住蜀王妃的手，疼惜地道：「我的好王妃，小心手疼。罵兩句也就罷了，哪能為那種人傷了身子？」

「奶娘不知道，我心裡難受。」蜀王妃說著話，掉下淚來，「我的英英是堂堂的蜀王嫡長女，詩詞書畫樣樣精通，哪裡比那姓徐的差，郡主之位竟然讓她給占了，怎麼就她那麼好命？」她拿帕子擦了擦淚，聲音越發哽咽，「冊封了也就罷了，不老老實實待在京城，非得跑到蜀地來，這不是故意給我添堵嗎？」

李嬤嬤想起蜀王妃的長女，忍不住也嘆了口氣，安慰道：「我們還得從長計議，這風光不是看一時，得看一世，也就這會兒皇上看在太后的面子上給了她一個封號。太后年紀大了，說句大不敬的話，指不定有幾年的活頭呢。等太后去了，她還能安安穩穩做一輩子郡主？到時候看誰給她撐腰。」

蜀王妃聞言情緒慢慢緩和下來，「奶娘說的是，咱們和她走著瞧！」

蜀王妃不知道的是，這些武將夫人回到家裡，無一例外將今天發生的事說給了自家男人聽。雖不明白蜀王妃對嘉懿郡主的敵意從何而來，但蜀王妃的言行無不彰顯出她對懿德郡主的厭惡。蜀王妃以為這些武將夫人一個個傻得冒泡，其實誰都看得清楚明白，拿副將張夫人的話說：「這朱大人可是楊提督的親外甥，蜀王妃還想拿我們當槍使，真是高看了自己。」

回到家換上家常的衣裳，珍珠拿木梳給青青通了頭髮，又鬆鬆地挽了一個髮髻。

青青打發人去廚房看看有什麼吃食，問道：「讓招個本地的廚娘，可有消息了？」

瑪瑙端了兩碟點心來，放在青青手邊，回道：「昨日瞧了幾個，都不太中意，索性找了個靠譜的中人，說明日帶幾個過來讓奶奶瞧瞧。」

青青笑道：「我素日最喜歡吃辣口，只是做得不算正宗。如今咱們到了四川這地，可得好好嘗嘗當地人的手藝。」

丫鬟提了食盒過來，端出一碗雞湯餛飩，青青就著點心將餛飩都吃了，這才滿足地嘆道：「吃了這麼多酒席，屬這回最難捱。看著蜀王妃陰陽怪氣的，我一口菜都吃不下去。」

瑪瑙聞言滿是不解，「這才第一回見面，哪裡就得罪了她？我站在奶奶後頭瞧得真真的，她眼睛除了惡狠狠地盯著奶奶就沒瞧旁人，也不知有什麼愁什麼怨？」

青青瞇起了眼睛，「蜀王怕是有不少小心思呢！」

珍珠和瑪瑙面面相覷，不明白怎麼說著蜀王妃又跳到了蜀王身上。

青青很快回過神來，剛要想個話頭將此事揭過去，就見一個小丫鬟進來回道：「奶奶，京城來人了，在前院候著。」

青青有些奇怪，「京城來的是誰？」

小丫鬟面上有幾分驚懼，壓低聲音，小心翼翼地說：「好像是宮裡的人。」

青青忙換了見客的衣裳，帶著珍珠和瑪瑙往正廳去了。一進去就瞧見一太監打扮的人坐在椅子上喝茶，見青青來了，忙行了個大禮道：「給郡主請安。」

青青說：「公公請起。」又道：「從我屋裡拿好茶來給公公喝。」

瑪瑙答應著去了，青青打量了那太監一番，心裡驚疑不定，「看公公有些面生。」

那太監忙說：「小的是東宮的人。」

「太子？」青青不解，雖以往在福壽宮也常見到太子，但算不上熟悉。微微一愣，她很快反應過來，「是替太后娘娘送信嗎？」

太監回道：「有太后娘娘給郡主的，也有太子給朱大人的信。」說著，鄭重地從袖口裡抽出兩封信遞給青青。

青青先不急著看信，細細問了宮裡太后的身體情況，這才讓人領那太監到客房休息，又撥了兩個小廝過去伺候。

回到房裡，青青盤腿坐在榻上拆開了信封，掏出裡面摺好的信紙。太后在信裡憂傷地表達了思念之情，又仔細問了青青在四川的吃住情況，同時對太子的不長心表示了嫌棄。

太子打那日在福壽宮被盛德皇帝狠狠踹了一頓後，就開始了水深火熱的生活。每天早上要先到御書房坐在他的小案上，批閱盛德皇帝分給他的摺子，時不時還會受到盛德皇帝的冷哼、白眼及冷嘲熱諷。政務忙完後，還得到福壽宮報到，承擔起彩衣娛親的重任。

到了福壽宮，太后正在瞧新進上的料子，正說著哪個顏色鮮嫩，最襯嘉懿的膚色，就看曬得偏黑的太子進來了。拿料子往他身上一比，太后嫌棄地別開眼，「慘不忍睹！」

太子：那是女人的衣裳料子！

想想漂亮可心的孫女不在身邊，連看料子的心情都沒有了。

太后端起茶盞抿了一口，抬起眼皮掃了太子一眼，「給哀家說段故事吧！」

祁顯打小認字起讀的就是四書五經，到大了開始學習處理政務，也就逢年過節的時候陪著太后看看戲，平常連話本都沒瞧過，哪裡會講故事。

祁顯想了半天，才磕磕絆絆地講了個笑話。講完以後，自己覺得有趣還笑了幾聲，可是一抬頭，就看見太后連臉皮都沒動一下。

太后：呵呵！

太子：……

拽了拽衣領，祁顯想起前幾日陪太子妃看的那齣戲，「從叫有個竇娥的姑娘，被賣給了人家當媳婦……」

太后冷漠地打斷他，「我不聽這種哭哭啼啼的故事。」

祁顯立刻努力回想熱鬧的，剛講了幾句，又被太后打斷，挑出好幾處錯來。

祁顯欲哭無淚，抱著太后的大腿道：「我有個側妃剛生了個女兒，要不讓她陪您？」

太后瞅著他，滿臉嫌棄，「你那女兒連話還不會說，送這來是讓我伺候她？」

祁顯沒法了，眉毛都皺到了一起，「要不孫兒去四川，把朱子裕兩口子換回來？」

太后眼睛一亮，瞬間笑了，「這法子好。」

祁顯欲哭無淚，「我可是您親孫子呀。」

太后慢條斯理捏起一塊點心咬一口，「我有很多孫子，哪個都不如我孫女漂亮可愛。」

想起徐嘉懿的身分，祁顯有口難言，誰知道那個有幾分像自己母后的小女孩竟然是自己的親妹妹。想起自己那天目瞪口呆地被父皇連踹好幾腳的情形，祁顯忍不住哀嚎，「我若知道她是我妹妹，打死我也不敢批那摺子。這個朱子裕可坑死我了，說好的同袍之情呢？說好的患難之交呢？」

見太子一把鼻涕一把淚的，太后終於動了惻隱之心，語氣也緩和了下來，「堂堂太子，哭哭啼啼像什麼樣，趕緊去洗把臉。」

祁顯在心裡給自己的應急能力點了個讚，洗乾淨臉後，一臉八卦湊到了太后身邊，「皇祖母，當年父皇到底幹了什麼事，怎麼咱們家的公主成了徐鴻達的女兒？」

剛剛跨入殿門的盛德皇帝……

飽受驚嚇，險些暈過去的太子……

◆　◆　◆

從蜀王府回來，青青和朱子裕商議擺酒席，下了帖子給軍營中的大人們及其家眷。

青青本就善廚藝，廚娘又是打小伺候她們姊妹飲食的，早把手藝學了八成去，當下精心準備了許多菜餚。青青擔心京城的口味本地人吃不慣，又花了大把銀子，從蜀味鮮酒樓請了大廚過來掌灶。

朱子裕在軍營裡將所有挑戰的人都打趴下後，又在每日操練中認真指點招式，很快和將士們打成一片。副將等人知道朱子裕身分，認為他來這裡是為了增長資歷，到了年頭就走，和軍營裡的將領們並沒什麼利益衝突。況且英雄惜英雄，朱子裕砍掉緬甸王的腦袋，可是讓軍中之人出了一口惡氣，都為他和提督在緬甸的那場戰役叫好，因此，朱子裕很快便在軍中站穩了腳跟。

朱子裕給軍營裡來往密切的人都下了帖子，約定休沐日到家裡吃酒，青青那邊也給眾夫人們送了信。到了吃席的日子，收到帖子的人家無一例外都來了。青青與這些夫人們已見過幾次了，也算是摸到她們的脾氣秉性，言談間將眾人都照顧到了。

那些夫人本有些擔心青青會端郡主架子，畢竟那日青青在蜀王府和蜀王妃有幾分針鋒相對的架勢，所以剛到的時候一個個謹言慎行的，卻不想青青和第一回相見時一樣，待人很親切，眾人這才放下心，沒一會兒就熱熱鬧鬧地說起當地的人文風俗來。

一道道菜按照順序擺上桌來，按照這些夫人的口味，京城的菜餚味道難免寡淡了些，但勝在新奇，故而每個菜都嘗了。隨即又有一道道蜀地名食端了上來，許夫人夾起一塊冷吃兔嘗了一口就笑道：「這是蜀味鮮的手藝。」

青青道：「初來乍到，還沒有找到合適的廚娘，只能請了蜀味鮮的大廚來掌勺，倒是讓夫人嘗出來了。」

許夫人聞言有些自得，「他家的菜味道最足，夠辣夠麻又夠味。不瞞妳們說，我有時候饞了還經常打發人買回家吃呢！」

酒夠味，菜又合胃口，前面男人們喝多了划起拳來，連後頭都隱隱約約聽到了。

這些夫人也不氣，反而笑道：「他們玩得熱鬧，咱們也行個酒令。」

在座的夫人有的並不精通文墨，聯詞對詩的有些為難，青青笑道：「不如來投壺，比花樣比數量，看誰花樣少投的少就喝酒。」

眾人紛紛叫好。

取來箭壺和數十枝羽箭擺在堂內，楊夫人先喝了一盅酒當了令官。眾夫人按位次投壺，副將張夫人愛好玩投壺，她一上場就玩出了許多花樣，什麼過橋翎花、連科及第、楊妃春睡等，看得大家驚呼連連。

青青會的花樣不多，勝在準頭足，只見她一枝枝接連投入壺中，最後一枝還跳出來又落了回去，眾人連聲喝彩，青青笑著喝了盅酒又瞧旁人投壺。巴蜀這地擺宴席講究隨性自在，沒有京城那麼多規矩，有在酒桌上坐著的，也有端著酒杯站在一邊看投壺的，熱鬧自在。

等宴席結束，前面的老爺們兒都上了馬車，後面這些夫人才戀戀不捨地告辭，有的還拽著青青問會不會摸骨牌，改日湊上一局。

送走了客人，朱子裕和青青喝得都有點上頭，換衣裳漱了口，原本只想著躺在床上略歇歇，卻不料兩人都睡了過去，待醒來時已經五更天了。

時辰尚早，夫妻兩個精神十足，朱子裕側身捏了捏青青的手道：「這些天辛苦妳了。」

青青嫣然一笑，「夫妻一體，談何辛苦，不過是應酬罷了，你在軍中可還順利？」

朱子裕道：「一切都好，只是不知岳父和姊夫那邊怎麼樣了。」

青青道：「爹沉穩，姊夫鬼點子多，他們倆在一起任職，倒楣的只能是旁人。」

事實上，與朱子裕的輕鬆融入將士不同，徐鴻達和沈雪峰碰到了一些麻煩。做為知府的副手同知，分掌地方鹽、糧、捕盜、河工、水利等事務。

川南府原本就有兩個同知，徐鴻達空降而來，又帶著旨意，拿走了鹽、糧這塊事務，知府怎麼想的不知道，另外兩個同知卻很是不快。

徐鴻達一行人抵達後，對了官印辦完手續，便去了分給自己的宅子。也不知這宅子原先是誰住的，家具有些破爛不說，牆也發黑，甚至有的地方長綠毛。

寧氏一瞧頭就大了，先打發人去附近的客棧要了幾間上房，又趕緊找人來刷大白，再把破爛的家具給丟了出去。

徐鴻達放了外任，又只是同知，寧氏估摸著幾年內怕是回不去京城。為了生活方便，寧氏決定重新買家具擺件。差人找了木匠來，問有沒有現場打好的家什，也不必是有名頭的木頭，只要結實耐用就成。

說來也巧，恰好有個木匠手裡有一套剛打好的嫁妝，原是一個小鹽商為女兒置辦的，這木匠花了小一年的時間才將全套的家具打完。正準備去交貨要銀子，小鹽商不知怎麼得罪了人，莫名其妙死在外頭了。

打好的家具壓在手裡，木匠有些發愁，料子雖是鹽商提供的，可自己也搭了一年的功夫啊，這剛想著找個買家，就聽人說有位夫人想買家具。

木匠被領到寧氏面前，他為人老實，不敢欺瞞，老老實實地將前因後果說了，然後忐忑不安地問道：「也不知夫人忌諱不忌諱？」

寧氏頷首道：「倒也無妨，等房子刷好了大白，你叫人幫我拉來便是。」

木匠聞言喜不自勝，顛顛地磕了頭，接過寧氏給的十兩銀子訂金，樂呵呵地走了。只是一套家具並不夠用，又問了其他木匠，他們手裡雖沒有全套的，零零散散的卻也不少。寧氏又湊夠了兩套，這才放下心來。

刷好了房子，晾曬了幾日，直到牆壁全部乾了以後，家具也一樣樣擺了進去，大到架子床、小到恭桶一應俱全。

終於搬回了家，寧氏和徐鴻達商議請府衙裡的同僚來溫鍋，也趁機認認各府的夫人。誰料寧氏親自寫了帖子讓人送到孟知府的夫人那裡，婆子回來後，面色惶恐，跪在地上道：「遞了帖子進去，在門房坐了小半個時辰，裡頭才出來一個人，說孟夫人身上不爽快……」抬頭看了眼寧氏的面色，那婆子又趕緊低下頭小聲說道：「孟夫人說不便參加夫人的宴席，等日後身子好了，再請夫人到府上一敘。」

寧氏面沉似水，又打發人到別家送帖子。川南說小也不小，但話傳得很快，送帖子的婆子還未到，知府拒絕了徐同知夫人的宴請已傳得各家都知道了。

知府夫人不來，另外兩個同知原本就怨恨徐鴻達一來就獨占了油水最大的鹽務，連表面功夫都懶得做了，直接回了一句「沒空」就將人打發出來。倒是呂通判的夫人親自見了送帖子的婆子，言語間頗有些為難，「原該親自上門拜訪的，倒讓夫人下帖子請我吃酒。只是如今這個情形，我說句實話，妳叫妳家夫人別生氣。在川南，大小官員都是看知府臉色行事的，既然知府夫人不去，只怕旁人就是想去也不敢去了。」

婆子回來垂頭喪氣地說了，寧氏見她跑得滿臉是汗，讓丫鬟抓了把錢賞她。

見屋裡沒人，跟著寧氏來川南的丫鬟初夏有些抱不平，「夫人，她們明擺著給您下馬威。打咱們來了以後，房子破破爛爛的無法住人不說，連溫鍋這種表面功夫都不做……」

「好了。」寧氏雖面有慍色，但還算冷靜，「她們不來就算了，咱們自家人吃。後日酒席照常擺上，請大姑娘、姑爺回家吃酒。」

與徐鴻達家的門可羅雀不同，沈雪峰家最近可是熱鬧非凡，除了大大小小的鹽商之外，連張王李趙四大家族的人也陸續上門，送的金銀珠寶看得朱朱直眼暈。

聖上破格將這對翁婿放到同一個地方，又讓他倆分別以地方官和戶部官員的身分同時來分管鹽務也是有原因的。大光朝共有十一個鹽產地，除四川以外，還有兩淮、陝西、雲南和廣東等地。

大光朝對鹽管控極嚴，以兩淮為例，朝廷將鹽場牢牢把控在手中，對灶戶統一管理。鹽商若是想賣鹽，須向朝廷買鹽引，憑鹽引到鹽場支鹽，又到指定銷鹽區賣鹽。

而川南的鹽業則有所不同，前朝中期，四川被反賊攻打，百姓被殺十之八九，剩下的也逃亡到其他省份。待戰亂平息，前朝皇帝為了重新振興四川，不讓這裡成為荒地，便鼓勵遷徙的百姓以及周邊省份的人到四川定居，並給了鹽井自由買賣，開鑿出的鹽井歸個人所有的這樣一個政策。

因此，川南的鹽業始終被掌控在鹽商手裡，僅拿張家來說，擁有的鹽井就有五十餘眼、火圈七百餘口，開的鹽號遍布多處，莊子和宅子不計其數，據說張家每年光鹽這一塊的收入就高達九十餘萬兩銀子。

這還只是張家，更別提可與張家媲美的李、王、趙三家，還有數不清的小鹽商。這麼一塊肥肉看得見，卻只能咬點稅收的油水，盛德皇帝怎麼能不心焦？四川井鹽的暴利，井灶是其源頭，盛德皇帝也知道一口吃不成胖子，想著先從鹽井提鹵水開始加一層稅收。

其實盛德皇帝不是不想將鹽井吞下，只是他不敢。這些鹽商說白了，一個個都是不差錢的大富商，四川又離西南幾個小國不遠，只要有錢，糧草兵器都能買到，更何況此地還有一個不知懷了什麼心思的蜀王。

盛德皇帝怕自己逼得太緊，鹽商們會投靠蜀王，聯起手起來造反。這也是為何盛德皇帝將楊將軍派過來的用意，說白了就是對蜀王不放心，對鹽商們不放心。

今年年初，盛德皇帝下了密旨給四川前任巡撫李光照，讓他推行鹽鹵收稅的制度。李光照立功心切，直接到自流井旁設立了個小衙門，專門派人來這看守，吩咐說一擔鹵水五文稅錢。可推行了沒幾日，李光照就在來視察的時候跌落下馬，摔到了頭，一命嗚呼了。

朝廷命官死得不明不白，盛德皇帝責令嚴查，也只得了個意外的結果。沒有了李光照撐腰，這收鹵水稅的小衙門沒幾日就走了水，一把火燒沒了。因為沒有明面上的聖旨，孟知府對收鹵水稅佯裝不知，負責此事的小官來稟也推三阻四地不見，這事也就不了了之了。

徐鴻達任同知分管鹽務，卻是知府的副職，受孟知府所管轄，而沈雪峰就不同了，他雖是從五品的都轉運鹽使司，但歸戶部管轄，故而鹽商們黃金白銀地往沈家抬，就希望把他餵飽了，以後在鹽務上行個方便。

朱朱也算是見過錢的，卻沒見過這樣白送的錢，頓時手足無措。

沈雪峰只道：「無妨，誰送的都登記好冊子，單獨開個庫房存著就是了。」

聽到這句話，朱朱便放下心來，親自寫了帳本子，把箱子貼了封條，又叫下人將耳房收拾出來，看著人把銀子抬了進去，自己掛上了兩把大鎖。

剛收拾完，就聽下人說寧氏打發人來了，朱朱忙請人進來，卻發現來的不是旁人，而是新提起來的大丫鬟早春。

早春向朱朱請了安，方說：「夫人後日擺酒溫鍋，請姑娘、姑爺回家吃酒。」

朱朱一邊命人倒茶拿果子給早春吃，一邊問道：「都請了誰？我早些過去幫忙。」

早春聞言愁眉苦臉，「姑娘不知，孟夫人生病不來，旁人一聽也不敢來了。這不，夫人說了，索性不請旁人了，自家吃飯熱鬧熱鬧也好。」

朱朱下意識去看沈雪峰，「她們這是何意？我們初來乍到的，又沒得罪她們。」

沈雪峰冷笑道：「不過是下馬威罷了，意思是讓咱們爹識趣點，別摻和鹽務的事。」

朱朱連忙起身道：「不行，我得先看看娘去，她這會兒指不定多心焦呢！」

沈雪峰也跟著站起來，「也好，正好我要出去一趟，送妳過去我再走。」

沈雪峰租賃的房子離徐宅不遠，也就隔著三條街道。因天氣不冷，日頭也足，朱朱便沒叫馬車，帶著朱寶步行去了徐家。

沈雪峰跟著進去請了安，見寧氏面有愁色，沈雪峰安慰道：「岳母大人只管放心，小婿和岳父大人推行鹽務改革之事雖艱難，好在聖上沒有限定期限，我們徐徐圖之就是。」

寧氏接過外孫抱在懷裡，說道：「外面的事我們不懂，你們照顧好自己，平安最重要。原本想著與這川南府官員的家眷們熟悉一下，也好打聽些消息，如今看來是不成了。」

沈雪峰說：「岳母不必憂心，打聽來的不如眼見為實，大不了多去幾回自流井就是。」

寧氏眉頭終於舒展開，她和顏悅色地吩咐：「我知道了，你去忙吧，今日就叫朱朱在家陪我，晚上你忙完了過來，吃了飯你們再一起回家。」

沈雪峰應了一聲，起身行禮告退。

朱朱將沈雪峰送到外門，沈雪峰按了按她的手道：「好好陪岳母。」

朱朱點點頭，目送沈雪峰走遠，這才轉身回來。

與寧氏吃閉門羹一樣，徐鴻達這幾日當職時，或多或少感受到同僚的敵意，尤其是梁同知和劉同知二人，見到徐鴻達簡直沒有好臉色。起初徐鴻達還敬重前輩，恭恭敬敬地問好，但兩三次冷屁股貼下來，徐鴻達也沒了耐性，便學兩人一樣，對他們視而不見。

抽出來前任巡撫李光照被摔死的卷宗，只見上頭寥寥數語寫了事情的經過，只說是李光照騎的那匹馬的馬掌在奔跑中掉了，馬匹又踩到了碎瓷片，刺傷了馬蹄子，惹得馬匹受驚，才將李光照從馬背上甩了下來。

看起來沒什麼毛病，卻也讓人無從查起。仵作驗屍也只寫了摔破頭顱致死，至於當時的馬早被殺了，如今屍骨無存。徐鴻達嘆了口氣，將案宗放回原處，坐了馬車吩咐車夫去自流井那看看當初被燒毀的房子。

自流井據川南縣衙大約十幾里地，出了城門，剛走到一半的路程，迎面而來的馬車上忽然竄下來兩個蒙面大漢，手持窄刀，來到徐鴻達車前，一腳將車夫踹下車去，接著又撩起簾子，還未看清人影就先刺了過去。

徐鴻達練了十來年的五禽術，雖沒有對敵經驗，但身體異常靈活，只見他先躲開窄刀，再使出鹿戲中的一招，將匪賊踹了下去。刺客原以為他是一個手無縛雞之力的讀書人，不料一個不防被狠狠踢中肋骨，當即翻下車去，將嘴裡湧出的血又嚥了回去。

徐鴻達縱身一跳跟了出去，兩個蒙面人對視一眼，一左一右殺了過來。

徐鴻達的五禽戲已是練到了極致，連朱子裕當初都讚過，說他將健體術練成了真功夫。兩個刺客步步緊逼，只是他們看似很快的動作，在徐鴻達的眼中卻能看出刺過來的方位。就見他不慌不忙往後一撤，腳一滑，就到了穿深褐色衣裳的匪賊身後，手肘用力一擊，便將他狠狠地朝穿藏藍色的匪賊撞去。

穿藍色衣裳的劫匪剛把短刀刺了出來，要收回來已是來不及，只能眼睜睜地看著同伴撞在自己的刀上，倒在地上。

下意識鬆了手，藍衣劫匪的眼神裡滿是慌亂，惡狠狠地瞅了徐鴻達一眼，轉身就跑。徐鴻達哪裡肯放他走，幾步就追了上去，一隻手扣住了他的肩膀，那人連忙回頭迎戰，卻幾下就被徐鴻達踢斷了腿，鎖住了手腕。

一腳將人踹翻在地，徐鴻達隨手撩起那人的衣裳，解下他的汗巾。蒙著面的歹人見狀都要哭了，一邊拽著褲子，一邊喊道：「要打要殺隨你便，勿要折辱我，我誓死不從！」

徐鴻達聞言簡直氣得吐血，當即白了那人一眼，一邊用他的汗巾子把他的手腳捆上，一邊忍不住罵道：「你倒對你的姿色挺有信心，我瞅瞅你長啥樣！」說著拽下開那人臉上的汗巾子，在他剛張嘴要說話的時候，往他嘴裡一塞，結結實實地給堵住了。

看了眼這人滿臉的絡腮鬍，再想想剛才他一副怕自己侵犯的樣子，徐鴻達想要吐了，忍不住踹了對方一腳，又隨手把他拎起來扔到馬車上。

徐鴻達轉身到另一個被刺傷的蒙面人身邊，見這人雖昏迷過去，但看刀口應該沒傷到什麼要害。依舊解下他的汗巾子，捆住了手腳，拎到馬車旁邊扔進去。

先頭被五花大綁的匪賊剛嘗試著爬起來，就被丟進來的一物壓在底下。掙扎著把壓在自己身上的同夥掀下去，不料車廂裡太過狹窄，那人身上未拔的尖刀撞到了車壁上，只聽悶哼一聲，同夥疼得一下子睜開眼睛，緊接著又暈死過去。

斷了腿的絡腮鬍看著同夥生死未知，哭得鼻涕一把淚一把，「到底是誰他媽的說文官都是手無縛雞之力的讀書人，坑死人了！」

半路遇到刺客，這也不用去自流井了，徐鴻達讓車夫將自家的馬車趕回去，自己則坐在了刺客帶來的馬車上，掀起簾子回頭瞅了瞅裡頭兩個悲憤的刺客，喝道：「都給我放老實點，若是敢有動作，我不介意折斷你的脖子！」

縮了縮脖子，看了看昏迷的同伴，斷了腿的劫匪十分希望此時暈過去的是自己。見徐鴻達冷冽的目光帶著幾分殺意，劫匪只能屈辱地點了點頭，努力把自己縮成一個鵪鶉。

將兩人帶回衙門，來不及先向知府稟告，就打發了人請大夫來給那被刺傷的劫匪看傷。

大夫背著藥箱匆匆趕來，見刺客身上插著窄刀，便說道：「得先將刀拔出來，還得勞煩大人幫按著些。」

徐鴻達二話不說，上去一腳就踩到那人的胸口上，「拔吧！」

大夫：……

絕望的刺客：……

大夫摸了摸刀口的位置，提前準備好了棉布，待刀一拔出來，撒上止血藥後纏上棉布。

處理好刀口，大夫抹了把汗，「老朽醫術淺薄，只能盡力為之，救不救得回不敢保證。若是他扛過了今明兩日的高燒，清醒過來，那就沒事了。」

徐鴻達道了謝，伸手拽下刺客身上的荷包，打開瞧了瞧，倒有五兩的碎銀子。將荷包遞給大夫，徐鴻達道：「付了診金，剩下的銀子麻煩大夫開些藥來，若是不夠……」

他將目光轉向另一位劫匪。

那人趕緊從腰上解下荷包，恭敬遞了過來，帶著哭腔問：「大夫能順便給我看腿嗎？」

大夫不敢私自做主，只看向徐鴻達。

徐鴻達臉上閃過一絲不耐，「你這麼沒出息只會哭哭咧咧，到底是哪個山寨出來的？」

劫匪沒提防，一不小心說出了真話：「太平寨的。」

徐鴻達：……

劫匪欲哭無淚，不是還沒到審案子的時候嗎？

大人，你怎麼不按套路來呢？

徐鴻達叫了幾個差役將兩個匪徒抬到牢裡，單獨將兩人關在一處，又專門叫了個叫王保的差役讓他熬藥給這兩人喝，並囑咐他盯好了，萬不能讓這兩個人死了，否則拿他是問。

王保連連應聲，接了大夫抓來的藥，找了個藥鍋就熬了起來。

徐鴻達轉身坐上馬車去拜訪知府大人，此時知府孟慎矜正在後宅與夫人說話。孟夫人頭上戴著兜帽，半靠在迎枕上，一副病懨懨的樣子。

孟慎矜有些不快，臉色微沉地道：「生病不是託辭嗎？怎麼還真病了？」

孟夫人非常惱怒，「還不都是你咒的？你找什麼藉口不好，非讓我說身上不爽利，這不是應驗了嗎？」

「行了。」孟慎矜擺擺手，「不過是偶感風寒，吃藥睡上一覺發發汗就好了。」

孟夫人咳了兩聲，見孟慎矜要走，連忙拽住他衣角，「你先別走，我還有話和你說。」

「還有什麼事？」孟慎矜頗不耐煩，想著外頭的應酬得靠孟夫人，又忍耐地坐下。

孟夫人讓丫鬟續了茶，親自端過去問道：「這鹽業就交給徐鴻達了？這些年劉同知和梁同知可沒少孝敬咱們銀子。」

孟慎矜皺起了眉頭，「徐鴻達是皇上親自任命的，妳有幾個腦袋敢抗旨不遵？」

孟夫人縮了縮脖子，不敢吭聲。

孟慎矜道：「晾他幾日，讓他知道這地界誰說的算就罷了，徐鴻達也是有後臺的。」

孟夫人眼中有不屑之色，「老爺不是說他是個窮出身，也不知怎麼攀上了沈家，將女兒嫁到了沈家。依我說，老爺也不用因此顧忌他，他雖說和沈太傅是親家，但他好意思把任上受難為的事和沈太傅說？還要不要臉面了？」

孟慎矜嘆了口氣，「我有些擔心的是他的二女兒。」

孟夫人冷哼一聲，「他二女兒還嫁了什麼有門道的人不成？」

孟慎矜說：「今天收到蜀王的來信，信中說徐鴻達的二女兒嫁給鎮國公府的三少爺。」

孟夫人也隨夫在京城任過職，自然知道鎮國公府，她嗤笑了一聲，說道：「鎮國公府也就是爵位高些，論權柄還不如沈太傅呢！」

接連被打斷話，孟慎矜惱怒起來，瞪了一眼孟夫人，斥道：「妳知道什麼？徐家二姑娘是皇上親封的郡主，賜了懿德的封號，據說還有封地。蜀王當了這麼些年的親王，嫡女都沒撈著一個郡主當。」

孟夫人目瞪口呆，孟慎矜接著說：「鎮國公府的三公子朱子裕如今在成都軍中任職，而新上任的提督又是朱子裕的親舅舅。沈太傅遠在京城，我自然不怕他，可這楊提督近在咫尺，我們不得不小心謹慎些。唉，徐鴻達這回是來者不善啊！」

孟夫人不禁驚慌，有些後悔地說：「早知道當初徐夫人下帖子時就不該駁回去。」她埋怨地看了丈夫一眼，「你也是，早讓你把徐鴻達的來歷打聽清楚，偏偏漏了這麼緊要的事。」

孟慎矜沒搭理孟夫人，他在想另外一件事：為何蜀王將這等重要訊息一直拖到他晾了徐鴻達後才讓人送信，是他不相信自己？還是另有謀算？

孟慎矜思前想後，總覺得蜀王要拿自己當出頭鳥，正琢磨著如何應對，這時下人進來稟報道：「大人，徐同知來了。」

「帶他去前廳候著。」孟慎矜吩咐道，接著匆匆忙忙起身往前院來。

孟慎矜到了前廳，正自喝茶的徐鴻達放下茶盞，起身行禮。

孟慎矜見他衣服上帶著褶皺，頭髮也不復整齊，皺起了眉頭，「徐大人這是怎麼了？」

徐鴻達道：「今日下官本想去自流井，半路卻遇到了兩個拿著窄刀的刺客。」

「刺客？」孟慎矜心驚，「光天化日之下怎麼會有刺客？難不成你得罪了什麼人？」

徐鴻達苦笑，「下官來了一直在查李巡撫落馬的案子，沒和旁人接觸，哪來的得罪？」

孟慎矜上下打量了他一番，沒見到受傷的跡象，鬆了一口氣。去年在川南府地界摔死了一個巡撫，孟慎矜嚇得膽戰心驚，就怕皇上大怒之下要了自己的腦袋。

好在有驚無險，皇上只斥責了他一番，並沒有深究，孟慎矜算是逃過一劫，可若是徐鴻達再在川南出事，這話就不好說了，斥責是小，只怕自己的知府也做到頭了。

孟慎矜掏出帕子抹了把額頭上嚇出來的汗，「好在你沒事，也算是有驚無險。」他看了眼徐鴻達，才發現哪裡不對，「你是怎麼脫險的？遇到路過的鏢局了？」

「沒有。」徐鴻達莫名其妙地看了孟慎矜一眼，「我自己就把那兩個賊人給拿下了。只是這是我第一回和人交手，沒什麼經驗，重傷了一個匪賊，也不知道能不能活。」

孟慎矜臉皮抽動了兩下，忍不住打量了徐鴻達一番。膚色偏白，身體看起來也不壯實，就是文弱的一個書生。猶豫片刻，孟慎矜懷疑地問道：「你徒手拿下兩個持刀的刺客？」

徐鴻達點點頭，「我練了幾年健體術。」

孟慎矜起身道：「關到哪裡了？帶本官去看看。」

兩人來到川南府大牢，此處長年不見陽光，犯人吃喝拉撒都在獄中，難免氣味不好。

孟慎矜拿著帕子掩住鼻子，跟著徐鴻達來到一個單獨的小監牢。與孟知府預想的老弱病殘不同，裡頭躺著兩個孔武有力的壯漢，其中一個敞著衣裳，腹部纏著的厚繃帶已被鮮血染紅，閉著眼睛躺在那裡不知生死。

另一個匪賊的褲子少了一條褲腿，腿上綁著夾板。這人聽到有聲音，連忙轉過頭來，有些凶神惡煞的面容看到徐鴻達險些哭出來，左右看看，最後躺到昏迷的同伴旁邊裝暈倒。

徐鴻達……

孟慎矜偷瞄徐鴻達，暗忖：不是說徐鴻達是狀元出身嗎？難不成是武狀元？

兩人轉身出來，孟慎矜在門口停了下來，捋著鬍鬚，和顏悅色地說：「既然這兩人是你親手抓的，回頭我吩咐刑房，讓你同他們一起審訊，我倒要看看是哪裡的賊人那麼大膽。」

徐鴻達行禮謝過孟知府，孟慎矜臉上帶著笑意，看徐鴻達的眼神和善了不少，「你來了這麼些日子，還未來得及給你接風洗塵。今日正好得空，叫上劉同知、梁同知一起吃酒，一來是為你接風，再者也替你壓驚。」

徐鴻達笑道：「有勞大人惦記。」

孟慎矜叫人去酒樓訂席面，並去找劉同知等人到酒樓吃酒。

劉同知等人聽到信，一頭霧水，但知府大人的吩咐不能不聽，把手上的活計交給下屬，便匆匆往酒樓趕去。

孟知府和徐鴻達未坐馬車，兩人一邊說著話，一邊閒庭信步地來到酒樓。此時劉同知等人已經到了，按照以往的慣例在自己的位置上坐著。

小二殷勤地推開雅間的門，恭敬地彎著腰，「大人，您請！」

劉同知、梁同知起身到門口迎接，孟慎矜到主位坐下，劉同知和梁同知習慣性地坐在孟知府的左右下首。

孟慎矜輕輕咳嗽一聲，看了眼劉同知，「今日是為徐同知接風洗塵，你到後頭去坐。」

劉同知老臉羞紅，不敢不依，只得將位置讓出來，待徐鴻達坐下，方才坐在其下首。

一道道熱氣騰騰的佳餚送進來，掌櫃還特意送來了一罈好酒。

孟慎矜端起酒盅，笑咪咪地看著眾人，「這第一杯酒是給徐大人接風洗塵，大家同在川南為官也是緣分，以後爾等要互相幫襯，一起打理好川南府的政務。」

徐鴻達等人舉杯一飲而盡，放下酒盅後，孟慎矜又道：「徐大人來了這幾日，也不知有沒有嘗嘗我們川南的特色菜，這家的冷吃兔可是一絕。」

徐鴻達先讓了讓孟知府，見孟知府動了筷子，這才夾了一塊冷吃兔放到嘴裡。劉同知和梁同知彼此對視一眼，心裡都充滿了疑惑，不明白孟知府為何突然對徐鴻達親熱起來。

雖然不解，但劉、梁二人素來以孟知府唯命是從，他們見孟知府對徐鴻達親熱，也不好意思再冷著臉，雖心裡覺得尷尬和窩火，仍強忍著擠出笑意，跟徐鴻達推杯換盞。

酒過三巡，菜過五味，幾人喝得面色潮紅，孟慎矜搭著徐鴻達的肩膀道：「如今咱們川南的稅負都靠自流井撐起，你是負責鹽務這一塊，又主理自流井的事，難免要和鹽商打交道。這些年在我的治下裡，他們十分乖覺，把官府看得比天還大。你有什麼事，或要創造什麼政績，只管放心大膽地去做，誰要是不從，本官替你拿他。」

徐鴻達喝得面紅耳赤，「大人說的是，有大人撐腰，我自是什麼都不怕的。」

孟慎矜拍了拍徐鴻達的肩膀，道了句「好」，又用眼神示意劉、梁二人給徐鴻達灌酒。劉同知先端起酒杯，三敬三還就是六杯，等梁同知再敬三回，徐鴻達已醉得不成樣了。

劉同知又遞過酒杯，大著舌頭問道：「徐大人來了這麼些日子，光在刑房待著了，難不成李巡撫之死另有蹊蹺？」

徐鴻達喝得眼睛都睜不開，聞言不禁咧著嘴道：「哪有什麼蹊蹺，不過是例行公事罷了，朝廷總要給百官一個交代才是。」

孟慎矜聞言似乎放鬆了幾分，梁同知緊接著又問：「徐大人，您可是從翰林院出來的，最了解皇上的心思了。您瞧我和劉同知都在這裡待了六年，每回考核都是卓異，卻沒能升轉，是不是皇上對我們的政績不滿意？還是覺得我們這裡的鹽稅交少了？」

徐鴻達瞇著眼，將梁同知眼裡閃過的精光看在眼裡，他手臂拄在桌上撐著頭，似乎要睡著一般。梁同知沒得到回覆，忍不住又問了一遍，徐鴻達這回似是聽到了耳朵裡去，笑著斟了杯酒，說道：「我在翰林院時多半草擬些文稿、修撰國史罷了，哪敢揣摩皇上的心思，那可是掉腦袋的事。」

晃了晃頭，徐鴻達又道：「至於梁大人說的沒能升轉的事，我瞧著八成是看你們政績好，才讓你們在這肥缺上多幹幾年，旁人盼都盼不來這等好事呢！」說著大笑起來。

孟慎矜臉上的笑容又放鬆了幾分，見徐鴻達已醉話連篇，也失去了應酬的興趣，叫了兩個小吏來，讓他們送徐鴻達回家。

躺在自家的馬車上，徐鴻達慢慢地睜開了眼睛，見車廂裡沒有其他人，便從荷包裡掏出一粒解酒丸含在嘴裡，佯裝熟睡。

到了徐家門口，兩個小吏掀開簾子叫了幾聲「徐大人」，見徐鴻達睡得鼾聲連連，絲毫沒有要醒的意思，只能駕著車帶徐鴻達進了大門。門房一瞧自家老爺醉得不省人事，立刻讓人抬了一頂軟轎來，將徐鴻達送了進去。

一路來到正院，待小廝掀開簾子，徐鴻達已經醒了。

「老爺！」寧氏聽見動靜，從屋裡出來，見徐鴻達晃悠悠地進來，連忙快走幾步扶住了他。徐鴻達笑著拍了拍她的手，靠在她身上進了屋。

早春打了盆熱水進來，寧氏擰了條汗巾要替徐鴻達擦臉。

徐鴻達接過來自己抹了兩把，說道：「幸虧提前吃了青青製的醒酒丸，期間出來解手時又吃了兩回，這才沒真的醉酒。」

寧氏埋怨地說道：「做什麼喝這麼多？」

徐鴻達冷笑道：「孟知府帶著劉同知、梁同知輪番灌我酒，想趁我醉了套話。原本這李巡撫之死還查不出什麼不對，但見今日孟知府的反應，這事多半和他有些牽連。」

寧氏聞言不禁感到害怕，「他不會下手害你吧？堂堂一個巡撫都莫名其妙送了命，何況你一個小小的同知？」

徐鴻達安慰她道：「我的身手妳又不是不知道，今日我還擒了兩個刺客呢！」

話音一落，寧氏臉色大變，上上下下好生打量了徐鴻達一番，見他沒受傷這才放了心。

叫早春沏一壺釅茶，倒了一盞遞給徐鴻達，「當初來川南的時候，皇上不是說了讓子裕保護你的人身安全嗎？不如給楊提督去封信，讓他派些兵馬過來？」

徐鴻達頗為猶豫，「太過張揚了些，我自己能處置。」

寧氏白了他一眼，冷哼道：「這回是兩個刺客，下回就可能有十個刺客，還是小心謹慎些好。再者說，皇上派了你和雪峰到這裡掌管鹽務之事，必是希望你們有所作為。你和雪峰沒有幕僚，叫子裕來，有人商量不說，若是你想查什麼案子，子裕是再合適不過的人選。」

徐鴻達覺得寧氏說的也有道理，便叫人拿了筆墨紙硯來，快速寫了一封信，使了個親近之人讓送到楊提督手上。

寧氏打這信送出去就盼著回信，誰知過了七八天還沒動靜，正打算派人去成都瞧瞧，忽然一個丫鬟匆匆進來，面帶喜色地道：「夫人，二姑娘和姑爺來了！」

陸之章◆殺機迭起藏後招

「青青來了？」寧氏喜出望外，穿上鞋，披了衣裳，急匆匆迎了出去。剛到二門處，就見朱子裕和青青攜手過來。

「娘！」青青見到寧氏出來，鬆開朱子裕的手，撲到寧氏懷裡。

寧氏抱住青青，在她後背輕輕地拍了拍，「都成親的人了，還跟娘撒嬌。」

青青摟住寧氏的手臂，親暱地說：「成親了也是娘的孩子。」

寧氏點點她的鼻子，轉頭招呼朱子裕，「路上累不累？也不先打發個人來說一聲，我好備些你們喜歡吃的菜。」

朱子裕道：「一路坐馬車來的，走得也不快，倒不覺得累。前幾日，舅父接到岳父的信，聽聞岳父遇到刺客，立即撥了一百名士兵讓我帶來川南府，保護岳父和姊夫的安全。」

寧氏往外看看，沒見到士兵的人影，便問：「那些士兵吃住都在哪裡？可有人照應？」

朱子裕忙說：「岳母放心，川南府有個小營地，他們駐紮在那裡，吃住都有人管。」

寧氏這才放了心，打發了人去給徐鴻達、沈雪峰送信，自己則領了小倆口進去。敘了離別之情，青青說了兩人在成都的情況，寧氏問道：「這回能在川南待多久？不如就住在家裡，萬事都方便。」

朱子裕看了青青一眼，面露笑意，「先在岳母家住幾日，回頭還得找個宅子。舅父來之前得了皇上的叮囑，說川南府的鹽務是重中之重的事，軍中務必全力配合。舅父的意思是叫我就在這邊，等鹽務的事處理好了再回成都。」

早春端來熱氣騰騰的茶點，寧氏拿起筷子給兩人各夾了一塊，嗔怪地看著朱子裕，「咱們家雖是個二進宅子，但你三個舅子都住前院，後頭還空著院子，到外面找宅子做什麼？」

青青見朱子裕為難，拽了拽寧氏的袖子說：「若是我倆也就罷了，還帶了那麼些下人，住在家裡太過擁擠。依我說，就在這附近賃個宅子，白天子裕當值，我就過來陪娘說話。」

寧氏也知道小倆口剛成親，最是膩歪的時候，住在家裡肯定不如自己住著自在，也不強求，隨他們去了。只是找宅子不是一天兩天的事，這幾日仍住家裡。打發人去把正房後頭空著的小院拾掇出來，讓他們夫妻兩個暫住在那裡。

後院裡，初夏盯著婆子將屋子和院子打掃得乾乾淨淨，被褥床幔珍珠和瑪瑙都是帶現成的，打開箱子趁著白天日頭好，曬足兩個時辰再鋪上。將香囊掛在床帳上，又在被中放了自製的香餅，直到軟和的被褥散發出陣陣幽香，這才將香餅拿出來。把日常用的箱籠放在臥房裡，其他的都抬到了廂房，等過幾日找好了房子直接抬走就成。

出來傳話的小廝來到同知衙門，找了個書吏請他幫忙通傳。等了兩刻鐘，書吏出來略帶歉意地說道：「徐大人在審案子，我也沒法替你傳話。若是不急，你就坐在這裡等等。要是還有旁的事，你只管忙去，等徐大人出來，我替你捎話。」

小廝還要去找沈雪峰，便從荷包裡掏出一角銀子遞給他，央求道：「待我們家老爺出來，幫我傳句話，就說二姑娘和二姑爺來了。」

小吏拿了銀子，拍著胸脯做了保證，小廝便急匆匆走了。

徐鴻達此時坐在堂上，下面的犯人一條腿綁著夾板，另一條腿跪著，正是前幾日斷了腿的劫匪。徐鴻達敲了下驚堂木，喝道：「下跪者何人？」

絡腮鬍的劫匪原本還想嘴硬挺著脖子不說，徐鴻達冷笑一聲，拿起一根紅頭籤，剛準備扔下去，那劫匪立刻縮了脖子，當機立斷地說道：「小人名叫王二虎，原是榮縣的農戶，去年因為賭錢欠了賭坊很多銀子，賭坊的人抓了我要送我去當苦工。小的憑藉一身蠻力，掙脫出來，因無處可去，便投奔了太平寨落草為寇。」

太平寨原是前朝適逢戰亂，當地的富人為了安頓一家老小湊了銀子修建的一座寨子。戰亂結束後，富商們各自回家，這太平寨便成了無家可歸之人的暫居地。又過了幾十年，不知從哪裡來了幾個賊寇，占領了太平寨，彼時大光朝剛剛建朝，無人管束這些賊寇，太平寨又收留了許多流民，便逐漸壯大起來。

太平寨占地也就十畝地，地方雖小，卻有上千賊寇。他們明面上並不以燒殺擄掠為生，反而在寨子外頭耕種田地，當地的衙門便對他們睜一隻眼閉一隻眼，只要不做惡事被抓住，就隨他們去。

徐鴻達這幾日也打聽了太平寨的消息，似笑非笑地看著他，「太平寨是這川南最安分守己的寨子，你說是從太平寨出來的，本官怎麼相信呢？」

看著徐鴻達手裡握著的紅頭籤，王二虎快哭了，「小人不敢說謊。小人雖只到太平寨一年多，但也知道寨子裡不少事。好叫大人知道，我們寨子裡私下替鹽商做了不少骯髒活，得到這些鹽商的庇佑，日常銀錢不少不說，平日許多官員因鹽商也給我們寨子幾分薄面。」

徐鴻達看著王二虎的眼神變得銳利起來，「都有什麼活計？」

王二虎垮著臉道：「小人不過是最底層的小人物，平時就在寨子外頭種地來著，哪裡知道那些機密的事？這回刺殺大人的買賣，還是因上頭的一個頭目說，俺們打來了除了種地，一點力都沒出，白養著浪費酒肉，便叫我們出來操練操練。原想著大人是文弱的讀書人，平時又沒有家丁服侍，我和楊大壯力氣足，又會個三招兩式的，定能手到擒來，誰知……」

看著身材高瘦的徐鴻達，王二虎摸著自己的斷腿，什麼都不想說了，簡直心塞。

「你身上有太平寨的信物嗎？」徐鴻達問道。

「有有有！」王二虎從腰上拽下來一塊木牌，衙役接過木牌送到徐鴻達手裡。只見木牌正面是太平寨三個大字，後面則刻著一千零二十三號，估摸是王二虎的排次。

徐鴻達自嘲道：「你們太平寨也太不將本官看在眼裡，居然讓兩個小卒來刺殺本官。」

王二虎直點頭，「大人說的對，以大人的身手，必須得派百名以內的出手才有勝算。」

徐鴻達將木牌放下，手指輕叩桌面，在王二虎逐漸放鬆下來後，突然問道：「巡撫李光照墜馬之事，與太平寨有無關聯？」

王二虎茫然地道：「巡撫？不知道，這事你得問我們大當家！」

徐鴻達冷笑，「本官就去一趟太平寨會會你們的大當家！來人，將王二虎關回大牢！」

兩名衙役將王二虎架了起來，王二虎見徐鴻達起身要走，連忙掙扎著說道：「大人，前幾天抓的藥都吃沒了，你去寨裡的時候幫我問李二海頭目要幾兩銀子買藥唄！」

徐鴻達腳步一頓，嗤笑一聲，「我覺得他們會直接送你一碗毒藥。」

見王二虎被拖了出去，刑房的典吏遞過來掌事筆錄，徐鴻達閱覽了一遍，見沒什麼差錯便在下面蓋上自己的小印。

剛出大門，就見一小吏探頭探腦地過來，殷勤地說道：「徐大人，您家裡剛才來人找您，說是你家二姑娘和二姑爺來了。」

徐鴻達面露喜色，顧不得想太平寨的事，匆匆上了馬車，往家裡趕去。

徐鴻達到家，一進屋率先看到挨著寧氏坐的青青，忍不住上下打量，笑道：「原本還擔心妳水土不服，如今瞧著倒是養胖了些許。」

朱子裕和沈雪峰一同行禮，徐鴻達點了點頭，問朱子裕在軍營的情況，又看了看他，不禁皺起了眉頭，「你最近沒練武嗎？怎麼瞧著你也胖了？」

朱子裕下意識低頭看了看自己的腰身，「這四川的菜又麻又辣，吃著很下飯，別說我吃的多，就連青青一頓也能吃上兩碗飯。」

捏了捏青青的臉蛋，寧氏笑道：「能吃是福，你倆還在長身子，是該多吃一些。」

一家子又聚齊了，晌午擺上大圓桌，一家老小，連朱寶都被朱朱抱在懷裡上了桌。

這邊娘三個嘀嘀咕咕說著分別後的事，沈雪峰一邊喝酒，一邊考校小舅子學問。除了徐澤寧能對答如流外，徐澤然都快食不下嚥了，暗暗戳了戳弟弟，兩人悄無聲息地換了位置。等沈雪峰聽完徐澤寧的策問，再一抬頭，就只能遠遠地瞅見徐澤然的後腦杓了。

徐鴻達第一回審案，又涉及到匪賊，便同朱子裕細細說了詳情，讓他幫著參謀。

朱子裕神情凝重，「我們來的時候倒是路過太平寨，據說太平寨當初建立就是為了躲避戰亂，因此外面修建了一層高達一丈的城牆，雖年頭久了，但看著依然堅固無比。有這樣的堡壘，易守難攻，只有我帶的這一百人怕是不足，還得再從成都調兵才行。」

徐鴻達沉吟道：「倒不急著攻打，我們明日先去探探那個大當家的底細。按王二虎所說，這些年太平寨接了不少這樣的買賣，旁的倒罷了，李巡撫墜馬之事必須查明。」

朱子裕點了點頭，「岳父說的是，來之前，皇上也鄭重交代過這事，我明日點上二十精兵陪岳父走一遭。」

翌日一早，徐鴻達、朱子裕拿著王二虎和李大壯二人的腰牌，領二十士兵直奔太平寨。

太平寨離自流井約五六里路，並不算遠，眾人來到太平寨時，發現寨門已打開，太平寨大當家陳四海帶著百十來人站在寨外等候。

徐鴻達拽住韁繩，駿馬嘶叫一聲止住了腳步。

陳四海上前拱手笑道：「聽聞朱將軍和徐大人要來太平寨，陳某特來迎接。」

徐鴻達臉色微沉，陳四海特意在寨門外等候，不是擺明著告訴自己他在衙門裡有耳目，給自己一個下馬威。

朱子裕在馬上俯視著陳四海，臉上帶著譏諷的笑容，「陳當家消息倒是靈通。」

任誰被這樣高高在上的蔑視都難以忍受，陳四海臉皮抽動了下，居然忍耐了下來，手一伸，做了個恭敬的姿勢，「朱將軍、徐大人，請！」

徐鴻達和朱子裕二人翻身下馬，天莫、玄莫緊隨其後，陳四海落後半步，在徐鴻達身上一掃，心裡忍不住懊惱。陳四海自幼習武，又接管了寨子二十餘年，訓練出不知多少漢子，早就練就了一番利眼。這徐鴻達看似瘦弱，但呼吸綿長，腳步沉穩有力，一看就是練家子。早知是個硬碴子，當初就不該輕易接這活計，結果惹出了大麻煩，實在是太大意了。

朱子裕和徐鴻達倒不怕太平寨耍什麼花招，他倆是朝廷命官，又是皇上面前掛了號的，若是太平寨敢明目張膽將人扣下，那大軍必來鏟平太平寨，到時候任誰也護不了他。陳四海老奸巨猾，自然也明白這個道理，兩方都存了試探的心思，表面上倒是和睦。

一進寨子，朱子裕和天莫、玄莫立即不動聲色地打量四周，從城牆的內部到賊寇的佈防逐一默記在心裡。太平寨不大，人卻是不少，寨子裡頭密密麻麻蓋了許多房子，有不少人進進出出。看那些人，有的似凶神惡煞拿著武器，有的扛著鋤頭斧子像是普通農民。

寨子中間有一座白牆青瓦的宅子，門廳上掛著牌匾，上書「太平堂」三個大字。

陳四海又做了個「請」的手勢，徐鴻達率先邁步進去，朱子裕緊隨其後。兩人分別在客位坐下，天莫、玄莫則各帶十名士兵立在兩人身後。

陳四海在主位坐下，讓人倒了茶水，笑呵呵地說：「早就聽聞徐大人的英名，可惜一直無緣相見。今日大人親臨太平寨，是陳某的榮幸，也是太平寨的榮幸。」

徐鴻達似笑非笑地道：「陳寨主身為地頭蛇，我瞧著這川南的事就沒你不知道的。本官初來乍到，倒是有許多事不清楚，想向陳寨主請教一二。」

陳四海謙卑地笑笑，「徐大人說笑了，有什麼話您問就是，陳某保證知無不言。」

「如此甚好。」徐鴻達笑得和善，「我瞧你這寨子不大，人卻是不少，一個個養得油光水滑，看起來日子過得不錯。本官來的時候見寨子外頭的田地雖然豐沃，但養活百十口還行，這上千人怕是難以維持。本官很好奇，太平寨還有什麼別的生計？」

陳四海端起杯子喝了口茶，這才笑道：「不瞞大人，我們太平寨在城裡有個鋪子做些小生意，每個月也有些進項。有時候寨子裡也接些押鏢的活計，一年走上十幾趟，就夠養活這些人吃喝的了。」

「是嗎？」徐鴻達挑了挑眉，問道：「就沒有旁的生意了？比如打家劫舍、攔路搶劫之類的？再沒什麼比這更來銀子了。」

「可不敢這樣！」陳四海連忙擺手，一臉避之不及的樣子，「我們雖說是個山寨，但也傳了上百年，起初是為了躲避戰亂，後來慢慢收留一些流民。以前太平寨什麼樣我不敢說，可打我成這寨主後，太平寨再沒做過那樣的事。」

「哦？」徐鴻達從懷裡掏出兩塊權杖丟到陳四海旁邊的桌上，「不知道這是不是你們太平寨的信物？」

陳四海拿起木牌像模像樣地端詳，說道：「正是本寨的信物，不知大人從何得來？」

「陳寨主這是和我裝傻？」徐鴻達收斂了笑容，臉上帶著一絲威嚴，「你的手下做了什麼事，難不成你不知道？」

陳四海拿起木牌將背面給徐鴻達看，「不瞞徐大人，寨子裡有上千口人，大小頭目三十餘個，平時有人來投奔多半是由這些頭目考校並招攬在自己手底下，像這兩個都排在了一千多號，應該是這一年進來的人，我估計連面都沒見過。」

「哦？這麼說，這兩個人刺殺本官的事，你是不知情了？」徐鴻達眼神忽然變得犀利，緊緊盯著陳四海的面龐。

「這從何說起？」陳四海大驚失色，「徐大人遇刺了，這是什麼時候的事？」

「你連本官突然到訪太平寨的事都有所準備，難道會不清楚我遇刺的事？陳寨主，裝得太假了些。」徐鴻達臉色陰沉，「明人不說暗話，陳寨主，你可要想清楚了再回答。」

陳四海端起茶盞，視線在徐鴻達和朱子裕身上轉來轉去。

朱子裕笑咪咪地從懷裡掏出一對石球在手裡轉，許是不小心，其中一個石球掉落，砸在地上發出沉悶的聲響。在看那地面，竟然有一個淺坑。

朱子裕彎腰將石球撿了起來，略帶威脅地看著陳四海。

陳四海喝了口茶，仍是一聲不吭，倒是在外頭路過的一個粗壯頭目聽了幾耳朵沉不住氣了，進來破口罵道：「理他個鳥官！大哥，咱們上千口人還怕他們幾個？抄傢伙來幹他一架，省得受他娘的氣！」

陳四海沉下臉，喝道：「孟松，出去！」

孟松一昂頭，臉上帶著明顯的不服，「人家都罵上門來了，哥哥還點頭哈腰地裝孫子，實在有損我們太平寨的威名。依我說，索性一不做二不休，就地要了這狗官的命，咱們拿他的頭向王有德要賞銀去。」

徐鴻達聞言笑了，「我家二姑娘時常說一句話，倒是很合此景。與陳寨主分享：不怕神一樣的對手，就怕豬一樣的隊友。」

陳四海握起拳頭，青筋暴起，「孟松，我再說一遍，給我滾出去！」

孟松惱怒萬分，手不自覺伸到身後想去摸插在腰間的長鞭。

朱子裕忽然起身，一邊轉著石球，一邊朝孟松走去。眼看兩人只差十來步的時候，朱子裕手上一發力，兩個石球忽然裂開，隨即被捏成粉末散了一地。

孟松的視線在朱子裕手上轉了一圈，朱子裕鬆開手，把手掌上剩餘的粉末朝孟松一吹。孟松忍不住退後兩步，連忙拿袖子擋住，等袖子放下時，孟松一個勁兒擠眼睛，「哎呀，迷眼了，我得拿水沖沖！」說著轉身就往外跑。

朱子裕快走一步，一把抓住了他的衣領。兩人個頭相當，看起來孟松還壯些，可在朱子裕的手裡，孟松掙扎了半天，仍擺脫不了朱子裕的桎梏。

「那個，大人，一切都是誤會，我就打這路過，不關我啥事。」

朱子裕鬆開手，孟松想跑，剛邁出兩步，就被朱子裕一腳踹飛到牆上。朱子裕袖子裡甩出十幾枚飛刀，將孟松牢牢釘在了牆上。

「孟松，這王有德和你們有什麼交易？」朱子裕漫步上前，看著被釘在牆上的孟松。

孟松這時候不敢亂說話了，拚命用眼睛瞅陳四海。

陳四海卻是一個頭兩個大，原本他打算將此事混過去，只要沒有實在的證據，想必徐鴻達也拿自己沒轍。誰知到了關鍵時候，竟然蹦出這樣一個禍害，生生打亂了自己的盤算。用那句「豬隊友」來形容孟松，簡直再貼切不過了。

徐鴻達端起茶盞慢慢地喝了一口，看著陳四海，露出笑容，「陳寨主想好了嗎？說還是不說？若是不想說也無妨，只是你要想好了後果才是。成都離川南並不遠，若是等大軍來了，你就是想說也沒人聽了。」

陳四海額頭上的汗一滴一滴落下來，他咬牙看著徐鴻達，眼裡閃過一絲狠厲，「做人留一線，日後好相見，徐大人不必這樣趕盡殺絕吧？」

徐鴻達輕笑道：「當初陳寨主派人刺殺我的時候，怎麼就沒想到這句話呢？如今才說，是不是有些諷刺？」

陳四海一窒，半晌才道：「太平寨這一百多年的名號不能砸在我手裡，若是我說了，還有何顏面出去見人？」

徐鴻達轉頭和朱子裕對視一眼，朱子裕隨手丟出一柄飛刀，扎在了孟松的髮髻上。孟松只覺得頭皮一涼，就看見落下不少頭髮，頓時快嚇尿了。他想轉頭看陳四海也不敢動，只能帶著哭腔哀求道：「大人，好漢，咱們有話好好說，不帶玩這麼刺激的！」

「這就叫刺激了？還有更刺激的，你想不想試一試？」朱子裕從孟松腰上拽下長鞭，甩得啪啪作響。

徐鴻達看著陳四海的臉色越發難看，便又勸他：「陳寨主不妨想想，若是朝廷真的要剷除你們太平寨，那個買我性命的王有德會不會來救你？」

陳四海還沒說話，孟松先嚎上了，「哥哥，那王有德不是個仁義的主兒，咱們犯不著為了他把咱們山寨搭上！」

朱子裕把鞭子一甩，在手上繞了幾圈，看著孟松笑道：「你倒是個識時務的，若是你將知道的都說出來，我就饒你一條狗命如何？」

孟松此時也顧不上陳四海了，將知道的一五一十說了出來，「當初買徐大人命的人叫王有德，他依附在大鹽商王家下面，手裡也有兩口出鹵水的井。」

徐鴻達不再理會陳四海，轉而走到孟松跟前，仰頭問道：「他有沒有說為何要刺殺本官？到底是他自己的主意，還是背後另有他人？」

孟松道：「他說怕大人又弄什麼徵稅的事，因此特來太平寨來買大人的命。至於是他的主意還是誰的想法，我們就不知道了，那小子也沒說。」

徐鴻達又問道：「你們除了我這樁生意，有沒有再接過別的活計？比如說讓人墜馬而亡的生意有沒有做過？」

陳四海眼神一凜，嘴唇動了兩下卻沒敢吱聲。

孟松想了想，搖搖頭，「這事我不知道，你得問大當家。我們這太平寨有三十個分部，每個風格都不太一樣，像我領的那夥，個個都是耿直的人，暗地裡下手那種事絕對不會幹，我們都是動真格的，不舞刀弄劍的咋叫刺殺？」

徐鴻達贊同地點點頭，繼續問：「這回被抓的王二虎和李大壯是你手底下的人吧？」

孟松一臉驚喜，「大人，你咋猜到的？」

徐鴻達笑看著他，「因為你和他倆特別像，審訊起來十分順利，問啥說啥，不問都主動交代，我就喜歡你這樣的人。」

孟松看了眼徐鴻達，默默轉開頭去。

徐鴻達吩咐朱子裕道：「放他下來。」又轉身回到自己的位置，笑吟吟看著陳四海，「你的屬下都招了，你還不說嗎？是不是真的覺得仗著這一千人，本官就帶不走你？」

陳四海略有些屈辱地看看被朱子裕從牆上拽下來的孟松，臉上滿是不甘，「太平寨這些年也算順風順水，我倒不知道寨子裡有這種貪生怕死之人。」

孟松剛從牆上下來，頭頂禿了一片頭髮，剩下的披散著，衣裳褲子上都是破洞，露出裡面黝黑的肌肉。也不知是嚇的還是腿麻了，站在朱子裕旁邊直哆嗦，還不忘回嘴：「哥哥我可不是貪生怕死之人，還不是一開始瞧著你太窩囊，我才蹦出來想立咱們太平寨的威名。」

「威名？咱們太平寨的面子都被你給丟光了！」陳四海咬牙切齒，一字一句地喝道：「還不趕緊給我滾回去！」

孟松轉身剛要走，又被朱子裕拎回來。孟松只覺得這一幕很熟悉，想想自己可能又要挨一腳掛牆上就忍不住哆嗦。朱子裕卻是抖了一下鞭子，將孟松捆了個結實，將他丟到自己帶來的士兵旁邊。

「朱將軍這是何意？」陳四海盯著朱子裕。

朱子裕挑了挑眉，「這可是證人，自然要帶回去簽字畫押了。陳當家，我勸你一句，看看你太平寨上下一千口人，好好想想是不是要跟我們作對。」

徐鴻達順勢問道：「陳寨主，當年李巡撫墜馬之事是否和太平寨有關？」

陳四海堅定地搖頭，「無關！」

徐鴻達又問：「誰是幕後主使？」

陳四海沉默片刻，在徐鴻達的注視下，緩緩搖了搖頭。

雖沒說出口，但陳四海的舉止明確表示他知道李光照墜馬的真相，只是不敢說而已。

徐鴻達朝陳四海拱了拱手，轉身往外走去，朱子裕等人緊隨其後。

被捆的像粽子一樣的孟松被人一左一右夾住，無法脫身。他回頭看了看陳四海，不死心地嚎道：「哥哥，大當家，救我啊！」

陳四海別開頭，不去看他。

孟松又朝朱子裕喊道：「將軍大人，不關我的事，我只是路過，真的只是路過啊……」

回到衙門，徐鴻達將人丟到牢裡。

刑房的人想著孟松也是太平寨的，索性將他關到了王二虎所在的監牢內。王二虎看到牢頭塞進來一個穿得破破爛爛的人，還有些不情願，等孟松轉過身來，王二虎登時轉怒為喜，拖著一條腿，抱住孟松嚎啕大哭，「大哥，你總算來救我了，這個徐鴻達太坑人了！他一個文官居然會功夫，我實在是打不過他！」

孟松目光在王二虎的腿上轉了一圈，又去看躺在木板上的楊大壯，只見他腹部纏著的繃帶滿是血汙，若不是聽他時不時哼哼幾聲，差點讓人以為那裡躺了個死人。

王二虎順著孟松的視線看過去，「前幾日他高熱不止，吃了藥才活下來。對了……」他一臉期待地看著孟松，「大哥，你帶銀子了嗎？」

孟松扯了扯自己滿是洞的衣裳，譏笑道：「你瞅我像是有銀子的模樣嗎？」

王二虎同情地看了看他，忍不住問道：「大哥，你這是咋了，也是行刺被逮住了？」

孟松一言難盡地嘆了口氣，臉上滿是後悔，「要是行刺被逮著還好聽些，我這純粹是沒事吃飽了撐的。早知如此，我當初上完茅廁老老實實回去多好，就不應該跟著他們跑去偷聽。偷聽就算了，結果沒忍住還嘴賤，剛得瑟兩句就被踹到牆上了，丟人啊！」

王二虎不由掬了一把辛酸淚，「早知道這樣，我寧願被你踹到牆上也打死不來行刺。腿斷了不說，還得自己買藥吃……」一說起藥，他又想起了正事，揪著孟松的袖子找銀子，「大哥啊，我們沒銀子買藥了，你身上真沒藏點錢？」

孟松想拽回袖子，王二虎只略微一使勁，就看著袖子被自己拽下來半截。

孟松：……

王二虎：……

孟松道：「蒼天啊，你說我的嘴為什麼就那麼賤呢？」

牢房裡哭天搶地，徐鴻達翁婿二人倒是心情不錯。

用完飯，朱子裕帶人去查王有德的底細，徐鴻達則小憩片刻後準備審問孟松。

孟松是個非常識時務的人，往那一跪，痛痛快快將自己知道的事都說了出來，「寨子裡時常有鹽商到訪，一般小鹽商是各個頭目接待，只有大鹽商我們當家才會出面。那日王有德來的時候帶了一封信，也不知上面寫了什麼，大當家看完就親自接待了他。」

徐鴻達問道：「你知道信是誰寫的嗎？」

孟松搖了搖頭，「信封上沒有名字，不過我估摸著有可能是王家的嫡系寫的，旁人可沒那麼大的臉面。」

「繼續說。」徐鴻達示意道。

孟松回憶著說道：「王有德來的那日是我接待的，可他不肯和我商談，直言有信要交給寨主。因人是我帶去的，大當家沒有攆我，他看了信後說徐大人是朝廷命官，刺殺很容易惹麻煩。王有德說只管放心，上頭有人撐腰，保證沒人敢下來查。」

徐鴻達臉色凝重，「上頭的人指的是誰？」

孟松又是搖頭，「這我就不知道了，大當家應該知道。他聽了以後，很爽快地收了五百兩銀子當訂金。原本這差事通常是給身手好的那幾個，那天我也不知怎麼被豬油蒙了心，想著文官手無縛雞之力，這種便宜差事不如搶了來，多賺些銀子不說，也讓那些總是嫌棄王二虎他們吃白飯的人閉嘴。」

看著孟松懊惱的神情，徐鴻達卻覺得十分僥倖，自己的身手自己知道，也就是和這種沒有對打經驗的人動手能占些便宜，若是那種經驗豐富的劫匪，自己指不定就著了道。

孟松知無不言，言無不盡，把知道的事抖了個乾淨後，又在掌事筆錄上簽字畫押。

看著徐鴻達說了退堂，幾個衙役過來準備將自己押回牢裡，頓時慌了神，「大人，您不是說就讓我來錄個供詞嗎？咋還不讓走了呢？」

徐鴻達抖了抖狀紙，譏諷地笑道：「就這些事，你覺得你能走嗎？」

孟松癱坐在地上，忍不住哭著搧了自己兩巴掌，「讓你嘴賤！」

◆　◆　◆

朱子裕一來川南，就和徐鴻達忙得不著家，沈雪峰也整日往自流井跑。以往沒接觸過鹽業這一塊，只看了些摺子，對川南自流井這塊有個大致的了解。

如今要進行鹽業改革，可不能只憑摺子上的寥寥數語。川南從前朝起，鹽務的管理就與其他地方不同，像兩淮地區從製鹽到行鹽手續紛繁複雜，設立了層層關卡，產生漏鹽、私鹽的幾率極小，而川南的鹽井就歸個人所有，光產鹽這一項就很難控制。

沈雪峰要動鹽務，必須先將川南從產鹽到行銷每一步都了解透徹，才能對症下藥。新行的制度既要讓盛德皇帝滿意，又要在鹽商接受的範圍內，這可不是一蹴而就的小事。

男人們都在忙，寧氏母女三人難得清閒地湊在一起，少不得說起四川的點點滴滴。

青青提到了成都府的事，「原先在京城也沒聽說過蜀王，這回來了才知道。雖說蜀王在朝中沒什麼權柄，但到底是個親王，成都的大小官員都敬著他，便是那些武將夫人也少不得要和蜀王妃應酬一二。」

寧氏道：「這裡倒是沒有蜀王妃，卻有個難纏的知府夫人。打我來了，不知道遞了多少帖子，還是沒見過一次，端的是好大的架子。」

青青也是吃過蜀王妃閉門羹的，十分理解寧氏的心思，遂開玩笑道：「娘遞帖子她不見，回頭讓她親自上門來見您。」

寧氏笑著搖了搖頭，「人家知府夫人怎麼可能主動來家裡見我，可不是打自己的臉？」

話音剛落，門外有個丫鬟脆生生地回道：「太太，知府夫人打發人送帖子來了。」

寧氏一愣，隨即反應過來，「讓她進來吧。」

約莫過了一刻鐘，一個三十來歲的媳婦進來，先行了大禮，自稱是孟夫人的陪房，夫家姓何，方才恭敬地遞上帖子和禮單，「徐夫人剛到川南的時候，我們夫人就想邀個席請徐夫人過去坐坐，奈何染上風寒，怕過了病氣給旁人，才將這事耽擱了。」

寧氏點點頭，「倒是聽說過此事，如今夫人可是大好了？」

何娘子忙說：「雖未痊癒，但已好了大半，就是聲音略有些沙啞，大夫說再吃上兩劑藥也就沒事了。」

寧氏道：「如此甚好，夫人還需好生將養才是。」

客套了一番，何娘子方才表明來意，「我們夫人說自您來了還沒見過面，又聽聞郡主也來了，想著後日過來拜訪，不知是否方便？」

寧氏頷首道：「歡迎至極。原本我也想著這幾日擺酒，索性放到後日，請夫人來吃酒看戲。」說著又吩咐早春，「拿上等的尺頭賞她。」

何娘子向寧氏和青青磕了頭，這才退了出去。

見人走遠了，寧氏指著青青笑道：「倒讓妳說中了，我不理她，她倒巴巴地來理我們，這也是沾了妳的光，要不然孟夫人這病指不定什麼時候才好呢！」

青青莞爾一笑，「都是俗人，難免會踩低捧高，和她們嘔什麼氣？」

寧氏嘆了一口氣，「原先在京城萬事順利，來到這裡才知外任的艱難。川南的大小官員已自成一派，妳爹來此地的目的眾官員心知肚明，難免會遭人排擠。妳瞧，來了這些日子，還未有什麼動作，居然有人要刺殺他，真真是讓人放心不下。一想到妳爹這麼不容易，我受的這些氣算什麼呢？不過是人家不搭理我罷了，又不是要命的事。」

朱朱拿起果子遞給朱寶，說道：「好在咱們家外放都在一處，彼此能幫襯。我聽雪峰說，往常官員外任都要避嫌的，哪有咱們這麼便利的事？」

青青點頭說：「也是這裡的形勢複雜，有藩王，又有每年上百萬收益的鹽井，如果派個單槍匹馬的官員過來，指不定又和李巡撫似的，不明不白死在任上。」

寧氏聞言有些唏噓，青青見不得她情緒低沉，忙又往好處說：「娘也不用擔心，子裕帶了一百精兵來，有他在，誰也傷不了爹和姊夫的。」

朱朱笑道：「子裕今日一早打發他的四個長隨來了我家，說暫時讓他們跟在雪峰身邊。有他們在，我這心裡頭也放心不少。」

互相打氣，母女三人心情好轉了不少。

寧氏不再唉聲嘆氣地提糟心的事，叫人拿筆墨來寫帖子往各府送去。

青青在成都也是辦過席面的人，少不得給寧氏出主意，「依我說，也不用太費心思，索性從這川南府最好的酒樓叫上幾桌，家裡備著果子酒水就罷了。您就是備上山珍海味給她們，她們也不會真心待您的，何苦累著自己？」

寧氏此時的心思也不在這上面，依言打發人去酒樓訂席面，又拿錢找了個戲班子，剩下的都交給早春、初夏兩個去張羅。

話說何娘子回到知府後宅，先拿得的尺頭給孟夫人看，這才說起在徐家的事，「徐夫人看著是個溫柔和善的人，估摸著也得三十來歲了，看著倒是年輕，彷彿二十出頭一般。懿德郡主長得同徐夫人很像，就是瞧著更明豔些，渾身氣度也好，身上的衣裳做得精緻，多半是京城那邊的手藝。頭上珠釵的珍珠，個個都有拇指肚那麼大，我磕頭的時候瞧著她鞋子上還綴了兩顆大珍珠。」

孟夫人將喝了一半的燕窩放到桌上，忍不住嘆氣，「好不容易過了幾年鬆快日子，這又來了一個郡主壓在我頭上，簡直讓人沒法活了。」

何娘子看著孟夫人臉色不好，小心翼翼地道：「不是還有蜀王妃給咱們撐腰嗎？」

孟夫人冷哼，「她撐腰有什麼用，就是她也忌憚懿德郡主。沒瞧著，先前冷眼瞧著我將徐夫人得罪得死死的，這才來信說郡主的事。她心裡想什麼我會不知，當誰是傻子呢！」

何娘子一直以為夫人與蜀王妃交好，如今瞧著又不像。主子的事她不明白也不敢插嘴，抱著尺頭不敢吭聲。孟夫人煩躁地擺了擺手，打發她出去，又讓人請丈夫過來。

「不是叫人給徐家送帖子了，臉色怎麼這麼難看？難道徐夫人推拒了？」孟慎矜問道。

孟夫人扯了個笑出來，「那倒沒有，畢竟徐鴻達在老爺手底下做事，她也有所顧忌。」

孟慎矜點了點頭，面上卻有愁雲。

孟夫人將丫鬟打發出去，輕聲問道：「老爺這是怎麼了？」

「今日秦師爺來找我，送來了他舅兄的信。他舅兄如今在大理寺任主薄一職，雖是芝麻小官，倒是知道不少密辛。」孟慎矜唉聲嘆氣道：「他舅兄在得知徐鴻達來川南府任職後，就寫了這封信託人捎來，誰知那人路上病了一場，倒耽誤了我們的事。」

孟夫人見丈夫臉色不好，心裡發慌，白著嘴唇問道：「信上都說了什麼。」

孟慎矜道：「說這徐鴻達雖才五品，卻有治水之功，極得皇上信任。還說懿德郡主在京城相當有名，太后每隔幾日就要接她入宮。別看懿德郡主年紀小，也是個狠辣的角色。據說寵冠後宮的淑妃娘家和徐家爭宮裡的胭脂生意，也不知怎麼被徐家抓住了把柄，淑妃娘家砍頭的砍頭，流放的流放，一家人都沒得什麼好下場。連淑妃也因此被活活杖斃，三皇子連帶的被皇上厭棄，終日閉府不出。」

孟夫人聽得瞠目結舌，「皇上會因為一個郡主杖斃自己的寵妃？這不太可能吧？」

孟知府嘆了口氣，「那主薄雖然官小，這些案件難免會聽到些閒言碎語。就這幾日來的鎮國公府的那個朱子裕，據說他後娘之死也有這懿德郡主的影子。」

孟夫人只覺得眼前一片漆黑，哆嗦地說道：「這就是個煞星啊……」

川南府當真沒有祕密可言，上午知府夫人打發陪房去了徐家，下午川南府大小官員便都知道了，待徐家再派人遞帖子，各家態度立刻轉了個彎，都接了帖子說當日必到，就連劉同知和梁同知的夫人都笑意盈盈地將人叫了進去，說了幾句話還賞了上等封。

等送帖子那人一說，寧氏嘆息道：「這些人家都看著知府的臉色行事，不敢越雷池一步，可見孟知府在這川南是個說一不二的主。」

青青冷笑道：「這孟知府一看就不是乾淨的，指不定和鹽商有所勾結。咱們一來，觸動了他們的利益，也難怪他們表面上的功夫都懶得做了。」

寧氏嗤笑一聲，「如今後悔的是她們，沒弄清底細就將咱們家得罪了，估摸著此時不知怎麼懊惱呢！之前她們定認為妳爹不過是個小小的同知，沒法上摺子給皇上，凡事有知府在，咱們家翻不出花。誰知人算不如天算，她們沒能想到咱們家還有個得寵的小郡主能夠直達聖聽，這回啊，妳爹是沾了妳的光了。」

青青抿嘴一笑，「我爹就是不經過我也能上密摺給皇上，只是孟知府不知道罷了。不過，咱們與這些官員不過是暫時的平和，以後翻出事來，早晚得翻臉。」

寧氏嘆道：「消停一陣是一陣，起碼現在妳爹當差的時候那些人不敢明面使絆子了。」

母女兩人正說著話，朱朱抱著剛睡醒的朱寶進來了。青青讓了座位給她，伸出手指去摸朱寶的臉蛋，「寶寶，叫姨。」

朱寶睜著圓圓的眼睛，好奇地看著青青。

青青又摸了摸他的小手，「叫姨。」

朱朱見青青一本正經地教朱寶說話，忍不住笑道：「這孩子說話晚，到現在爹娘都不叫呢！」話音剛落，就見朱寶抓住青青的手指，口舌清楚地叫了聲：「姨！」

這下可把青青歡喜得不得了，忙從朱朱懷裡將孩子抱過來，笑道：「再叫一聲。」

朱寶眨眨眼，咯咯地笑喚：「姨！」

青青哈哈大笑，在朱寶臉上狠親了兩口。

朱朱又好氣又好笑，伸手點了點朱寶的額頭，「連娘都不叫一聲，倒先會叫姨了，真是個小白眼狼！」

青青摟著朱寶軟綿綿的小身子，親熱地和他頂了頂額頭，「寶啊，你娘吃醋了，你趕緊叫聲娘哄哄她。」

朱寶咯咯笑著，用小手摟住青青的脖子，露出八顆牙齒，「姨！」

寧氏和青青忍不住笑了起來，朱朱捂著胸口道：「白生養他了，平時見我親熱，一瞧見更漂亮的姨母，就把親娘給忘了，回頭把你送你姨母家讓她養你吧。」

青青大笑，哄著朱寶指著朱朱說：「叫娘！叫娘！」

朱寶伸開手臂，朝朱朱做了個抱抱的手勢，清脆地喊道：「娘！」

稚嫩甚至有些含糊不清的「娘」字，把朱朱的眼淚都喊出來了。

抱過朱寶，朱朱紅著眼圈道：「再叫一聲娘來聽聽。」

朱寶似乎對這個叫人的遊戲玩夠了，看了眼他親娘，哼哼呀呀地想到榻上去玩。朱朱拍了拍朱寶的小屁股，把他放到榻上。朱寶爬了幾下，扶著榻桌站了起來，踉蹌地學走路。

青青看著紅著眼睛的朱朱，笑道：「這就哭了？等以後朱寶會說話了，到時候整天叫娘，那時候妳才想哭呢！」

寧氏煞有介事地點點頭，「可不是？青青小時候就是個嘴碎的，整天啥也幹不成，跟在我屁股後頭叫娘，煩得我都想拿針把她的嘴給縫起來。」

朱朱比青青年長三歲，倒是還依稀記得當年的情景，「我記得青青說話早，一兩歲的時候就滿嘴的話，整天不是跟著娘就是纏著祖母。祖母箱子裡藏的那些果子糖塊，都被她一塊一塊地尋摸了去。每回祖母狠下心來不給她，她就坐著不住嘴地念叨，念得祖母頭都大了，只能趕緊開箱子拿吃的把她的嘴堵上，這才落一個清靜。」

「是呢！」寧氏掩嘴笑個不停，「那時候咱們家就一個浩哥兒是男娃，又是長子長孫，每回買吃的都說是給浩哥兒吃，結果多半都進了青青的肚子。」

青青聞言搖頭笑了，「祖母就愛拿果子糖塊逗我，她要是不告訴我有好吃的，我哪知道她箱子裡有啥？」

朱朱睨著她，「妳就得了便宜還賣乖，祖母那是真疼妳，一提到妳就眉開眼笑，我瞅著疼妳比疼大哥還多些。」

寧氏道：「可不是？妳爹剛得了旨意知道要外放的時候，妳祖母就說她留在京城照看妳三叔一家還有浩哥兒、青青，沒幾天聽說青青和子裕也要來四川，妳祖母立刻要收拾箱子回鄉下，完全忘了說要照看兒子和大孫子的話。」

朱朱說道：「咱們在這裡念叨祖母，也不知祖母在家會不會打噴嚏。」

青青笑著搖了搖頭，「她打什麼噴嚏啊，只怕這會兒不知道和鄉親鄰里的講什麼故事呢！咱們在京城那些事，足夠她在家裡說好幾年的。」

青青說的話再沒有不準的，此時澧水村，徐婆子頭上戴著貂狐抹額，盤腿坐在炕上鋪著的大狼皮褥子上，炕上、凳子上圍坐了不少鄉親都在聽她說話。

如今正值冬季，澧水村的莊稼人都閒了下來，和徐家關係要好的婆娘們吃了飯收拾了家裡，便都拿著針線往徐家來了。往凳子上一坐，屋裡暖和不說，還有丫頭專門給她們倒茶水拿果子，再聽聽徐婆子講講京城的事，聽了稀奇還長了見識，回娘家或走親戚時學上一學，哪家不高看一眼。

老鄰居李婆子坐在炕沿上，看著徐婆子頭上的皮毛抹額，咋舌道：「徐嫂子，妳家現在真是富貴了，還在腦門上整了塊皮毛，屋裡這麼熱，妳也不怕捂得慌。」

徐婆子一臉「妳什麼都不懂」的表情看著李婆子，「這妳就不知道了，京城那些老夫人都這麼戴，我進宮的時候，太后戴的那個才叫富貴，鑲金嵌玉的不說，就上頭那花紋也不是十天半個月能繡出來的。我去鎮國公府，那家的老太太是超一品誥命，超一品妳們懂不？」

眾鄉親全都迷茫地搖頭，徐婆子想了想，說道：「反正就是品級老高了，咱們縣太爺見了他都得磕頭。」

眾人恍然大悟，齊聲「哦」了一聲。

徐婆子接著說：「我常去她家聽戲，她那抹額一天戴一個，一個月都不戴重樣的。我起初也不愛戴這玩意兒，是咱們家郡主孝敬我，親自給我做了幾個，讓我輪流戴。就這個是用貂狐的皮毛做的，還有那種鑲寶石的、金銀雕花的。不瞞妳們說，我戴上那種都不敢動，就怕上頭的寶石掉了讓人撿了去。」

鄉親們贊同地點頭，「就是，寶石啊金銀啊，藏箱子裡才安全，戴頭上丟了可咋整？」

本朝抹額只在富貴人家流行，或者極北的寒地受人追捧，平陽鎮這裡冬天不算冷，因此戴抹額的人並不算多，只有鎮上幾家富戶從府城學了戴，像村裡的人連聽都沒聽說過。

這些婆子們挨個湊跟前瞧瞧這玩意兒是怎麼做的，徐婆子還特意拿出一個外用綢緞，內以絲綿襯裡，外表施以彩繡的抹額給大夥兒瞧。

這可是京城戴的新鮮玩意兒，過了沒幾日，這澧水村的女人們不管年輕年長，家裡寬裕的都弄了一個抹額戴。家裡有些閒錢的，買了兔毛做一個，捨不得買兔子皮的則找了塊棉布縫了兩層，上頭繡些花樣也很漂亮。

等這些人再來徐婆子家，徐婆子見各人頭上都戴了抹額，頓時有些洋洋自得，覺得自己是個時興的老太太，帶動了整個村裡的潮流。她還煞有介事地指點她們，「妳這個抹額和妳衣裳的顏色不配，妳該穿一件石青色的衣裳才壓得住顏色。」

「狗蛋她媳婦，妳年紀那麼輕，怎麼不塗香膏？看臉上都吹得有些紅絲了。不是我說，妳們這些年輕的不打扮起來，等到我這個年紀打扮了也不好看了。」

狗蛋的媳婦摸了摸自己有些皺的臉，又瞅瞅徐婆子明顯白了不少的皮膚，問道：「大娘，妳這是擦了妳自家做的香膏吧？我記得我剛嫁來的時候，您臉上可沒這般好顏色。」

徐婆子又開始顯擺起來，「我用的香膏鋪子裡可沒得賣，那是咱們家郡主單獨配的，裡頭都是人參、靈芝、蜂王漿這樣的好東西，配那一小盒就不知得費多少銀子。這用胭脂的時候也有講究，我家郡主說，要洗了臉先用玫瑰水撲撲，再抹上這香膏，只消一個月就能瞧見臉上變白變嫩。如今俺家給宮裡進的胭脂就有這一種，連太后娘娘都讚不絕口呢！」

聽著徐婆子一口一個我家郡主，鄉鄰們都羨慕得沒法。這徐家怎麼這麼好命，兒子當了官不說，孫女比兒子還有出息。在村裡，原本男娃比女娃招人喜歡，可打聽徐婆子見她提她家郡主後，一個個都轉了思路，也開始重視起女娃來，萬一以後能封個郡主啥的呢？

青青雖猜到徐婆子在家裡顯擺，卻沒想到自己成了她顯擺的重要內容，更想不到家裡那些純樸的鄉親們會在徐婆子的引導下，懷揣了這樣一個偉大的夢想。

◆　◆　◆

朱子裕從太平寨回來後，帶著精兵以及同知府的衙役前往容縣抓捕王有德。徐鴻達也不著急審他，叫人把他關在一個昏暗無光的牢房裡，一天只給兩碗粥，先餓他幾天再說。

王有德雖然是王家的旁系，但因他腿腳麻利，辦事利索，因此有些見不得人的事，王家的當家人王明恩都交給王有德去辦。

王明恩在川南一帶是很有名的鹽商，雖擁有的鹽井數量不如張家多，但他會經營，又在重慶、沙溪、漢口等地開了不少鹽號，生意做得紅紅火火。據說王家那些鹽井、鹽號、商鋪，加上莊稼的出息，每天足足有五十公斤銀子的進項。即便不如張家一樣富甲全川，卻也是有分量的鹽商了。

王明恩發家，除了會經營、有氣運，再來就是足夠狠辣。在他眼裡沒有什麼事不能用銀子擺平，沒有什麼人不能拿銀子搞定。

這些年，王明恩靠鹽井攢下了千萬兩銀子的家當，整個家族在川地如日中天，這個時候朝廷無論是想收回鹽井還是增加稅負，王明恩都不樂意。

李巡撫墜馬死了，剛消停了半年，又來了徐鴻達和沈雪峰兩個指明負責鹽業的官員，明擺著朝廷對川南井鹽還不死心。王明恩在探訪孟知府時，從他的隻言片語中察覺到對徐鴻達的不滿，便認為他沒什麼靠山，遂起了刺殺的心思。

原本覺得這事本該萬無一失，畢竟跟太平寨合作多年，彼此還算了解，太平寨這麼些年還沒有失手的時候。可千算萬算，卻沒算到太平寨會派出那樣兩個貨色出去行刺，結果徐鴻達沒死，太平寨的刺客反而被抓進了大牢。

王明恩沉浮多年，經歷了不知多少驚濤駭浪，此事一出，他倒是冷靜。先讓心腹給太平寨的陳四海送了五千兩銀子的封口費，又打發王有德趕緊出去避一避。

可惜計畫再次落空，陳四海倒是嘴硬，但架不住有個沒事路過的孟松，被恐嚇了一番便將事情倒了個一乾二淨。陳四海自知有負王明恩的重託，打發心腹將銀票送了回去。

王明恩收到口信後也沒慌亂，想著好歹王有德跑了，到時候死不認帳，想必徐鴻達也拿王家沒招。

誰知計畫去陝西的王有德剛走幾日，在途中遇到一個城鎮想著進去打尖休息一天，結果剛進城還沒找好客棧，就先瞧見一家賭坊，也不知怎麼鬼迷心竅地鑽了進去，半天功夫就輸光了隨身帶的銀票，只好偷摸地溜回來。可他前腳剛到家，還沒和媳婦說上兩句話，朱子裕就從天而降，將人拿了個正著。

一樁樁事彷彿冥冥之中有人控制，一連串的意料之外讓王明恩束手無策。

王明恩對自己的堂侄王有德也算了解，這不是個骨頭硬的主，想必受些刑罰就會將自己出賣了。為今之計，只有殺人滅口可破，到時候死無對證，徐鴻達也奈何不了自己。

可惜王明恩不知道，徐家人打青青出生後，凡事順當無比，徐鴻達身上的福運可比向來順風順水的王明恩強多了。他和徐鴻達之間的對決，鹿死誰手還未然可知。

◆　◆　◆

朱子裕一天跑了好幾個地方，晚上回家後神色疲憊，小倆口在房裡吃了飯，青青就叫人打了熱水來，又熬了一罐舒筋活血的藥倒在浴桶裡，讓朱子裕好好泡一泡。

和京城冬天的乾燥寒冷不同，川南的冬天頗為濕冷，川南人又不興燒地龍也沒有火牆，多半是在屋裡放幾個炭盆取暖。

朱子裕一邊泡澡，一邊說著捉拿孟松和王有德的事，又道：「幸好今天下午又跑了一遭，要不然險些要讓王有德跑了。也活該他倒楣，聽說他都跑了上百里路了又自己回來，可不是該著被抓？」

青青冷哼，「害了我爹又想跑，哪那麼容易，早晚將他們都抓到牢裡！」

朱子裕看著青青氣鼓鼓的臉蛋，湊過去親了她一下。

青青紅了臉，拿汗巾子在他背上搓了搓，嘟囔道：「洗個澡還不安生，泡完就趕緊出來，這裡不像京城，點了火盆也沒那麼暖和。」

朱子裕從桶裡站了出來，青青拿大汗巾子幫他擦乾淨。朱子裕套上中衣，打橫抱起青青就跑到了床上。被窩裡早放了兩個湯婆子，將被褥捂得暖暖的，朱子裕幾下就扯下青青的衣裳，把人摟在懷裡，輕笑道：「妳只管躺著就是，一會兒就叫妳熱起來。」

小倆口放下床幔翻滾在一起，準備用愛取暖，而此時寧氏兩口子也從炭盆談論起青青的事，這還得從徐家剛到川南的時候說起。

徐家到川南的時候已經入冬，有錢的人家早早在入冬前就預備好了充盈的木炭，略微窮些的百姓用不起木炭，也提早備了木頭。燒好的炭都賣得差不多了，因此徐家到了川南以後方才發現，取暖做飯用的木炭實在是難買。

寧氏打發好幾個家人跑遍了川南幾個縣才買回來二百斤黑炭，成色還不算好，燃著的時候有些煙火氣，晚上還得有兩個丫頭警醒著，以免把人熏迷過去。有炭燒總比凍著強，只是數量太少了些，二百斤除了日常取暖還要做飯、燒水，只怕用不上一個月。

寧氏一邊盤算著如何將炭火節省下來，一邊打發人每天出去轉悠，看能不能碰到賣炭的人。說來也巧，在青青到來的前一日，有個賣炭的路過徐家，順嘴問了一句，門房忙將人留住，叫人請了寧氏出來。

寧氏聞言喜出望外，親自到外頭去查看木炭。原以為是和前一回買的黑炭差不多成色，不料是上好的木炭，比起在京城用的銀霜炭也差不許多，當下說道無論有多少全都買下。賣炭的也沒想到會遇到大主顧，見這家人要的多，拍胸脯道：「要多少斤都能給您弄來，只是價格貴些。」

徐家現在不缺錢，就怕有錢都沒處買去。也不知那人哪裡來的門路，半天功夫就讓人送來了兩千斤上好的無煙木炭。

有了無煙無味的好木炭，寧氏便讓人換了炭盆。剛燒了一日正是暖和的時候，青青夫妻兩個就到了。

晚上徐鴻達拿熱水泡了腳，也說起了火盆的事，「還是這回買的木炭好燒，沒煙沒味，燃的火也大，熏得屋裡比剛來的時候暖和不少。」

寧氏忍不住說道：「我估摸著這是託了青青的福，打她出生，她祖母就說她福氣好，還當真如此。旁的不說，這些小事就能看出端倪。咱們家之前買炭多麼困難，東湊西湊才買到二百斤黑炭。可青青一來，上好的木炭居然能送上門來，還要多少有多少，簡直像老天爺專門給她送來的一般。」

徐鴻達原本不是很信這些神怪的傳說，可打京城見了和文道長十分相似的文昌帝君的神像，心裡就動搖了。自家的事自己知道，當初他能考上舉人簡直是瞎貓碰上死耗子，可文道人教導了自己幾年，自己就能一躍成為狀元。說不定文道長真的是文昌帝君降臨，就連青青也指不定是神仙下凡。

見徐鴻達若有所思，寧氏輕笑道：「我也就這麼一說，我知道她是我的女兒就好。」

徐鴻達也笑了，「妳說的是。咱們不管她前世是神是仙，咱們只認這一世就成。」

翌日一早，徐鴻達直奔牢房，先去隱藏在角落裡的陰暗牢房看了看王有德，瞧著他雖有些頹廢但精力尚好，決定再抻一抻他。

孟松正坐在地上無精打采地捉蟑螂，聽見獄吏恭敬的聲音，便猜到徐鴻達來了，連忙揚聲喊道：「徐大人，我有事稟告！」

徐鴻達轉身過來，叫人打開牢門，居高臨下地看著孟松，「你有什麼話要說？」

孟松眼珠轉了一圈，笑著問：「我聽見你將王有德抓來了，那我何時能回寨子啊？」

徐鴻達嗤笑一聲，「你以為你還能回太平寨？」

孟松想起自己的腦子像被驢踢了似的，生生地將自己送進了牢房，還惹怒了大當家，頓時有些生無可戀。

看著一臉頹廢的孟松，徐鴻達心情倒是很好，決定給他指一條明路，「說起來，太平寨能派這兩個人來刺殺也有你的功勞。你若是能說出讓我感興趣的祕辛，我放了你也無妨。」

孟松臉上露出猶豫的神情，他回頭看看斷了一條腿和昏迷不醒的兩個手下，支支吾吾地說道：「我在太平寨也待了近十年，這麼告密不好吧？」

「哦。」徐鴻達臉上沒什麼波動，轉身就要走。

孟松急了，站起來撲到牢房門口哀求道：「大人總得告訴我說什麼才成呀！」

徐鴻達冷笑一聲，「你自己好好琢磨吧，本官有的是時間。」

牢門在孟松面前關上，徐鴻達轉頭看了眼牢房，吩咐道：「一日兩餐給這裡頭的三個人吃些乾飯，有破被褥子也給他們兩床，本官要他們有用，萬不能讓他們死了。」

獄吏應下，徐鴻達又囑咐道：「王有德要著重看管，不許人探監也不許虐待他，若是他有事，我可饒不了你們。」

獄吏忙笑道：「大人放心，小的懂規矩。」

徐鴻達微微頷首，「懂規矩最好。」回頭往牢房深處看了一眼，他又說道：「王家在川南是大戶，他也算有錢人家，說不定家裡人會拿錢打點你們送些吃食和衣裳進來。若是旁人睜一隻眼閉一隻眼也就罷了，王有德和太平寨那三人，無論別人出多少銀子都不許放人進來。要是他們出事，你們就算作共犯，自己琢磨琢磨銀子重要還是性命重要。」

獄吏目送徐鴻達遠去，這才一臉憤憤地回了監牢，朝手底下的幾個牢子叮囑道：「徐大人吩咐了，這幾天進來的那四個人可要看好了，這可是刺殺大人的要犯，別讓他們死了，要不然到時候咱們都得背黑鍋。」

眾牢子應了一聲，只有其中一人看著獄吏，欲言又止的樣子。

將其他人都打發出去，獄吏將那人叫到外面，兩人找了個僻靜角落，獄吏輕聲問道：「什麼事啊？可是又有銀子上門？」

王五左右看了看，見附近沒人，這才悄聲說道：「王家打發人來了，拿五百兩銀子買王有德的性命。」

「五百兩？」獄吏不敢置信地瞪大了眼睛，「是誰和你接頭的？靠譜不？」

王五從懷裡掏出一張銀票遞給獄吏說：「王明恩的管家親自來的，還給了五十兩銀子的訂金和一包藥，說只要將藥下到王有德的飯裡，保准神不知鬼不覺……」

李明看著銀子，一會兒喜一會兒憂，就是不敢伸手接。

王五把銀票往前遞，「大人，咱們都做多少回了，你還真怕那個徐鴻達？」

李明抓抓頭髮，煩躁地說道：「你不知道他當時說話的樣子，我怕他真敢弄死我。」

王五眼珠骨碌一轉，「李哥，不如咱們還和自流井那個事一樣，也給徐鴻達設個套。」

王五和李明說的是五年前的一樁案子，當初兩人還只是在富順當差役。那時王家涉及一個殺人案子，手段殘忍，巧的是案發現場有一個王家的鹽工喝得酩酊大醉，身上還揣著一把帶著血跡的刀子。

因死者被刺了四十多刀，性質惡劣，又查探到死者最近因為一口鹽井和王明恩鬧翻了，富順知縣知道這鹽工不過是個幌子，身後必有主謀，便奏報上級，要將鹽工帶回富順審訊。

王家拿銀子收買的就是還在富縣當差的李明和王五，兩人眼熱這銀子，不敢明目張膽，想著富順知縣催得急，故意說道：「這鹽工傷勢太重，若是這時帶來只怕有風險。」

富順知縣道：「只管帶來就是，萬事有我。」

李明兩人藉著這句話，走到半路找了個沒人的地方，用亂棍將鹽工打死了。

死無對證，王家順利逃脫，富順知縣因為驚動了上級又讓這樁要案斷了線索，便被免職了。李明和王五兩人不但得了銀子，王家還親自給二人走關係，在川南府尋了獄卒的差事。

李明皺著眉頭道：「那回是天時地利，這次可不像上回那麼容易了，得想個好說辭才行。你先給他回話，說這事不好辦，容我再想想。」

王五只好將銀票裝起來，語氣卻有些急躁，「李哥，還得抓緊想法才是，這徐鴻達不是後日就要審訊王有德？正巧我聽說明日徐家要擺酒，這川南的大小官員都要去赴宴，到那時可是動手的好時機。」

李明應了一聲，背著手在院子裡轉圈，過了半晌，李明忽然停住了腳步，咬住牙狠了狠心，對王五說：「也罷，再豁出去一回。等事成之後，咱們倆分了銀子遠走高飛。」

王五登時喜形於色，「李哥，你想出什麼好主意了？」

李明眼裡閃過一絲狠厲，「弄些藥力強的瀉藥來，等晚上兌到粥裡給王有德灌下去。這王有德嬌生慣養的，沒受過什麼苦，灌上兩天瀉藥定能拉個半死不活，奄奄一息。到那時徐大人定會讓我們去請大夫，你讓王家準備好假郎中，就說恰好藥箱裡有治療腹瀉的藥材。熬藥的時候就讓那郎中趕緊走，待王有德死了，咱們就將這事推到那家郎中身上，反正藥渣子都在，賴不到你我頭上。」

王五連聲說道：「還是李哥聰明，小弟就想不出這好主意，我這就去藥鋪子買藥。」

李明搖搖頭，「去藥鋪就洩了蹤跡。你去找王管家，將郎中的事交代給他，順便跟他拿瀉藥。這種陰毒的東西，王家向來不缺。」

王五應了一聲，出了衙門，找了輛車就去和王管家碰頭。

明日就要待客，寧氏母女三人少不得為桌椅器皿之事忙碌起來。

徐家來川南以後，床榻都是現買的，更別提桌椅板凳了。好在這些都能租賃，寧氏帶著青青去了租賃行，精挑細選了十餘套桌椅，讓人送回府裡。

桌椅有了著落，器皿卻不好從外面借，畢竟不知什麼人用過有些不乾淨。寧氏想著以後少不得有宴請招待的事宜，索性花些銀錢買了新的，專為待客之用。

川南因井鹽而富庶，鹽商們又追求奢侈的生活，像器皿這類物件做得特別奢華。寧氏看著那些盆子和碗不是金子打的就是銀子鑄的，轉了一圈，最簡單的還鑲嵌了金邊銀邊。

寧氏看著這些金光閃閃的器皿，有些頭疼，遂問掌櫃：「就沒有素淨些的器皿嗎？」

掌櫃想了想，方說：「倒是有幾套雨過天青色的，不知夫人喜不喜歡？」

寧氏道：「拿出來瞧瞧。」

掌櫃翻箱倒櫃，從庫房裡找出一套給寧氏鑒賞。

寧氏拿到手裡仔細瞧了一遍，方才看出這是仿汝窯的瓷器，顏色比真品要濃些。因釉色比較厚，所以整套器皿並沒有花紋，全是素胎。

掌櫃道：「這還是前年進的一批，只是咱們這裡的老爺嫌棄太素淡，一直賣不動。夫人若是喜歡，小的給您算便宜些。」

寧氏問道：「不知這樣的器皿還有多少套？」

掌櫃說：「統共進來二十套，一套都沒賣出去。」

寧氏和青青相視一笑，「既然如此，我們全都要了。」

掌櫃大喜，忙讓夥計去庫房把器皿找出來，又挨個檢查，見沒有碰壞的才鬆了口氣。

寧氏給了銀子，又和他說了家裡的住址。

掌櫃一聽就笑了，「原來是新任的同知夫人，小的眼拙了。」他行了禮，又從庫房裡取出一套茶具，「這個也是仿的，只是看著比較真而已，不值什麼錢，送給夫人把玩。」

青青上手一瞧，笑道：「我看著倒像是真的汝瓷，你當真送我們了，不後悔？」

掌櫃道：「這位夫人說笑了，汝瓷哪能到我們手裡？這都不知道什麼時候進的，打我當這個掌櫃，就在庫房裡存著了，夫人只管拿去就是。」

青青笑著搖搖頭，到底按照一套器皿的價格付了錢，「我們還是銀貨兩訖比較妥當。」

回到家，青青顧不得旁的，洗了手，拿出那套汝窯的茶具細瞧。只見這套茶具整體呈幽淡雋永的雨過天青色，柔和溫潤，開冰裂紋片，底部有支燒釘痕及題字，題字表明此器為宋時宮廷用的器物。

寧氏看到青青愛不釋手，好奇地湊過來看，「真的是汝瓷？」

青青的眼睛捨不得從茶壺上挪開，一邊摩挲著壺身，一邊說道：「豈止是汝瓷，這還是件古董呢！那個掌櫃怎麼說也是賣瓷器的，怎麼連汝瓷都認不出來？」

寧氏道：「我估摸著他要不是真不懂，要不是燈下黑，多半他從心裡就覺得這套茶具是仿品，壓根兒沒仔細瞧過。」

青青說：「我見那掌櫃的心思都在那賺錢的買賣上頭，那些素淡的瓷器當地人不喜，他便也不放在心上。」

青青小心翼翼地將茶壺放到盒子裡，又拿出一個茶盞細細把玩，「汝瓷就十分難得了，居然還能得到一套完整的茶具，品相又好。能得到這套物件，可真是上天眷顧。」

寧氏笑道：「好了，妳喜歡回頭再慢慢欣賞，這會兒都中午了，也該用飯了。」

青青這才將器皿一個個收起來，又拿軟和的細棉布給蓋上。

中午只有母女兩人用飯，寧氏早早吩咐下去，說要一樣粥和幾份下飯的菜。廚娘在徐家待了快十年，自然熟知她們母女的口味，先選了兩條黃魚煮熟，又過油煎了一遍，倒進熬了一天一夜的雞湯，加上攪勻的鹹鴨蛋，拿蔥薑酒調味，出了鍋就是鮮味十足的「賽螃蟹」。

食盒提上來的時候，剛揭開蓋子，青青便笑道：「聞到螃蟹的味了。」

早春道：「讓姑娘說著了，今日有賽螃蟹這道菜。」

青青忙說：「拿些薑醋來，雖不是真螃蟹，但也要按螃蟹的吃法來吃，這樣味道更足。」

青青和寧氏對坐在炕桌兩邊，桌上除了賽螃蟹，還有酸梅排骨、筍煨火肉、蝦油豆腐、宮保雞丁等幾道菜，旁邊還有一碗罐八寶粥和一大碗米飯。

寧氏舀了一碗粥吃，青青則盛了米飯。賽螃蟹鮮美、其他幾樣菜又下飯，青青一氣兒吃了一碗飯還有些不足，嘟囔道：「若是有個辣口的菜，我能再吃一碗。」

寧氏笑著看她，「來四川後，瞧妳個子沒怎麼長，飯量倒是大了。」遂轉頭問早春：「廚房可準備了什麼辣味的菜？」

青青擺了擺手道：「不做了，等做好拎過來我又不想吃了，我陪娘喝碗粥。」

青青就著粥把賽螃蟹都吃了，見她吃得兩腮鼓鼓的，寧氏搖頭笑笑，「都多大的人了，吃起飯還像孩子似的。」

青青嚥下嘴裡的粥，說道：「今年剛到了吃螃蟹的好時候，咱們就往四川來了。往年咱們家都能吃好幾簍，今年統共也沒摸到幾隻螃蟹吃。」

寧氏道：「今年沒吃到，明年再吃，又不是什麼金貴物件，至於饞成這樣？」

青青鼓了鼓腮，悶悶地說：「也不知在這個地方出不出大閘蟹？」

寧氏說：「妳沒瞧這裡的人富貴得都用金碗銀著，哪會沒有螃蟹吃？就是這裡原本不產，也會有人為了買賣而將蟹養起來，妳只管明年等著吃蟹就是。」

青青聽了這才高興起來，吃完粥也不想歇晌，母女又把明天的宴席準備的東西檢查了一遍，見沒有什麼差池，青青這才抱著那套汝瓷回自己院中繼續賞玩。

翌日一早，寧氏早早起來，看著下人們將廳堂都擦得光亮，又將租來的桌椅看著擺好。

今日家裡擺酒席，徐鴻達和朱子裕都沒去衙門，沈雪峰和朱朱也帶孩子提早過來幫忙。

第一次和川南的官員家眷們見面，寧氏頭一天晚上就鄭重地挑了衣裳，讓丫鬟們噴了水熨了一回，又放在熏籠上熏香。青青倒是隨意多了，從箱子裡拿出一身未穿過的衣裳，提前熨好了，除了兩支簡單的珠釵外，髮髻上簪了支宮製的的牡丹花。宮製的假花手藝高超，單說青青戴的那朵牡丹，不僅做工逼真，色彩更是鮮明，連牡丹的陰陽向背之感，以及每一個花瓣顏色的變化皆染了出來。青青戴著牡丹花往那一坐，當真是光彩照人。

不多時，官員及其女眷一個個到了。

前院自有徐鴻達、沈雪峰和朱子裕翁婿三人招待，內院則是寧氏母女三人接待。

眾人似乎約好了一般，一起抵達，在門口等了片刻，直到孟夫人來了，這才跟在孟夫人的後面進了徐家的大門。守在二門的丫鬟將人領了進來，眾人一進屋，鋪面而來的是暖洋洋的熱氣。寧氏和朱朱起身將人迎了進去，眾人一眼就看見坐在主位上的青青。

倒不是青青要擺架子，可這滿屋子的女眷，縱然算上知府家的孟夫人，也沒有一個品級比她大，她不好出門相迎，只得穩穩地坐在這裡。

孟夫人咬了咬後槽牙，擠出一抹笑，上前行禮道：「見過郡主。」

其他人也隨之行禮。

寧氏和眾位夫人互相見禮，這才分主客坐下。

如今正是冬季，外面雖沒有白雪皚皚，但呼嘯的寒風仍然給人們帶來蕭瑟的感覺，可瞧懿德郡主頭上戴著那朵盛開的牡丹，宛如回到了春天一般。

孟夫人盯著青青頭上的牡丹看了許久，忍不住問道：「郡主戴的牡丹是自家暖房養的吧，開得真真漂亮。」

青青笑了，「我們剛來不久，哪有功夫拾掇暖房？這是今年宮造的花，用通草製的。」

孟夫人頓時愣了，又細打量了一番，搖頭笑道：「郡主說是假花，我瞧著卻和真的一樣，宮裡內造的東西就是不一樣。」

梁同知的夫人道：「咱們蜀地也有絹花，雖也精緻，但細打量就能瞧出是假的來，不像郡主所戴的宮花，能以假亂真。」

青青道：「宮裡內造的花，一個是做工好，再一個就是染的顏色鮮活。」她讓珍珠拿了一匣子絹花出來，取出其中一支給眾夫人看，「妳們瞧這枝月季是用紗堆的，十分輕盈，也是今年的新鮮樣子。」

眾人挨個傳著翻看，只見那月季的花瓣從邊緣到中間再到根部，顏色皆不一樣，若不是在手裡摸著觸感不對，戴在頭上怕是真假難辨。

青青見眾人喜歡，便有意將這匣子宮花送給她們，只是想著她們畢竟年長，有幾個是誥命，拿宮花給她們不太像樣。正巧有幾位夫人帶了女孩來，有十一二歲的，也有快及笄的，正是顏色鮮亮的時候，青青便把她們叫過來，根據衣裳打扮，每人簪了朵宮花，剩下的就給她們平均分了。

劉同知的夫人看著女兒頭上戴了一支，手裡還拿著三支，笑著說道：「郡主留著戴吧，給她們白糟蹋了。」

青青說：「這宮花雖是假的，但也放不住，日子久了就會褪色，顏色一旦不鮮亮就沒法戴了。這也不過是冬天時候戴著解悶罷了，圖個新鮮顏色。像夏天百花爭豔時，誰還戴它，滿園子的花都簪不完呢！」

眾人聞言都笑了。

有青青這宮花開場，氣氛倒是活躍不少，寧氏和孟夫人兩人都有意緩和冷淡的關係，有說有笑的，倒也和睦。青青和朱朱兩人也和其他夫人聊起川府的新鮮事，一時和樂融融。

說了小半個時辰的話，茶水上了五次，點心也上了三回，寧氏就請眾人移步到花廳。

花廳裡從昨天起就點了火盆，烘得暖暖的，大家到了以後，按照座次坐下，一道道熱菜端上來，這就開席了。

徐家租賃的院子小，花廳只夠擺席面，沒有搭檯子唱戲的地方，因此寧氏就讓戲班子用笙、簫和笛子伴奏，一兩個戲子站在前頭，揀當下時興的曲子唱上兩折。

眾夫人坐著說笑，看似和睦，其實誰都知道是表面功夫，故而誰也不在乎飯菜如何、曲子如何，只把這酒席應酬好了才是正事。

徐家擺酒席熱熱鬧鬧的，此時在川南府的大牢裡，李明將摻了瀉藥的粥遞給王五，王五端著到最裡面的牢中，強忍著熏天的臭氣，扳開王有德的嘴巴，將稀粥灌到王有德嘴裡。

這已經是第三碗瀉藥了，打昨天晚上打聽到徐鴻達走了，李明和王五兩個就按照計畫開始給王有德餵瀉藥。

王有德即便第一次不知道自己被下了瀉藥，可連拉帶吐的，王五依然進來強行給自己灌粥，哪裡還不知道自己著了道。本來這幾天王有德就沒怎麼吃東西，加上腹瀉不止，很快他連爬起來去恭桶的力氣都沒有了，只能絕望地躺在茅草上將自己弄得一身汙穢。

本來硬氣地想等家人營救的王有德有些怕了，他做過了不少陰司事，如今見到這齣，哪還不知道有人買了自己的性命。能在這個關節買通獄吏，不用想都知道是誰支使的，定是王家的當家人王明恩。

想想自己為堂叔王明恩跑前跑後，做牛做馬十餘年，如今卻落得這個下場，躺在穢物裡的王有德不禁嚎啕大哭。

哭了一會兒，因為脫水，連一滴眼淚都擠不出來，意識逐漸渙散的王有德，期盼著徐鴻達來提審自己，因為他知道現在唯一能救自己的只有徐鴻達。可惜他盼了一夜又等了一天，睡著又醒來，沒多久又昏睡過去，因快速的脫水，導致他四肢慢慢變得麻木……

柒之章◆福氣加身好運到

徐鴻達宿醉醒來，頭有些脹，叫人打來涼水，洗了幾把臉，這才清醒過來。

寧氏知道徐鴻達昨日喝了不少酒，今早怕是吃不下什麼東西，便讓人上了熬得軟爛帶著米油的小米粥，以及幾種醬菜和一盤素包子。

徐鴻達沒什麼胃口，勉強吃了一碗粥和半個包子就吞不下了。

寧氏正有些發愁，青青進來了，向徐鴻達和寧氏請了安，說道：「子裕昨晚喝了酒，今天早上有些不爽利，我給他吃了藥，想著爹想必也喝了不少，便來給爹送藥丸子。」說著拿出一個小瓷瓶，倒出一顆藥丸子遞給徐鴻達。

徐鴻達拿起來放嘴裡嚼了幾下就嚥下去，這才說道：「昨天太過匆忙，忘了吃醒酒丸，等到想起來已經喝醉了。原想著一次不吃也沒事，誰知道宿醉這麼難受。」

又喝了一杯蜜水，稍坐了片刻，徐鴻達這才覺得緩了過來。看著時辰不早了，叫人拿來當值的衣裳，準備去衙門提審王有德。

青青見徐鴻達要走，忙說道：「我聽子裕說牢裡有個刺殺您的匪徒一直昏迷不醒，我想著去看看。醫道長曾經交給我一個祕法，通過針灸可以喚醒昏迷的人，我想著去試一試。若是能讓他早點醒來最好，錄上供詞早日破了案子才是。」

徐鴻達皺起眉頭道：「那種骯髒地方，哪是妳一個嬌滴滴的小姑娘能去的？那個犯人能死能活隨他造化吧，左右太平寨還有一個頭目在我手裡，更別說王有德已經緝拿歸案了。」

青青道：「我也是想試試這套針灸，這麼些年沒有一個昏迷不醒的人給我練手。我保證扎完了就走，絕對不在那裡多待。」

徐鴻達見女兒執意要去，只能無奈地道：「若是進去聞到氣味受不住就趕緊出來，可別熏著了妳。」又道：「朱子裕呢？讓他跟著，到時候好送妳回來。」

青青道：「他在外頭抱著我的藥箱不敢進來呢，說是沒勸動我，怕您生氣。」

徐鴻達笑罵道：「他這會兒倒是機靈！」

徐鴻達帶著青青出去，就看見朱子裕心虛地抱著藥箱站在廊下，忍不住瞪了他一眼。

朱子裕訕笑著上前道：「我也是嫌那地骯髒，可青青要去，我實在是沒法。」

徐鴻達恨鐵不成鋼地指了指他，「媳婦不是這麼寵的，該說的時候還是要說……」話音未落，就聽寧氏在門口咳了一聲。他臉色微變，頭也沒回地迅速將話鋒一轉，「當然，我們是建議，還是要以媳婦的意願為主，媳婦怎麼說就怎麼做。」

朱子裕瞅了眼徐鴻達身後的岳母，憋著笑點點頭。

徐鴻達滿臉堆笑地湊到寧氏跟前，問道：「媳婦，還有什麼吩咐嗎？」

寧氏也忍不住笑，嗔了他一眼，「當著孩子的面就胡說八道。」

徐鴻達義正辭嚴地道：「我這是教他為人夫的道理，這是經驗總結出來的，錯不了。」

寧氏道：「行了，別在這裡胡說八道，趕緊去吧，照顧好青青。」又轉頭對青青道：「去瞧瞧就回來，可不能在那裡太久，小心熏壞妳了。」

青青點頭，「娘，我知道了。」

寧氏又吩咐朱子裕說：「你素來是機靈的，到牢裡仔細留意著，別叫犯人衝撞了她。若是裡頭真有什麼不好，也別管她樂不樂意，趕緊把她帶出來，回來我說她。」

有岳母這句話，朱子裕放心不少，忙拍著胸脯保證，「岳母放心，除了天莫和玄莫兩個，我還帶了六個士兵，叫他們前後護著。」

寧氏看了眼日頭，說道：「時辰不早了，你們快去吧，早去早回。」

朱子裕應了一聲，拉著青青的手跟在徐鴻達後面出了大門。

一行人來到府衙，剛進牢房所在的院子，聽到聲音的李明和王五便迎了出來。只是他們看到跟在徐鴻達身後一行人，有些意外，不知這是什麼架勢。仔細一瞧，還有幾個士兵，心裡不禁打鼓，琢磨道：「難道是走漏了風聲，徐大人找人要拿住我們？不會，若是如此，也不沒有士兵的事。」

徐鴻達倒沒有注意到李明的異樣，因青青是為了楊大壯而來，遂問道：「楊大壯怎樣了？今日可醒過來了？」

李明一愣，「楊大壯？沒有，依舊昏迷著，每日熬藥給王二虎，都是王二虎幫著餵藥。」

徐鴻達有些遺憾，若是楊大壯醒了，自己就有藉口將青青勸回去了，可惜這個楊大壯也太不識時務了。

徐鴻達搖搖頭，抬起腿就要往裡走，李明連忙攔住他，做出一臉害怕的樣子，「大人，楊大壯是沒事，可王有德快不行了！」

「怎麼回事？」徐鴻達住了腳，臉色鐵青地看著李明。

李明嘆道：「這王有德以往過得太舒服，才吃了兩天牢飯就受不住了。打前天晚上起就上吐下瀉的，我尋了藥給他吃，也不見他好。今早我來一瞧，他已經昏迷不醒，眼見著就不成了。這不，我剛叫王五趕緊去尋個郎中來給瞧瞧，萬不能讓他死在牢裡。」

李明說著，對王五使了個眼色。王五應了一聲，匆匆忙忙地走了。

青青看了看王五的背影，拽了下徐鴻達的袖子，說道：「我去瞧瞧。」

徐鴻達想起李明說這個王有德又拉又吐了兩天，裡面肯定都是穢物，便搖了搖頭，吩咐李明：「那裡頭又黑又暗的，先將人抬出來再說。」

李明打發兩個差役進去，片刻後抬出一個渾身又餿又臭的男子。

徐鴻達等人齊刷刷拿袖子掩起鼻子，往後退了一步。

眼看著才一天多的功夫，這王有德就瘦得脫形，嘴唇乾掉了皮不說，還燒得滿臉通紅。

徐鴻達從荷包裡掏出一粒丸藥叫人拿了清水化開給他灌下去。

李明忐忑地問道：「大人，這是什麼藥啊？」

徐鴻達道：「不是說腹瀉嗎？這是止瀉的藥丸。」他看看散發著惡臭的王有德，「別愣著了，先把他這身衣裳脫了扔掉，用熱水給他沖洗兩遍，放到床上再蓋條被子。這個模樣，怎麼好讓郎中把脈？」

李明心裡嘟囔了句「多事」，卻不敢不依。

青青到旁邊的屋子避了避，幾個差役手腳麻利地將王有德收拾妥當，只是這牢房都是稻草和門板，只有外面李明的屋子有一張床是他平時歇息用的。

徐鴻達道：「先抬到那屋去。」見李明臉色不好，安慰他說：「等回頭把被褥扔了便是，我賠你一套新的。」

李明訕笑道：「大人說笑了，小人哪裡用大人賠這個。家裡婆娘做了好幾床，回頭我再從家裡拿來就是。」

青青知道那邊收拾好之後，端了一個粗瓷碗遞給天莫，「給那人灌下去。」

徐鴻達看了一眼，發現只是碗清水，遂問道：「這是什麼？」

青青說：「加了鹽和糖的溫水，他嚴重脫水，再不補充體液，只怕救不活了。」

天莫聞言趕緊先將鹽糖水給人灌了進去。

這一天一夜，王有德除了加了瀉藥的粥，旁的什麼都沒吃，待拉得嚴重了，連放了瀉藥的粥都沒了。他又餓又渴，喉嚨裡乾得像冒火。天莫餵他水的時候，縱然他昏迷不醒，但嘴唇沾到水的那一刻，本能地就將水一口一口吞嚥進去，一大碗水很快就喝光了。

青青從朱子裕手裡拿過藥箱，想去給王有德看脈。正在此時，王五帶著一名郎中衝了進來，氣喘吁吁地說：「郎中來了！」

李明大喜，連忙說道：「快去給王有德瞧瞧。」

朱子裕按住了青青的手，給她使了個眼色。

青青不動聲色地鬆開拽著藥箱的手，跟在徐鴻達後面，站在門口眺望。

只見那郎中像模像樣地開始把脈，青青的眉頭卻皺了起來。原因無他，這個人從位置到手法無一正確，一看就是渾水摸魚的。

郎中按了半天，這才收回手說了一堆似是而非的話，「身子骨太弱，又受了驚嚇，再加上吃了冷粥冷飯，這才病倒了。受驚腹瀉是主因，只要將這塊治好，他的燒自然會退。」

郎中打開藥箱拿出幾包藥，「說來也巧，正好今日我有個病人也同這人一般受驚腹瀉，我這剛抓好藥要給那人送去，就被你們拽過來。合該這人命不該絕，先把這藥勻給他吃吧。」

「好好好！」李明連忙接過藥，臉上閃過一絲喜色，「我這就給王有德熬藥去。」

王五朝郎中點點頭，「您同我這邊拿藥錢去。」

郎中應了一聲，跟著王五就往外走。

誰知剛走到門口，天莫在朱子裕的示意下，一把將王五拽住。

朱子裕則揪住了郎中的衣領，一臉譏笑道：「郎中，不留個藥方就走了？」

郎中嚇了一跳，抬頭看到朱子裕銳利的眼神和滿身的煞氣，嚇得腿腳發軟，磕磕絆絆地說道：「來得匆忙，沒帶藥方。」

「無妨。」朱子裕將郎中往裡扔，冷笑道：「我拿筆墨給你，你寫下來可好？」

郎中被摔了個踉蹌，下意識抬頭去看李明和王五兩人。王五被幾個士兵堵住了去路，而李明則被個高大的漢子拎在手裡，宛如老鷹抓小雞似的。

青青走到天莫身邊，從他手裡接過藥材，打開一看就變了臉，指著其中幾味藥和摻雜在裡頭的白色粉末，說道：「砒霜、馬錢子、烏頭，你們這是嫌王有德死得慢，所以把幾種至毒之物都摻在一起了？」

李明眼珠一轉，驚慌地喊道：「什麼是毒藥？王五，你這是從哪裡請的大夫？」

王五一愣，看著李明瞪著自己，這才反應過來，結結巴巴地道：「是從路上請的，我看他背著藥箱，上前一問，正好是郎中，就把他拽來了。」

李明朝著徐鴻達哭喊道：「大人，小的真的不知道這郎中存了害人的心思，還想著早點幫著王有德熬藥，好叫他醒過來呢！」

徐鴻達此時沒空搭理他們，眼睛只盯著為王有德把脈的青青。

青青除了把脈，又按壓了他的腹部，還捏開了王有德的嘴巴，看了看裡頭的舌苔。

「怎麼樣？」徐鴻達急切地問道。

青青起身說：「被人下了大量的巴豆粉，腹瀉嘔吐引發脫水、高燒、昏迷不醒。」她從箱子裡取出銀針，分別扎在王有德的胸部、腹部和額頭上。

看著青青嫻熟的手法，李明和王五從內心裡感受到絕望。

多好的計策啊，居然敗在一個女子手裡。如今事情敗露，也不知能不能都推到假郎中身上？而假郎中此時已經嚇得要暈過去，李鬼遇到了李逵，他這李鬼哪還有活路？

「水……」虛弱的王有德在銀針的刺激下悠悠轉醒，乾渴的喉嚨、睜不開的眼皮都在提醒他之前險些被人害死的遭遇。

青青將銀針取下，又拿出一粒藥丸。

天莫自覺地上前接過藥丸塞進王有德嘴裡，又拿了一碗水灌了進去。

許是銀針起了作用，又或是藥丸發揮療效，不多時王有德就清醒過來。他張望了一圈，只見李明、王五、鐵老七三人被人按在地上，頓時火冒三丈，「好你個王五，居然敢害我？還有你鐵老七，當初你可是我救回來的，你說你到這裡幹啥來了？是不是要殺我？」

徐鴻達一聽這話裡有話，問道：「王有德，怎麼回事？」

王有德哭了出來，「大人，您終於來救我了！打從我被關進來那晚起，王五就給我強餵瀉藥，我不吃他就硬灌，大人，您再不來，我就死了啊！」

徐鴻達指了指那個假郎中，「你認識他？」

「認識！」王有德咬牙切齒地說道：「就是化成灰我也認得！這人叫鐵老七，是外鄉人，我遇到他時是在賭坊，當時他輸了銀子又拿不出錢來，賭坊的人要剁他的手。我也是愛賭之人，看他哭得可憐就動了惻隱之心，替他付了銀子，帶他回來替我管理幾個鹽工。」

「鐵老七，王有德說的可是實情？」徐鴻達喝道。

鐵老七名氣雖然聽著有點鐵骨錚錚的意思，可本人不但慫且沒有底線，見徐鴻達問話，也不敢隱瞞，當即吐露實情，「是王老爺的管家叫我來的，說是要我配合李明、王五兩個差役演一齣戲，事成了就給我銀子送我回鄉。」

徐鴻達厲眼掃過王五，落在李明身上，「看來你們將本官的話當成耳旁風了？」

王五癱在地上，支支吾吾說不出話來，李明則拚命地搖頭辯解：「大人，小人不知啊！

小人冤枉啊！」

徐鴻達讓士兵把他們鎖上，剩下的衙役雖不知有沒有參與進來，但也不得不防，便把他們塞到一個屋裡，單叫一個士兵看管著。

玄莫出去買了一罐粥回來，王有德顧不得熱，呼嚕呼嚕吃了兩碗。此時之前吃的藥丸也發揮了藥效，王有德終於從寒冷中緩過來了，渾身熱呼呼的，這是退了熱了。

如今人證越來越多，徐鴻達也不敢耽擱，就怕再拖兩天，王家指不定就又想出什麼邪門歪道的主意。他趕緊升堂，第一個先審王有德。

王有德之前又拉又吐，身上的衣裳髒得不成樣子，都叫衙役給扔了，他現在穿的這身是李明放在衙裡備用的衣裳，只是沒有外頭的襖子，此時坐在棉被裡還行，若是帶他過堂，只怕又得燒起來。

天莫把李明身上的棉襖剝了下來，丟到王有德身上。王有德連忙穿上，感恩戴德地朝眾人磕了個頭。不過他畢竟剛病了一場，眼下也僅是緩過條命來，身子還虛得很，因此剛走兩步腿就開始打哆嗦。

朱子裕見狀，打發了兩個士兵架著他，把他送到堂上。

升堂的時候，徐鴻達也沒為難他，叫他坐在椅子上，將刺殺的事逐一說來。

這王有德原本對王明恩很是忠心，替他做了不知多少喪天良的事，可他剛入獄，王家不想著救他，反而派人來殺他，讓他心灰意冷，當下將自己知道的王家陰私和盤托出。

到了審訊王五、李明、鐵老七這三人的時候，李明起先還抵賴，宣稱自己毫不知情，可王五已被鐵老七供了出來，自然不想一個人把罪責都擔了，便也指認了李明，稱給王有德下藥之事都是李明的主意。

李明不肯就此認罪，反而極力撇清自己，在和王五唇槍舌戰中，也沒留神是誰先說漏了嘴，等兩人回過神來的時候，已經將當初陷害富順知縣的事說了出來。

徐鴻達露出滿意的神情：這案子審得太順利了！

青青坐在後院百無聊賴地打哈欠，第十二次說道：「怎麼那麼慢？該審完了吧？」

刑房的書吏錄了供詞讓這些人簽字畫押，因王有德認錯態度良好，還交代了許多祕辛，十幾件多年懸而未決的案子都找到了根由。

孟松忐忑不安地站在監牢門口往外望，一大早散發著惡臭的王有德被拖出去之後，已經兩個時辰了還沒動靜。以他當這麼多年土匪小頭目的經驗，不難猜到王有德是遭了黑手。

看到王有德能被暗算，不免也想到了自己是不是也會遇到這樣一遭，畢竟這些年他也多少參與了幾件太平寨的買命生意，誰知道會不會滅口。

想著之前徐鴻達的話，孟松陷入了思索。不知坐了多久，外面突然有了動靜，孟松踮起腳往外瞅，只見一群差役把獄吏和一個牢子關了起來，隨後王有德也被推了進來，有別於早上被拖出去時宛如死人般，他穿著乾淨衣裳，腿腳雖虛浮，可明顯是被救了回來。

孟松正猶豫著要不要說幾句話試探，外面又進來一行人，眼看著這群人越走越近，到了自己所在的監牢門外才停了下來。

孟松一驚，「這就要審問了？」

誰知獄卒打開門瞧也沒瞧他，兩個人進來抬了楊大壯就往外走。

孟松正在發愣，就見王二虎拖著一條殘腿，傻傻地將楊大壯攔腰抱住，扯著破鑼嗓子像殺豬似的叫喚：「幹啥幹啥？要把我兄弟帶哪兒去？」

獄卒不耐煩地瞥了他一眼，「快起來，同知大人還在外面等著呢！」

王二虎抱著楊大壯不撒手，哭得鼻涕一把淚一把，「我兄弟還昏迷不醒，叫他出去幹啥？有啥事叫我就行，要打要殺我頂著！」

外面有個聲音冷笑道：「倒是個有兄弟情義的，把他也帶出來吧！」

「是！」

王二虎鬆開了手，傻愣愣地看著又進來兩個人，一左一右架起他就往外走。

後知後覺的王二虎這才發現剛才話說得有點太滿，心裡不由得有些害怕，轉頭衝著孟松就叫：「大哥，救我！」

孟松抓了抓枯草般的頭髮，想不通當初自己咋就腦門一熱收了這個四肢發達頭腦簡單的貨。收了也就收了，種點地也算個勞力，自己為啥非得爭強好勝地讓他倆去幹這高智商的刺殺活計，簡直是自作孽不可活。

孟松嘆了口氣，站起來拍拍衣服上的稻草，跟在王二虎後面走了出去。

徐鴻達看著跟著出來的孟松，驚訝地道：「你出來幹啥？」

孟松一臉挫敗：你不是想從我嘴裡知道太平寨的祕辛嗎？不是想從我這套李巡撫墜馬死亡的線索嗎？我都主動出來了，你那是啥態度？

徐鴻達見孟松面上像調色盤似的變來變去，不耐煩地揮揮手道：「行了，今天沒你的事，你回去吧。獄卒，把牢門給我鎖上。」

一個獄卒應了一聲，上前將孟松推進去，拽過牢門就要上鎖。

孟松懵了，這套路不對呀，不應該是順坡下驢把我帶走嗎？

見徐鴻達頭也不回地往外走，王二虎哭得像二傻子似的頻頻回頭。

孟松心裡又軟了幾分，好歹是自己收進來的人，不能讓他平白丟了性命。

「大人！」孟松抱著牢門不讓獄卒關門，扯著脖子高喊道：「我願意交代，我什麼都願意說，求大人留我們三個一命！」

徐鴻達停下腳步，回頭看了孟松一眼。

昏暗的牢房裡看不清徐鴻達的表情，只知道他略一猶豫就吩咐道：「帶上他！」

孟松也不等獄卒來抓他，自己就上前伸出手臂，乖乖地跟了出去。

獄卒心道：最近關進來的犯人都好聽話！

楊大壯被抬到之前給王有德看病的屋子，怕打擾青青診病，孟松和王二虎被關到了旁邊的屋子裡。看著不像是要審問的樣子，孟松有點懵，「不是要過堂嗎？」

看管他的獄卒不屑地掃了他一眼，「現在沒那功夫，沒瞧見同知家的郡主在給楊大壯看病嗎？你說那楊大壯也好命，居然能讓郡主看病，這是多大的榮光啊！」

孟松：同知的女兒是郡主？我讀書少，你別騙我！

就連二傻子王二虎也覺得不對勁，琢磨了半天，忍不住戳了戳孟松，「大哥，同知這官挺大的啊，原先我還以為知府的官比較大呢！」

孟松深深地看了王二虎一眼，嘆了口氣，「兄弟，等你以後放出去了，就老老實實種地算了，需要動腦子的事千萬別幹，容易破財！」

王二虎愣愣點了點頭，看看孟松，又瞧瞧獄卒，「我這是要出去了？大哥，那你出去以後幹啥呢？還回太平寨嗎？」

孟松失落地搖了搖頭，「不回去了，也回不去了。我要是出去，就找個地方把嘴縫起來，再也不嘴賤了。」

這邊兄弟兩個長吁短嘆地暢想著未來，隔壁青青一臉認真地診了脈，然後割開繃帶，看到了裡面潰爛的刀口。

青青看向徐鴻達，說道：「是刀口感染引起高熱不退，陷入持續性昏迷。刀口雖深，好在沒傷到要害，問題不大。」說著朝朱子裕伸出手，「你的短刀拿來，我幫他把腐肉割掉。」

「我的小祖宗啊！」朱子裕聞言頭都大了，將青青拽到一邊，好言好語地相求，「這血淋淋的事我來做就好，哪裡用得著妳動手？」

青青剛鼓起了勇氣就被朱子裕戳破，她看了看楊大壯，猶豫著要不要放棄這次練手的機會。朱子裕看出了她的膽怯，連忙擁著她的肩膀輕聲商議：「不就是割腐肉撒藥粉嗎？這事交給我就好。當初我在戰場上的時候，雖沒受重傷，但小傷不斷，也時常替將士們處理傷口，這種事我做得輕車熟路了，妳放心就是。等我給他換好藥，就讓妳進來給他針灸可好？」

青青本來這次主要也是試驗那套針法是否能喚醒昏迷的人，便也沒有再堅持，乖乖地退到了外面去等候。

朱子裕手腳麻利地處理好楊大壯的刀口，又撒上青青自製的消炎止血粉，用乾淨的棉布纏好傷口，最後餵了他吃退燒藥。

青青拿烈酒將早上用過的銀針泡了一回，又拿火燎了一遍，等朱子裕收拾妥當，她才過去。回想起醫道長教的行針手法，一根根銀針或拈轉或提插，逐一扎進楊大壯的穴位上。搓柄、彈針、震顫，一道道手法看得人眼花繚亂，也不知過了多久，在青青拔出最後一根銀針的時候，隨著呼痛的聲音，楊大壯睜開了眼睛。

「這是醒了？」圍觀的差役議論紛紛，徐鴻達和朱子裕臉上也帶著喜色。將人救醒也算達成了青青的願望，總算沒白來這一遭。

王二虎和孟松正忐忑不安地等待未知的命運，聽見隔壁忽然嘈雜起來，孟松猛然站了起來，臉色有些發白，「楊大壯怎麼了？是死了嗎？我就說哪家郡主會看病，這分明是拿我家兄弟當練手的！」

王二虎一聽楊大壯死了，嚎哭起來，「兄弟呀，你怎麼就死了？我的天啊！」

楊大壯那邊剛睜開眼睛，就看見一堆官差圍在自己身邊，嚇得險些又要昏過去。

朱子裕抓住他，怒喝道：「爺的媳婦剛把你救醒，你再暈試試？」

朱子裕抓的那一下可沒收著力氣，楊大壯的肩膀險些被捏碎，瞬間明白差距的楊大壯縮著脖子，摟著被子瑟瑟發抖。

朱子裕鬆開楊大壯，一臉的嫌棄，「這太平寨出來的人怎麼一個比一個慫，都是這種貨色還沒被人一窩端了，真是占了寨牆結實的便宜。」

「這咋回事啊？不是出來刺殺新來的徐同知嗎？這是哪兒啊？」楊大壯剛清醒過來，還有些糊塗，他把被子拽到臉上，只露出一雙眼睛打量滿滿一屋子人。一個眼熟的面孔映入眼簾，看著毫髮無損的徐鴻達站在面前，他這才想起刺殺當天發生的事情。

「我這是被抓住了？」楊大壯茫然。

還沒想明白，就聽見隔壁傳來撕心裂肺的哭喊聲，「大壯兄弟，你死得好慘啊！」

楊大壯低頭看了看自己，頓時不幹了，「我還沒死呢！」

徐鴻達吩咐了一個差役幾句，過了片刻，差役帶著孟松和哭得滿臉是淚的王二虎進來。

楊大壯一眼就瞧見了傷心欲絕的王二虎，忍不住樂了，「二虎！」

王二虎哭得正傷心呢，忽然聽見楊大壯的聲音，嚇得把哭聲憋回去，還打了個嗝。

孟松見到楊大壯，頓時安心不少。

楊大壯欣喜道：「大哥，你來接我們了？」

孟松道：「……我是來陪你們坐牢的。」

楊大壯一臉感動，「不愧是大哥，待弟兄們就是好。」

徐鴻達上前兩步，打斷他們兄弟情深的敘話，似笑非笑地看著孟松，「我們把你兄弟給救回來了，你想好交代什麼了嗎？」

孟松垂下頭，聽之任之的模樣。

徐鴻達讓人把孟松帶到旁邊，見青青有些疲憊，心疼地哄道：「妳來這裡可是幫了爹大忙了，累了一上午，讓子裕帶妳回家好好歇歇。」

青青笑道：「不累，我等爹審完案子再一起回家。」

徐鴻達搖搖頭，「孟松是太平寨的一個小頭目，知道的事情不少，審完指不定什麼時辰。妳乖乖聽話，趕緊和子裕回家吃飯。」

青青道：「既然要審很久，爹不如先吃了晌午飯？」

徐鴻達想著身邊這些人鬧了一上午，估計也又餓又渴，便打發人從門口的老楊家拎來兩大桶全羊湯，再買了一百來個燒餅，士兵、差役、獄卒人人都有，連今日老老實實錄了口供的王有德也得了一碗羊肉湯和兩個燒餅。

王二虎聞著對面牢房傳來的羊肉鮮味，肚子咕嚕咕嚕地叫。

孟松叫來獄卒，好聲好氣地商議道：「下午要審訊，好歹中午讓我吃個飽飯。」

獄卒喝了口羊肉湯，看了孟松一眼，轉身走了，「等著，我替你去問問徐大人。」

徐鴻達剛送走女兒、女婿，正在就著羊肉湯啃燒餅，就見獄卒來回報：「太平寨那個孟松也想喝肉湯。」

徐鴻達看著剩下的羊肉湯很多，點點頭道：「給他們送三碗湯，再拿幾個燒餅過去，讓他們也吃頓飽飯，省得過堂的時候沒力氣說話。」

三個獄卒聞言放下碗，把湯和燒餅送進去，方才回來繼續吃喝。

熱呼呼的羊肉湯加了紅彤彤的辣子油，燒餅又香又酥，每個人都吃出了一身的汗，登時感覺渾身是勁兒。

徐鴻達漱完口，讓人將孟松帶去過堂。

朱子裕帶來的六個士兵，每人都喝了兩大碗羊肉湯，過來朝徐鴻達拱了拱手，「大人，俺們做什麼？」

徐鴻達道：「你們就巡查監牢一下，看看犯人的情況，免得再出現有人收買獄卒給犯人下藥的事。晚上這幾間屋子都空著，你們暫時就在這邊住幾天。屋裡有火盆，回頭我打發人買幾床新被褥來，你們湊合湊合。辛苦你們幾日，等案子審完就讓你們回去。」

士兵們恭敬地道：「徐大人放心，我們必將監牢看管得嚴嚴實實的。」

……

青青和朱子裕回到家，寧氏早就等得望眼欲穿，忙拉著青青問道：「累不累？」

青青笑道：「不累，我今天幫了爹爹大忙呢！」

寧氏叫人打了水看著青青洗了手和臉，方問道：「妳幫了妳爹什麼忙？」

青青道：「我們去的時候，正趕上我爹抓到的要犯嚴重腹瀉，據說已經昏迷不醒了……」她顧不上吃點心，坐在那裡說得眉飛色舞，朱子裕一臉寵溺地看著她，時不時拿起茶盞餵她喝水，就怕她說得口渴。

寧氏見朱子裕溫柔體貼的樣子，忍不住為女兒感到高興。為人父母的，哪個不希望兒女夫妻和睦恩愛。像她嫁給徐鴻達這麼多年，陪著他從童生一步步走到狀元之位，期間兩人也有過摩擦，也有過生悶氣的時候。每當這個時候，徐鴻達總是退一步，用自己的包容去化解橫在兩人之間的問題，用愛一點一點驅除寧氏的心結。如今上了年紀，連女兒都出嫁了，兩人的感情不但沒有變淡，反而如美酒般越發濃烈。

寧氏體會到了夫妻相愛的幸福，自然希望自己的兒女可以同樣幸福。

青青絮絮叨叨地說完今天的經歷，然後一臉期待地看著寧氏。

寧氏摸了摸她的頭，說道：「說起什麼事就停不下嘴，真是隨妳祖母了。」

青青嗔道：「隨祖母才好呢！祖母有福氣，有我這樣一個可人的乖孫女！」

話音剛落，寧氏就笑出聲，「不知羞，這麼誇自己也不知臉紅。」

青青捧著臉笑說：「怎麼沒臉紅？娘，您細瞅瞅。」說著把白淨的小臉湊過去。

寧氏看著青青細嫩得瞧不見毛孔的肌膚，眼裡都是寵愛，「好了，妳快回屋歇歇吧，別在我這裡裝瘋賣傻了。」

青青坐正了身子，摟著寧氏的手臂，「我陪娘一起吃。」

寧氏說：「妳吃了飯就瞌睡，還是回妳自己的屋子吃，吃完好直接睡一覺。一會兒妳弟弟們下學回來，不知有多鬧騰，到時妳該睡不好了。」

青青這才罷了，又說了幾句話方站起來。

朱子裕從丫鬟手裡接過披風給青青圍上，夫妻倆對寧氏道：「娘，那我們走了。」

寧氏點點頭，「去吧，晚上過來吃飯。」

青青吃了東西，繞了院子走兩圈消食，就準備躺到榻上歇晌。

朱子裕忙攔住她，「妳昨晚就因為琢磨今天這事才沒睡好，今天又早早起來，還是脫了衣裳到床上睡香甜。」

青青此時已經睏得睜不開眼睛，靠在朱子裕身上耍賴。

朱子裕好笑地圈住她的腰，打橫將她抱了起來，大步往內室走去。

小倆口在家裡互相摟抱著呼呼大睡，徐鴻達則坐在公堂上審訊孟松。

孟松在牢裡待了幾日，一直在說還是不說間猶豫。徐鴻達是個好官，起碼對犯人沒有施以刑罰，就連王二虎和楊大壯兩個刺殺他的犯人，也給請醫延藥，沒讓他們死了。

原本想拖著，看到底徐鴻達能查到多少東西，可是自從目睹了王有德遭了暗算險些喪命後，孟松又改了主意。當了這麼多年土匪，他深知土匪的習性，大當家若是發起狠來，不比王明恩差。進來這麼些天，也沒見太平寨有什麼動靜，想必大當家已放棄他們了。

孟松知道自己頭上這頂謀殺朝廷命官的罪名是脫不下來了，據說這等行徑按律該斬。好在徐鴻達沒有受傷，又是個寬和的人，倒不如將自己知道的事說出來，換三人一條命。

孟松在喝了一大碗羊肉湯，又吃了兩個香酥的燒餅之後，越發覺得自己的想法是對的。活著多好，起碼有這麼好吃的羊肉湯能吃。

跪在堂前，孟松都不用徐鴻達問話，爽快地從自己剛入太平寨講起，細數了自己經歷的太平寨的種種。孟松是個小頭目，並不算陳四海的心腹，因此陳四海交給他的活計雖然有幾樁命案，但多數是小打小鬧。這回刺殺徐鴻達的事，正巧是因為他接待了王有德，又自告奮勇地把活計給攬下來，才會出來後面這些糟心事。

跪在那裡，孟松後悔得腸子都青了，說著說著就給了自己兩個耳光。

徐鴻達正聽得精彩，就瞧見孟松嗚嗚直哭，頓時感到無奈，「好好說，哭什麼哭？」

孟松用袖子抹了把眼淚，真心實意地道：「我就後悔我嘴賤這事，您說若不是嘴賤，這活兒也輪到我下頭的人來做。您去太平寨若不是我多嘴，我也不會把自己送進來，這不都是這張嘴惹的禍嗎？」

徐鴻達搖了搖頭，意味深長地說：「塞翁失馬，焉知非福？」

孟松只顧著哭，沒聽清徐鴻達說了什麼。

徐鴻達接過堂事筆錄，略微翻了一遍，不太滿意。這孟松雖然說的多，卻沒說到自己想知道的事上。將堂事筆錄又遞給刑房的書吏，徐鴻達問道：「前任巡撫李光照墜馬死亡的事情是不是太平寨做的？」

孟松回想了一下，不確定地搖搖頭，「這個說不準，這事多半和三鄉寨有牽連，我也是聽我們寨主有一次喝醉酒後說漏的，但是聽得不真切，不敢打包票。」

徐鴻達點點頭，見孟松實在沒什麼可說的，便讓他簽字畫押，命人把他送回牢房。

今天這一天可謂是收穫滿滿，無論是上午審訊王有德，還是下午孟松的口供，裡面的內容都足以將王明恩和陳四海捉拿歸案。

只是，這事看似簡單，卻不知是否能順利抓人，原因有二，一是徐鴻達上頭有個頂頭上司知府大人，在徐鴻達看來，孟知府和鹽商的距離太過緊密，孟知府未必不會包庇王明恩。再一個就是太平寨易守難攻，若要抓捕陳四海，須從成都調兵過來才行。

沉思了片刻，徐鴻達叫過朱子裕特意留下幫忙的天莫和玄莫二人，輕聲吩咐道：「我去給孟知府送堂事筆錄，為防止有人走漏風聲，你倆速去王家守著。若是王明恩有潛逃的跡象，先把人給我抓回來再說。」

天莫和玄莫點頭，腳尖一點，很快就消失在人群裡。

孟慎矜下面有三個同知副手，將川南縣的大事小情都管了起來，因此孟慎矜這官當得著實輕鬆，見徐鴻達來了，還饒有興致地想叫他跟著自己去暖房賞花。

徐鴻達見天色不早，不願多耽擱，簡單扼要地說道：「刺殺下官一事已查得水落石出，原是鹽商王明恩的主意，他叫他堂侄王有德出面花錢買了太平寨出手。」

孟慎矜一聽就皺眉頭，接過堂事筆錄一邊翻看，一邊問道：「罪證確鑿嗎？」

徐鴻達道：「有王有德的口供。」

孟慎矜沉吟片刻，問道：「不是王有德自己的主意？」

徐鴻達笑笑，又說：「大人若是細看堂事筆錄就知道，王明恩身上不止這個案子。他除了買凶殺人，還設套陷害前任富順知縣，買通衙役李明、王五二人害死了要犯，致使富順知縣丟了烏紗帽，使一樁要案成為了懸案。」

孟慎矜聞言無話可說，王明恩身為川南排名第二的鹽商，手可鬆得很，像孟慎矜也吃了王明恩不少孝敬。官大一級壓死人，若是旁的官員，孟慎矜擺出官威來這事就能給抹平，可到了徐鴻達這裡，他卻不敢了。

原因無他，誰讓徐同知生了個好閨女呢？

孟慎矜因為青青的原因，不敢在徐鴻達面前擺官架子，倒不是因為青青的郡主封號，而是擔心徐鴻達借青青之手寄密信向皇上告狀。

孟慎矜雖和蜀王互通消息，卻並不全然相信蜀王，特意派了心腹到成都走一遭，這才知道懿德郡主剛到成都沒多久，宮裡就專門派了個太監給郡主送信，只這單單一件事就瞧出郡主在宮裡的分量。像蜀王在成都待了二三十年了，除了當初先皇殯天來了聖旨召他回宮外，這些年宮裡連個紙片都沒給他。

徐鴻達剛來做同知的時候，孟慎矜並不覺得他有多大的能耐，畢竟川南的官員和鹽商之間早就結成了密密麻麻的關係網。官官相護，官商勾結，不是什麼新鮮事。他萬萬沒想到，一個小小的同知，就直接敢撕開自己的關係網。

孟慎矜表面沉穩，心裡卻絞盡腦汁想著辦法。從堂事筆錄上看，王家和太平寨這回誰也跑不了，若是將王明恩捉拿歸案，川南的關係網將會扯開一個大洞，暴露出更多的問題。

徐鴻達安靜地等著孟知府的答覆，奈何孟慎矜心急如焚，想不出一個好對策來。

看了眼徐鴻達，孟慎矜知道不能再拖下去，否則徐鴻達定會對自己生疑，故而特意裝出愁態，「太平寨連前朝的起義軍都打不進去，更別提咱們衙門裡的差役，咱們還得想想轍。至於王明恩，他雖有些家兵倒也不足為懼，明日我打發兵房的人帶著差役走一遭就是。」

徐鴻達微微頷首，起身道：「就依大人所說。時辰不早了，下官先告退。」

孟慎矜臉上帶著笑容，客套地說道：「徐大人剛來川南沒幾個月，就破獲幾樁陳年舊案，真是個能謀善斷的能人。」

徐鴻達道：「大人謬讚了。」

孟慎矜親自把徐鴻達送到門外，看著他的身影消失在大門處，這才沉下臉來，叫來心腹管家孟二茗將事情說了一遍，又吩咐：「去王家找王明恩，就說我的話，讓他連夜往外躲躲，等過了風頭再說。」

孟二茗見孟知府臉色鐵青，輕聲道：「一個小小的同知竟讓老爺為難，這是要反了？」

孟慎矜煩躁地喝道：「你以為我想如此？若是我今日把這事強壓下去，明日懿德郡主就能寫摺子回京，你是想看著皇上把我這知府給抹了？」

孟二茗沒敢吭聲，只是隱隱覺得川南的天要變了。

趁著夜色，孟二茗悄無聲息地從角門牽著馬溜了出去，見外面沒有什麼人，這才翻身上馬，一路往富順縣奔去。川南府離富順縣不遠，騎著馬大半個時辰就到了。

到了王家大門外，王家的門房殷勤地迎了出來，「孟爺，您來了。」

將轠繩丟給門房，孟二茗問道：「你家老爺在家嗎？」

門房躬著身子說：「今天一天都沒出去。」

孟二茗點點頭，熟門熟路地往裡走，一邊隨手點了個小廝讓他請王明恩出來，一邊轉身進了倒座等候。不多時，熱呼呼的糕點和茶水相繼送來。

孟二茗本就是餓著肚子來的，又因為和王家相熟，絲毫沒有客氣，拿起一塊糕就著茶水咬下去大半。待王明恩來的時候，四碟糕點只剩下零星幾塊，茶水更是續了三四回。

「孟管家好。」王明恩四五十歲的年紀，保養得還算好，臉上沒有太多褶皺，白白胖胖的，笑起來像彌勒佛似的。

掃了眼小几上的空盤子，王明恩拉著他說：「下人們沒眼力，這時候送什麼糕點，不知道將孟管家請進去。孟管家且隨我進去，家裡正好有好酒好菜，咱們倆喝上兩杯。」

孟二茗憐憫地看他一眼，「恐怕你一會兒連糕點都吃不上了。」

王明恩一愣，「這話怎麼說？」

孟二茗也不拐彎抹角，直截了當地道：「你是不是收買了獄吏李明和王五，又派了一個假郎中給王有德下藥？」

王明恩笑呵呵地裝傻，眼珠卻忍不住一轉。

孟二茗「嗐」了一聲，「您也甭瞞我，我不妨和您直說，今日李明、王五還有那個假郎中都被徐鴻達抓起來了。王有德知道您想害他，下午升堂的時候，把您的事倒了個乾淨，明日一早徐大人就要帶人來抓您。」

王明恩這才有些慌亂，顧不得隱瞞，忙問道：「王有德沒死？」

孟二茗搖了搖頭，「說是差一點就死了，誰知徐同知家的郡主不知怎麼跟著他到了大牢。郡主懂醫術，幾顆藥丸就把王有德救回來了，還當場看出鐵老七是糊弄人的，叫人把他給捆了，連帶著李明和王五都沒跑了。」

王明恩神色難辨，「這麼些年倒沒看出他是個有運道的人，這回居然能死裡逃生。」

孟二茗說：「如今說什麼都晚了，孟大人叫我通知您，趕緊帶著銀票逃吧。」

「逃？」王明恩白胖的臉滿是鐵青，「我可是川南赫赫有名的鹽商，在自流井跺跺腳地皮子都能顫兩顫，連孟知府都要叫我聲郎翁，徐鴻達他居然要捉我？簡直荒唐可笑！」

孟二茗嘆道：「民不與官鬥，縱使王老爺您以往在自流井同張家老爺是說一不二的人物，可在這徐鴻達面前，他未必會買您的帳。實話說，就是我們老爺也要讓他三分。」

王明恩扯了扯面皮，冷笑道：「他家不就是一個郡主嗎？咱們四川還有個蜀王呢，我去投奔蜀王，看他能奈我何？」

孟二茗道：「蜀王能庇護你最好，若是蜀王不應，您還得想別的門路，千萬別回來。」

王明恩憋屈得說不出話來。

去蜀王府求庇護，不也等於是落荒而逃嗎？

該說的都說了，孟二茗起身告辭。

王明恩目送他到門口，忽然問道：「為何你們知府對徐鴻達會退避三舍？是因為那個勞什子郡主嗎？」

孟二茗嘆了口氣，「郡主不可怕，郡主背後的靠山才可怕，我們老爺也是怕郡主寫信回京告御狀，這才不得不避其鋒芒。」

王明恩沒再說話，等孟二茗走了以後速回後院，只大體和自家夫人交代了幾句，便拿了匣子裝了五萬兩銀票，趁著黑夜，帶著兩個隨從出門坐著馬車往成都方向而去。

天莫和玄莫跟在馬車後頭，大概走了十來里路，見附近沒人，便縱身一躍，各自一掌將兩個隨從砍暈，從車上踹了下去。

王明恩坐在車廂裡正在琢磨著拿出什麼好處讓蜀王庇護自己，忽然感覺車廂一震，隨即傳來咕咚兩聲。王明恩被打斷了思路，剛要張嘴問，四周已恢復了平靜，馬車繼續馳騁。

王明恩只當是夜黑看不清路撞到了石頭，便沒再理會，仍舊琢磨著自己的心事。

天莫和玄莫兩人駕馬車進了川南府，直奔大牢。

馬車「吱」一聲猛然停了下來，王明恩沒防備，撞到了頭。

捂著腦袋，王明恩怒喝道：「怎麼回事？」

車廂外一個男人笑道：「王老爺，到地方了，下車吧！」

王明恩心裡一沉，這聲音聽起來相當陌生，不是自己帶出來的隨從。

馬車簾子被掀了起來，只見外面亮著燈籠，兩張陌生的面孔笑吟吟地看著自己。

王明恩知道自己落入他人手裡了，想必半路上聽到的動靜就是對方與自己的隨從交手鬧出來的。想到自己的隨從不聲不響被這兩人給收拾掉，頓時膽顫心寒。

躲是躲不過去，王明恩穿上斗篷，戴上雪帽，抱起裝銀票的匣子，緩緩地下了車。

抬頭一看，川南府大牢的牌匾赫然出現在眼前。

王明恩腿一軟，兩個差役過來架住他。

王明恩哆嗦著嘴唇道：「我要見孟知府！」

「你會見到的。」一天莫漠然地揮了揮手，有人便把王明恩押到大牢裡。

時值寒冬，北風颳著，大牢裡陰冷潮濕。

王有德因為腹瀉因禍得福，得了一床厚被子，早晚還有熱飯吃。

孟松三人也算老實，也有破被子蓋，只是苦了王明恩，他看著監牢角落的破草堆，看著地上塵土，只能緊緊抱著匣子，拽拽身上厚實的皮毛，慶幸自己穿的多。

站了約大半個時辰，腿腳發軟的王明恩實在撐不下去了，他慢慢坐在草堆上，見沒有獄卒過來，便打開匣子，取出銀票藏在身上各處，實在藏不下的只能依舊放在匣子裡，預備著上下打點之用。

坐著坐著，王明恩打起瞌睡來，然後不知不覺倒在草堆上，可畢竟心裡存著事睡得不踏實，當獄卒巡視的時候，王明恩被腳步聲驚醒了。

睜開眼睛，王明恩這才發現自己躺在草堆上睡著了，連忙爬了起來，拍掉身上的雜草，扒著牢門輕聲喊道：「獄卒！獄卒！」

「什麼事？」一名獄卒不耐煩地過來。

看了看四處無人，王明恩遞出一張二十兩的銀票，小聲道：「勞煩小哥替我給孟知府傳個話，就說自流井王明恩被抓到牢裡了。」

拿著銀票一臉喜色的獄卒聽到「王明恩」三個字，像是燙到手，忙將銀票扔了回去。見那獄卒轉身要走，王明恩趕緊說道：「二十兩不行，我給你五十兩！」

獄卒疼的心都快碎了，捂著胸口說：「王老爺，您就別為難小的了，您老就是給我再多我們也不敢收。」他往裡頭指了指，說道：「裡頭還關著兩個呢，就是收您銀子惹的禍，也不知會發配到哪兒去，還能不能活。」

獄卒搖了搖頭，一邊走一邊嘆道：「有命賺也得有命花才是。」

王明恩彎下腰，默默撿起銀票，神情有些茫然。

他做鹽商這麼多年，一直秉承的原則是「錢多好辦事」，用銀子開道，賄賂縣城、府城，甚至整個四川的官員，結成一張關係網。這些年他雖不知花了多少銀子，但也憑藉這張關係網抖盡了威風，出盡了風頭。

誰知無往不利的他，居然踢到了徐鴻達這塊鐵板，還被關進了牢裡。

抱著膝蓋，王明恩第一次覺得後悔，當初就不該沒摸清徐鴻達的底細就輕易出手買凶殺人，讓自己陷入前所未有的被動。

「還是太得意忘形了……」王明恩嘆了一聲，「早知道該拿銀子開路的。」

◆　◆　◆

徐鴻達一夜好眠，早上剛到衙門，就聽說天莫、玄莫兩人抓住了潛逃的王明恩，徐鴻達知道這定是孟知府給王明恩送的信。

徐鴻達將帶著的一包牛肉乾遞給昨晚值夜的士兵，好讓他們就著吃粥吃，省得嘴裡沒滋味，又下令：「事不宜遲，這會兒正好提審王明恩。」

王明恩自打半夜醒來就沒再入睡，早上剛迷糊過去，便被獄卒叫了起來，「趕緊出來，徐大人要提審你。」

王明恩從草堆上爬起來，踉踉蹌蹌地跟在獄卒身後。

出了監牢的門，看到初升的太陽，王明恩「呵呵」兩聲，「你們這徐大人倒是個勤勉的，這麼早提審我，可是怕孟知府知道？」

獄卒不作聲，將他交給差役轉身便走。

王明恩曾捐納銀兩得了一個虛銜，上堂是不必跪的，短短的上百步路，王明恩在心裡盤算應對徐鴻達的態度，是抵抗到底，還是趁機賠罪，備上厚禮與徐鴻達化干戈為玉帛？

徐鴻達端坐在高堂上，王明恩進來作了個揖便站著不動。

徐鴻達一敲驚堂木，喝問：「下方是何人？」

「自流井王家王明恩。」

「王有德是你什麼人？」

「按輩分，他該叫我一聲堂叔。」

王明恩可謂是個老油子，他在公堂上態度自若，不緊要的事說得十分詳盡，一旦涉及買凶殺人、賄賂官員之事，能繞便繞過去，不能繞便死不承認。

徐鴻達問了半天，沒問到實質性的東西，難免有些焦躁。

◆ ◆ ◆

青青昨日去了府衙一回，又聽朱子裕講了川南的種種，深知父親為官不易，便想盡自己的綿薄之力，給父親一些助力。

誰知他的想法一說，不但朱子裕不樂意，就連徐鴻達都說她胡鬧。

寧氏拽著青青的衣袖，「妳有這個心意就得了，真去了能做什麼？不過是添亂罷了。」

「怎麼是添亂？」青青很不服氣，「就像昨日，我若是去晚了，那王有德早就被他們毒死了，到時候爹肯定會焦頭爛額。」

寧氏無言以為，朱子裕也相當無奈，因為青青說的是事實。

朱子裕耐心地勸她：「這看病也是湊巧，總不能讓妳真的每日蹲在那裡給犯人診脈吧？我今兒就從川南最好的藥鋪雇個大夫，叫他去衙門守著，直到岳父審完這樁案子，如何？」

青青道：「那我和你去清剿太平寨。」

朱子裕一聽，心都快跳出來了。

青青看他的神情，還以為他不信自己，當下冷哼道：「我的五禽戲比我爹練得好，我爹都能抓住太平寨的匪徒，還將他們打成重傷，我自然也能。」

朱子裕有些無語，「爹那是運氣好，遇到了兩個毛頭匪賊。我去太平寨可以抓陳四海那個老狐狸，妳在家乖乖的別鬧，就是給我們最大的幫助了。」

青青見朱子裕不願意帶自己，便也不去為難他。她想了片刻，又有了新的主意。

◆　◆　◆

王明恩的兩個隨從被天莫、玄莫敲暈後，直到後半夜才醒過來。一見馬車沒了，老爺沒了，嚇出一身冷汗，連滾帶爬地回了自流井，天不亮就請人傳話給夫人，說老爺丟了。

王夫人想不明白到底是何人擄走王明恩，生怕他落到匪賊手裡，不知得費多少銀子贖不說，指不定就能丟了性命。

王夫人跟著王明恩多年，不算是迷糊人，當機立斷，備上一車禮物就往孟知府家去。

孟夫人一早起來身上就不自在，右眼皮跳個不停，正吩咐丫鬟拿熱汗巾子來敷一敷，就聽外面有人回道：「夫人，郡主來了。」

孟夫人聞言心裡一哆嗦。

得，熱汗巾子不用拿了，這煞星來了，就是把頭泡到熱水裡，估計眼皮也照樣跳！

郡主的品級不知比孟夫人高多少，突然其來的拜訪讓孟夫人手忙腳亂，她一邊讓人請郡主進來，一邊趕緊讓丫鬟翻箱倒櫃地拿衣裳。

孟夫人換了衣裳，顧不得梳妝，在髻上多簪了一支金釵，過得去就成了。

青青進來的時候，孟夫人剛到門口迎接，只見青青裹著大紅色的披風，露出巴掌大的小臉來，越發顯得眉目精緻。

孟夫人行了禮，笑道：「郡主有什麼事只管打發人來叫我就是，還勞您親自跑一趟。」

青青道：「倒沒什麼事，不過是在家悶了，想來找妳說話。」

孟夫人心裡苦不堪言，臉上卻還掛著笑，「郡主能想著我，是我的福分。」

她請了青青上座，又讓人去端糕點。

青青來得早，廚房裡的糕點剛出鍋，送過來的時候還冒著熱氣，孟夫人笑道：「郡主吃慣了宮裡的點心，也嘗嘗我家的如何？」

青青也不扭捏，拈了一小塊放進嘴裡，待細細品了方道：「奶香味十足，吃著順口。」

閒聊了幾句日常，孟夫人試圖將話題往青青的來意上帶，青青只作不知，說道：「以往在京城的時候，進了臘月翰林院就放假了，川南倒是和京城不一樣，若不是我娘說起，我還不知道今日是臘月初一呢！」

孟夫人道：「這個時候通常也是全年最清閒的時候。今年這不是出了幾個惡人，讓徐大人受驚了，還得累得去查案。」

青青說：「我爹旁的事還沒上手，讓他把這樁案子審清了也好。我聽說一件牽扯一件，倒扯出了許多積年舊案，也不知這川南府壓了多少舊案。」

孟夫人訕笑，剛要解釋兩句，有丫鬟來報：「夫人，自流井王家的王夫人來了。」

青青彎起嘴角，心道：來得倒是巧！

孟夫人的笑容僵在臉上，昨晚丈夫把徐鴻達要捉拿王明恩的事告訴了她，又囑咐這幾日王家只怕會來走動，吩咐若是送東西該收就收，記得千萬別應承什麼就好。

孟夫人怎麼也想不到事情會這麼湊巧，懿德郡主前腳剛到，後腳王明恩的妻子就來了。

孟夫人看了青青一眼，有幾分尷尬，「原本不知她要過來……」接著她轉頭怒斥傳話的丫鬟：「沒瞧見我在陪郡主說話嗎？叫她改日再來！」

丫鬟應下就要退出去，青青笑道：「人多說話才熱鬧，讓她進來吧。」

孟夫人連忙勸阻：「她一個沒見過世面的婦人，連品級都沒有，說話難免粗俗，怕是會擾了郡主的雅興。」

青青面上帶笑，語氣卻不容置疑，「不過是說些家長裡短罷了，無妨，請她進來吧。」

孟夫人無奈，只能給丫鬟使眼色，「叫她進來吧。」

在廊下等候的王夫人著急不已，心中惦記著丈夫的安危，見那丫鬟叫自己進去，匆忙起身就走。丫鬟揣摩著要說孟夫人囑咐的話，王夫人卻聽也沒聽就進去。

掀開簾子，王夫人一眼瞧見了孟夫人，心裡的恐慌瞬間壓不住，登時哭了出來：「夫人，快救救我家老爺吧！」

孟夫人心裡「咯噔」一下，下意識看了看青青的臉色，嘴裡喝斥她：「胡鬧！沒瞧見郡主坐在這裡嗎？大呼小叫的，成何體統？」

青青剛來川南沒多久，也就官員之間知道她的身分，再往下，消息靈通的鹽商也知曉，而王夫人因和丈夫的關係不密切，加上王明恩心裡裝的都是刺殺失敗如何撇清自己的事，故而並未與王夫人提過川南來了個郡主的事。

此時王夫人聽到「郡主」二字，有點發愣，直覺以為是蜀王家的姑娘，想著自己丈夫平日裡沒少孝敬蜀王，當下有了見親人的感覺，便跪下磕頭道：「民婦見過郡主。」

「起來吧。」青青饒有興致地看著她，「這是怎麼了，哭得這麼傷心？」

「我家老爺昨晚被人截走了。」王夫人拿出帕子擦擦眼淚，抽噎了兩聲。

「王夫人！」孟夫人打斷她，語氣有幾分嚴厲，「郡主來這裡可不是為了聽妳哭的。」

王夫人嚇得把哭聲憋回去，用帕子捂住嘴，眼淚嘩啦啦流了下來。

青青責備地看了孟夫人一眼，「她這不也是著急嗎？」接著又和顏悅色地看著王夫人，勸慰道：「妳別急，慢慢說，看是在哪兒被人截走了，我讓我爹替妳找。」

王夫人只當青青說的父親指的是蜀王，連忙說道：「昨晚我們家老爺匆匆忙忙進來，和我說身上纏了官司要出門避一避，我問他去哪裡躲避，他說準備去蜀王府。因說得匆忙，也來不及準備東西，民婦只給他打包了兩身換洗衣裳，又裝了五萬兩銀票，便送他走了。」

「哦……」青青意味深長地看了王夫人一眼，又問：「你們家和蜀王府很親近？要不然怎麼會往那去避難？」

王夫人聽郡主直稱蜀王府，心中覺得奇怪，只當是便於稱呼，也沒多想，老老實實地交代道：「蜀王府一直同我家走動密切，往日王爺有什麼吩咐，我們老爺都會盡心盡力去做，就像前年開始，王爺在川西高原那裡建了馬場。當初建馬場的花費以及這兩年養馬的銀子，一直都是我們老爺掏的。」

孟夫人聞言臉色都變了，一個藩王都能私自養馬，誰知道有沒有暗地裡屯兵，這可是造反的前兆呀！

孟夫人聽到這樣的祕辛，嚇得心臟狂跳，總覺得王夫人在她家裡說這事不妥當，若是傳了出去，還當他家大人是同謀。

孟夫人不敢讓王夫人再說了，強撐著笑臉道：「妳還是說說你們老爺失蹤的事吧。」

王夫人擦擦眼淚，繼續說道：「我家老爺說要去蜀王府避一避，連夜帶著兩個身手好的隨從走了，誰知早上天還沒亮，兩個隨從一身狼狽地回來，說是昨晚剛走出去十來里路就被人給打暈，等他們醒來，馬車沒了，老爺也不見了。」

青青從朱子裕那裡得知天莫和玄莫被父親派出去監視王明恩，猜到是天莫兩人出的手，想必王明恩昨晚就被關進牢裡了。

青青看了孟夫人一眼，又問王夫人：「妳可知王老爺是從誰那裡得知自己官司纏身的事？是不是被人哄騙出去才被綁了？」

孟夫人趕緊朝王夫人擠眼睛，可惜她眼白都快翻出來，王夫人也沒瞧見。

此時王夫人的心思都在「蜀王家的郡主」身上，在她看來，蜀王比知府能力更大，救出自家老爺還是得指望蜀王，但知府身為川南的老大，王夫人也不敢得罪她，忙辯解道：「那不能，是知府大人派管家來說的，要不然我們老爺也不會急匆匆地走了。」

青青看著孟夫人一笑，孟夫人心裡恨不得把王夫人千刀萬剮，恨她沒弄清郡主的身分就什麼都往外說。孟夫人不敢再坐著了，直愣愣地跪在青青面前拿著帕子拭淚，「郡主萬不能相信這婦人的一面之詞，我家老爺最是清明公正的人，怎麼會給嫌犯通風報信？」

王夫人這才後知後覺地察覺不對勁，看了看端坐在上面貌美如花的郡主，又看了看跪在郡主面前瑟瑟發抖的孟夫人，有些摸不到頭緒。只是孟夫人都跪下了，她也不好再坐著，只能一頭霧水地跪在孟夫人身邊。

孟夫人惡狠狠地瞪了眼旁邊的無知婦人，等轉過臉來，臉上又帶著哀求的神情，「郡主，我家老爺在川南多年，一直兢兢業業、坦坦蕩蕩地做人。咱們川南的稅收基本都靠鹽業，為了給朝廷多繳納些稅金，我家老爺平時難免和這些鹽商關係近些，但也僅限於此，絕不會做出包庇他們的事情來。」

青青看著孟夫人惶恐不安的神情，笑了笑，「夫人這是做什麼？我雖是郡主，但也管不了這官場上的事，知府怎麼樣，妳同我說是無用的。」

孟夫人聞言暗地裡鬆了口氣，不由得想著怎麼討好郡主，好讓她別把這件事捅上去。

青青又笑吟吟地開了口，「倒是前一陣子收到宮裡的信，說皇上任命了川省總督，想必也快到了，到時候夫人不如和他說一說？」

孟夫人一驚，勉強帶著笑容問：「沒聽我家老爺說過這事。」

青青笑笑，又看向驚疑不定的王夫人，「我知道妳家老爺在哪兒，不如我帶妳去？」

王夫人下意識去看孟夫人，誰知孟夫人低著頭不搭理她，她顧不得多想，向青青磕了個頭，感激地道：「多謝郡主。」

孟夫人不敢吭聲，直到丫鬟在一旁輕聲說道：「夫人，她們走了。」她才扶著丫鬟的手，哆哆嗦嗦地站起來，然後一屁股坐在椅子上發愣。

看著她的樣子著實嚇人，丫鬟們面面相覷，誰也不敢上前勸一句。

孟夫人呆愣片刻，等醒過神來，連聲吩咐：「趕緊叫老爺回來！」

孟慎矜在府衙裡讀邸報，隨從匆匆進來稟報道：「老爺，夫人有請。」

孟慎矜問道：「知道什麼事嗎？」

隨從搖搖頭，「只說郡主來了，王明恩的夫人來了。」

「她們倆怎麼撞到一起了？」孟慎矜緊皺眉頭，往家裡趕去。

坐在榻上的孟夫人魂不守舍，兩個丫鬟分別幫她揉按膝蓋。孟慎矜進來，見到這樣的情景，忍不住問道：「這是怎麼了？」

一句話把孟夫人的淚都勾出來了，她拿著帕子擦著眼睛，哭哭啼啼地說：「王明恩家的就像傻子一樣，一聽說徐家的姑娘是郡主，不問青紅皂白，直接把家底抖了個乾淨。說她自家的也就罷了，偏又牽扯到咱們府上。」

「她說什麼了？」孟慎矜心中著實不安。

「說什麼蜀王建了馬場都是她家出的銀子，說王明恩要去蜀王府避難是你的主意。」孟夫人垂淚說：「我當時給郡主跪下了，說此事與咱們家無關。郡主說她不管這些事，讓咱們回頭和總督說去。」

孟慎矜黑了臉，「蜀王建了馬場？他想幹什麼？」

孟夫人嘆道：「我就怕以後蜀王做了什麼掉腦袋的事會牽扯到老爺。」

孟慎矜沉吟半天，搖了搖頭，「蜀王就是有那賊心也未必有那賊膽，旁的不說，起碼楊提督和朱子裕在這裡，他就不敢輕舉妄動。這兩個煞星可是連緬甸都給滅了的人，蜀王有幾個膽子敢去惹他們？」

孟夫人這才放了心，又想起王家的婆娘把孟知府通風報信的事說了，不免有些擔心。

孟慎矜說：「到時候我咬死不認就得了，只說孟二茗去他家還東西，畢竟我的品級在徐鴻達之上，想必他不會刨根問底。」

孟夫人連連點頭，又罵王明恩的媳婦：「平時人模人樣的，給她面子叫個夫人，可你瞅瞅她那腦袋就和榆木疙瘩似的，比起張家的夫人來，差的不是一星半點。」

孟慎矜嘆氣，「貧賤時的夫妻，王明恩還能休了她不成？對了，她來不是送東西的嗎？怎麼扯出這麼些有的沒的？」

孟夫人這才想起來，自己最關鍵的事沒說，當即白著臉道：「王明恩在去蜀王府的路上丟了，王家的來找我們幫忙找，後來郡主說她能找到，王家的就隨郡主走了。」

孟慎矜可是老油條了，腦子一轉，就知道王明恩的去處，不禁又嘆氣，「甭找了，定是被徐鴻達捉去了。反正我提前跟他說了，也算是對得起他。至於王明恩她媳婦是自己被騙走，與咱們無關。」

孟夫人眼見丈夫安之若素的樣子，便也放鬆下來，問起了剛剛從懿德郡主那裡聽來的消息，「老爺，您聽說咱們四川要來總督的消息了嗎？」

孟慎矜點點頭，「我也是今天才得的信，預計十天後到。聽說總督衙門已收拾齊整，接官廳也佈置得富麗堂皇，讓我們到時都去接官廳恭迎總督大人。」

孟夫人收了淚，親手給丈夫遞茶，「可知派來的是誰？能不能搭上話？」

孟慎矜道：「是前任魯省總督錢萬里，咱們家數遍三代也跟他沒什麼交集，倒是徐鴻達能和他搭上話。」

孟夫人一聽「徐鴻達」三個字就頭疼，臉上閃過憤憤不平之色，十分惱怒，「他一個土包子出身，怎麼會和前任魯省總督搭上關係？」

孟慎矜喝了口茶，說道：「徐鴻達當年治理水患就是在魯省，他前後在那裡待了兩三年。因太子也在，錢總督每隔幾個月就要去一回，因此同徐鴻達算是熟人。」嘆了口氣，他的臉色更加難看，「還有懿德郡主，她的封地就是魯省。自冊封以後，魯省的稅收都歸郡主所有，兩人縱使沒見過，說起來也比旁人親近些。」

孟夫人倒吸一口涼氣，「那麼大的省，所有的稅收銀子都給那個煞星？」

孟慎矜垂下眼簾，撥了撥茶盞裡的茶葉，「這可是本朝的獨一份，別說其他郡主了，就連唯一有封地的蜀王也沒這待遇。要不然妳以為蜀王這些年為何不服？還不是因為他雖人在四川，封地是四川，鹽稅的銀子卻一文錢都拿不到，因此才心生不滿。」

孟夫人不知道魯省一年的稅收銀子是多少，川南的倒是知道，就是除了鹽稅以外，剩下的旁的稅收也夠她眼紅的了。她心疼得後槽牙都疼，「這麼些銀子都給她了，若是不知道的還以為她是皇上的親閨女呢！」

孟慎矜冷哼一聲，「還不是仗著太后喜歡她，皇上也不過是為了孝順太后。」他將伺候的人都攆出去，小聲對孟夫人道：「等以後太子繼位，我就不信太子還會繼續給她這恩寵。」

孟夫人就像把自己的銀子送出去一樣，臉色相當難看，「就這些年也夠她賺的了。整個省的稅收啊，她一年得的銀子只怕比咱們家攢一輩子還多吧？」

孟夫人渾身酸氣冒得都快把丈夫給淹沒了，「你是沒瞧見她那身打扮，她穿的綢緞都是我沒見過的花色，就連她身上的蜀錦也比這些年我見過的要好。還有她頭上手上的首飾，那珍珠、紅寶石別提成色多好了，蜀王妃戴的都不如她，也不知她在打扮上花費多少？」

孟慎矜冷笑一聲，「一文錢都不用花，她的穿戴都是太后給的。」

孟夫人不說話了，人比人氣死人，她只想靜靜。

捌之章◆撥雲見日露機鋒

青青帶著王夫人坐上馬車，不過一炷香的功夫就在府衙大牢停了下來。

王夫人一下車就軟了腿腳，她雖不認字，但見裡頭這架勢也猜出這是什麼地方了。

王夫人嚇得快哭了，僵硬地轉頭看著青青問：「郡主，您帶我來這裡做什麼？」

青青道：「妳不是想找王老爺嗎？我估摸著他肯定在裡頭。」

「我家老爺被抓了？」王夫人聞言顧不得害怕，連忙伸頭往裡瞅。

青青扶著珍珠的手下了車，門口的差役連忙行禮，青青問道：「王明恩在裡頭嗎？」

差役恭敬地道：「在，昨晚半夜送進來的。」

王夫人雙腿又哆嗦起來，扶著青青的手臂就哭，「郡主可要救救我家老爺呀！」

青青朝她一笑，「不忙，我們先進去再說。」

王夫人信服地點點頭，差役領著兩人來到一間平時供大人當值時休息的屋子。屋裡雖然佈置得簡單，但勝在整齊乾淨，旁邊還放了兩個火盆，烘得室內相當暖和。

解了斗篷，青青問那差役：「我爹呢？」

差役答道：「回郡主，大人在審問王明恩。」

王夫人一頭霧水，直愣愣地問：「蜀王怎麼來川南審案子了？」

青青笑得開心，「誰說我爹是蜀王？難道妳不知道我是川南府同知徐鴻達的女兒？」

「妳是徐鴻達的女兒？」王夫人不敢置信地瞪圓了眼睛，再看到青青肯定地點頭後，眼前一黑，身子往後栽倒，登時暈了過去。

總覺得自己的郡主身分坑害了許多人，關鍵是誰能猜到同知的女兒能有郡主的身分，簡直不合常理。

此時站在公堂上的王明恩還不知道自家來了個洩底的豬隊友，他軟的硬的都使了，甚至暗示可以孝敬徐鴻達上萬兩銀子都被無視。徐鴻達不厭其煩地逐條審問王明恩這些年所犯的事，王明恩經商多年，腦子最是奸猾，他把那些無關緊要的小案子都認了下來，可涉及到官員的，王明恩都咬死不認。

徐鴻達冷笑地道：「旁的案子不說，就單刺殺本官這宗事，不僅王有德將你供了出來，太平寨的孟松也指認了你，你覺得你還能抵賴嗎？」

王明恩梗著脖子不肯屈服，強硬地道：「他們這是汙衊，我不認罪，我要上告！」

徐鴻達嗤笑，「王老爺是不是覺得若是孟知府審案，定能放你一馬？」

王明恩不屑地看了徐鴻達一眼，緊閉著嘴不說話。

徐鴻達正要開口，一個小吏從後面繞過來，在徐鴻達耳邊說了幾句話。

徐鴻達看了王明恩一眼，讓人將他捆綁起來關入牢裡，又讓人把王夫人帶上公堂。可憐王夫人自早上起就飽受驚嚇，先是丈夫失蹤，後又被郡主拐到了衙門，現在居然給弄上了公堂。被冷水潑醒的王夫人看到自己所在的地方，頓時哭了起來。

徐鴻達倒是和顏悅色，見她跪坐在地上也沒多說，只是道：「本官問妳話，只要妳老實說了，本官就放妳回家。」

一盆冷水多半被皮毛給擋住了，只是難免有皮毛蓋不住的地方，因此身上也濕了幾處。公堂上寬大通透，只有兩個火盆並不算暖和，風透過門縫吹了進來，沒一會兒功夫，王夫人就有些瑟瑟發抖。

徐鴻達問道：「妳可知本官為何抓妳丈夫？」

王夫人本就是膽小的婦人，心裡沒什麼成算，這些年雖享受了富貴的生活，眼界卻沒什麼提升，見官老爺問話，王夫人不敢不說，便道：「我家老爺不太愛和我說話，就是昨天晚上要去蜀王府，這才和我說了一二。他說花銀子讓太平寨的匪人刺殺新來的同知大人，結果匪人失手了，被抓了進去，連出面的王有德都沒撈著好，他要出去避一避。」

徐鴻達甚是滿意，有王夫人的口供，就是王明恩不認罪也無妨了，單憑這孟松、王有德和王二虎、王夫人幾個人的供詞，就能將王明恩定罪。

徐鴻達按照王有德的口供，將這些年王明恩私下裡做的事挨個問王夫人，王夫人有的知道，但多半是不曉得的。眼見王夫人神色疲憊，回答問題都是下意識脫口而出，徐鴻達便將小吏替青青送來的字條上的內容問出來，「蜀王在川西高原養了多少匹馬？有沒有屯兵？」

王夫人搖搖頭，「只知道每年都支幾萬兩銀子出去，到底是什麼情形我不知曉。我家有個老爺最喜歡的小妾薛姨娘，老爺一個月總要在她房裡二十天，許是她能知道。」

徐鴻達看著王夫人，一時間不知道她這會兒到底是工於心計還是出於本能，眼神都累得有些渙散了，居然還能想起給自家受寵的小妾下套，真是讓人不得不服。

王夫人把能說的不能說的都說了，徐鴻達派人去拿王明恩的管家及寵妾薛氏。王夫人暫時還不能走，但也沒把她關進牢裡，只叫人帶到之前休息的屋子讓人看著。

青青正坐在屋裡津津有味地翻看放在桌上的《洗冤集錄》，王夫人被兩個衙役推進來，一副渾渾噩噩的樣子。青青放下書看了她一眼，「回來了？瞧見妳家老爺了嗎？」

王夫人滿臉苦澀，捏著帕子不敢動，「沒見到，我到了公堂上時，我家老爺已經被押進大牢了。」看了看青青，王夫人癟了癟嘴，忍不住小聲道：「郡主，您也太會忽悠人了。」

青青相當無辜，「我只說帶妳去找妳家老爺，旁的可沒說，妳自己猜錯可賴不到我。」

王夫人有口難言，在角落裡尋了個小杌子坐下。

她一早被人吵醒，連口水都沒喝就去府城向知府夫人求助。到了孟知府家，茶也沒喝一口，點心也沒吃上，倒把自己的底漏了個乾淨，順便把自己送到了公堂上。
王夫人緊了緊身上微潮的斗篷，抱著膝蓋，覺得又冷又餓。
青青見王夫人恨不得把自己塞到牆縫裡的架勢，也不為難她，叫珍珠給她送了碗茶水潤潤喉嚨，又叫差役來，給了幾錢銀子，託他到外面買三碗紅油抄手和幾樣小菜及麵餅。
差役接著銀子出來，沒一會兒就提了個食盒回來。
珍珠接過道謝，差役紅了臉道：「不敢當，不敢當！」又道：「食盒和盤碗是跟外面的鋪子借的，等吃完了要一併還回去。」
珍珠點點頭，提著食盒進來問道：「三奶奶，飯擺在哪裡？」
青青說道：「就擺在這邊的榻桌上吧。」
珍珠掀開食盒蓋子，往裡一瞧，笑著說：「這差役倒是實誠，買了這麼些東西。」說著將冒著熱氣的紅油抄手端到桌上，又有一碟棒棒雞、一碗燴酥肉、一盤紅油兔頭，還有一疊夾著羊肉的油酥燒餅。
青青拿了一個空碗，夾了些菜，放了兩個羊肉燒餅，朝王夫人努努嘴，「給她找個地方讓她也墊墊肚子，許是下午還要提審她。」
珍珠環顧一圈，找到一個小几，將那夾滿菜的大碗放到上面，又端來一碗紅油抄手。
王家是大富之家，平日裡珍饈佳餚都吃得膩歪，每頓飯動幾下筷子就吃不進去了，可今日王夫人不像小雞啄食般了，折騰了一上午，早就餓得前胸貼後背，此時顧不得矜持，端起紅油抄手就舀了滿滿一勺塞進嘴裡。滑溜的抄手嚼幾下就順著喉嚨滑下肚，麻辣鮮香的紅油熱湯在嘴裡翻滾，落進胃裡，瞬間讓她出了一身汗，凍僵的手腳也暖了過來。
王夫人轉眼間就吃了半碗抄手，不但沒有飽意，反而胃口大開，拿起夾著滿滿羊肉的燒餅，就著小菜，吃了個一乾二淨。等到端著熱茶漱了口，王夫人才打了個飽嗝，覺得自己終於又活過來了。

王夫人吃得香甜，青青主僕也吃得歡快。珍珠跪坐在一邊，拿著羊肉燒餅就著紅油抄手小口小口抿著。青青吃了半碗紅油抄手，就轉而啃起紅油兔子頭，她瞅著珍珠不敢大口吃飯的模樣，不禁說道：「要大口吃才熱辣燙口，妳這樣能嘗出什麼味來？」

珍珠咬了口羊肉燒餅將辣味壓下去，這才笑道：「奴婢還是吃不了這麼辣的東西，一大口進去只怕喉嚨都得冒火。」

青青道：「等妳吃慣這裡的麻辣鮮香，只怕回京城才不適應呢！」說著，她又指了指盤子裡的紅油兔頭，「這個滷得入味，妳也嘗嘗。」

珍珠用筷子夾起一個，也學著青青的樣子，用手捏著。

青青笑著教她，「先把外頭那層辣油吸進去，再去咬下頭的肉。」

珍珠吃得手忙腳亂，等咬了一口肉，這才慢慢品出滋味來。

一頓飯主僕倆吃了半個時辰，直到把那一大盤紅油兔頭吃沒了，青青才意猶未盡地打水洗手，還不忘囑咐珍珠：「這家做的兔頭好吃，咱們回家時買一些，晚上給我爹下酒。」

珍珠應了，叫來那個差役拿走食盒和盤子，又給了他三錢銀子，「買些兔頭叫他們送到徐同知家，剩下的賞你當跑腿錢。」

差役喜不自禁，在門外行了個禮，「謝郡主賞！」然後拎著食盒匆匆走了。

王夫人吃了飯，見郡主沒有為難自己的意思，膽子也大了點，自己搬了張椅子放在火盆旁，一邊烤火，一邊打瞌睡。

青青歪在榻上看書，一晃一個下午過去了。

珍珠看看天色，說道：「三奶奶，我們該回家了。」

青青伸了個懶腰，看了眼靠在椅背上睡得香甜的王夫人，有些納悶，戳了戳珍珠道：「妳說這王夫人到底是真關心王明恩，還是做做樣子？早上看著她急得六神無主，不像是作假，怎麼過了一次堂，轉眼就跟沒事人似的，飯吃得甜，覺睡得香，這是估摸著王明恩出不來了放心了，還是怎樣？」

珍珠看著仰頭枕在椅背上，朝天打呼嚕的王夫人，搖搖頭說：「聽說她和王明恩是少年夫妻，總該有些情誼吧？」

青青不再琢磨別人家的事，叫來一個差役讓他到衙門去看看退堂了沒有，再問問這王夫人該如何處置。

差役半晌後回來道：「徐大人說讓郡主先回家去，不必等他。至於王夫人，讓她先回家，只是不許出門，若有事還要傳喚她。」

王夫人正好被說話聲吵醒，正在揉捏痠痛的脖子，忽然聽到讓她走，立刻感覺腰不痠脖子不疼了，站起來就要往外跑。若不是差役正好站在門口，只怕她人就衝出去了。

尷尬地站在門口，王夫人好歹想起這裡還站著個郡主，行了個禮，她憋了半天，這才冒出來一句：「要不，郡主您先走？」

青青披了斗篷，抱著手爐笑吟吟地看著她，「聽說王家在自流井一帶甚是威風，家裡更是以奢華而著稱，等哪天我有空去妳家瞧瞧，也不知王夫人歡不歡迎？」

王夫人僵硬地扯出笑來，「難得郡主有興致，得了空只管來就是。」

青青想了想，說道：「我明天就有空。」

王夫人道：「……其實我家有點遠。」

青青笑了，「王夫人這是不想讓我去？」

王夫人只覺得後背發寒，憋出一句：「不是，我是想問要不要派馬車去接您？」

青青一邊抱著手爐往外走，一邊說道：「那倒不必，我習慣坐自家的馬車。」

王夫人目送青青的馬車消失在街道盡頭，這才叫了自家的馬車過來。

車夫擺上腳凳，壓低聲音說：「晌午的時候，衙役把薛姨娘和管家給抓來了。」

王夫人上了馬車，冷笑一聲，「老爺不是最喜歡薛姨娘伺候，離了她吃睡都不香嗎？正好讓她在牢裡陪著老爺，也免得我們在家惦記。」

車夫不敢言語，偷偷瞧著夫人臉色還好，又壯著膽子道：「我看那邊有幾家鋪子，老爺出來得匆忙，沒帶衣裳也沒帶被褥，要不要買一床送進去？」

王夫人從荷包裡捏出一塊碎銀子丟給他，「你去買了送進去。」頓了頓，她又囑咐：「被子買窄點的，只能蓋住一個人的。」

車夫愣了半天，這才明白夫人這是不想讓薛姨娘有被子蓋。

其實王夫人不知道她純粹是多慮了，也不知獄卒們怎麼想的，待管家和薛姨娘退了堂，直接把他倆關到一間牢房裡了。

薛姨娘和王管家面面相覷，蹲在對面的王明恩更是一臉無語。

……

青青回到家時，天色已經擦黑，見朱子裕還沒回來，就往寧氏院子去。

徐澤寧兄弟三人都在屋裡，見青青進來便起身道：「二姊姊。」

青青向寧氏請了安，挨著寧氏坐下後，兄弟幾人這才坐下。

徐澤天年紀最小，臉上還帶著幾分嬰兒肥，他鼓著臉，一本正經地問青青：「二姊姊這幾日都在忙什麼，成天見不到妳。」
青青捏捏他的胖臉，逗他說：「我幫爹審案子，哪能整天在家？」
徐澤天眼睛一亮，抱著青青的手懇求：「好姊姊，妳帶我去吧，我也想幫爹審案子。」
青青上下打量了他一番，搖頭道：「你太小了，《論語》背到哪兒了？」
徐澤天看著她，無奈地搖搖頭，「姊，妳可真不會聊天。」
笑著揉了揉徐澤天的頭，青青轉頭又去問徐澤寧的功課。
徐澤寧性子很像徐鴻達，踏實穩重，見姊姊問功課，徐澤寧道：「府城縣學的先生講得極好，我每隔幾日便作一篇文章拿給先生瞧。」
青青點頭說：「好好學如何作文章，先生講不透的回來問爹也行，問大姊夫也行，咱們家有狀元又有探花，可不能浪費了。」
徐澤寧靦腆地笑笑，「我還是喜歡問姊夫，爹一瞪眼我就怕。」
青青道：「那就問你大姊夫。這三年好生讀書，萬不可懈怠，等你二姊夫任期滿了，你就同我們一起回京，也試試秋闈。」
說完了徐澤寧，青青故意忽略徐澤然，轉頭和寧氏說話。
徐澤然急得抓耳撓腮，就希望他姊看他一眼。
寧氏見他不安生的樣子，忍不住說了一句：「眼看過了年就十歲了，怎麼還這樣坐不住？你先生不說你嗎？」
徐澤然老實說道：「上課時自是不敢，我這不是想和我姊說話嗎？偏生她不理我。」
青青睨了他一眼，「這幾日又沒好好做功課吧？又畫了什麼？」
徐澤然獻寶似的拿出藏在身後的畫紙，打開給青青欣賞。

徐家從京城到四川，一路不知經過多少城郭小鎮，看了多少山山水水，看著手上的山水畫，青青不得不承認，徐澤然在繪畫方面極有天賦，整幅畫不論是構圖、顏色，還是意境，都有獨特之處。

青青讚許地說：「每個人的閱歷不同，眼光不同，看到的景物也各不相同。在繪畫方面，我只能教給你一些技巧，更深層次的意境和感悟需要你自己領會。」

徐澤然笑嘻嘻地朝青青作了個揖，央求道：「等我的畫能入眼了，還求姊姊幫我寄賣，我要攢銀子走遍這大好河山，把我們大光朝的山山水水都畫到紙上。」

寧氏對兒子的志向有些發愁，「你不娶媳婦了？」

徐澤然忙道：「這哪行？媳婦還是得娶，我可以帶媳婦一起去領略大好河山。」

寧氏想了想，說道：「那得給你相看一個武將家的女兒，起碼要學過拳腳功夫的，要不然扛不住這麼折騰。」

寧氏說完，眾人都笑了。

徐澤然紅了臉，撓撓頭，實誠地說：「也行，但是得要長得好看的。也不用要求太高，和我二姊姊似的就行。」

正巧徐鴻達和朱子裕前後腳進來，聽見了徐澤然的豪言壯語。

朱子裕得意洋洋地瞅了小舅子一眼，昂首挺胸道：「要找個比你青青姊好看的不太容易，你可以降低標準，比如要是個女的。」

徐澤然氣得瞪朱子裕，「你把標準降得也太低了，是女的就行？那做飯的許婆子還是女的呢，那能行嗎？」

朱子裕想起許婆子五大三粗，一手能提起半扇肥豬的模樣，頓時打了個哆嗦。

徐澤然白了他一眼，又去求寧氏：「娘可記得給我找個好看的媳婦。」

徐鴻達瞥了兒子一眼，說道：「你哥還沒說親呢，你倒想娶媳婦了。等著吧，你啥時候考中舉人，啥時候我就讓你娶媳婦。」

徐澤然眼珠一轉，若無其事地說：「無妨，我自己出去領略山河之美也是極好的。」

徐鴻達呵呵一聲，狠狠地補了一刀，「等娶了媳婦才能出去遠遊。」

考上舉人才能娶媳婦，娶上媳婦才能遠遊，遠遊了才能恣意創作，徐澤然一想到這歸根結底還是要讀書，頓時有些精神萎靡。

徐鴻達瞪了他一眼，轉身去換衣裳洗臉。

寧氏吩咐下人傳飯，朱子裕和青青在旁邊瞧著下人們擺飯，小聲說著話。

自打來了四川，青青可算是吃爽快了，除了本地的特色菜，她把前世吃過的川菜也都寫了菜譜出來，讓廚子換著法子做。

今日桌上除了一盆滿滿的紅油兔頭外，另有水煮魚、毛血旺、麻婆豆腐、回鍋肉……

徐家兩個小子年紀不大，怕他們光吃辣傷胃，又有乾燒桂魚、炙羊肉、東坡肘子等。

朱子裕每天操練士兵活動量大，一頓飯沒肉都不行，因此他的筷子直奔東坡肘子而去。

三個小的還真不怕吃辣，一個個都拿大碗盛飯，澆上麻婆豆腐，拌上回鍋肉，就著水煮魚和毛血旺，每人都能吃上三碗飯。

用完飯，青青和朱子裕手拉著手說著閒話，往自己的院子走去。

朱子裕道：「今兒來了個經紀，說後街上有個二進的小院。那家的主人剛住了兩三年就搬到府城去，房子新不說，離這邊也近。從咱家出了後門走幾步就到了，妳回娘家很方便，不如明日我們一起去瞧瞧？」

青青點點頭，「也好，明日早些去看，白天我還要去自流井走一趟。」

朱子裕聽了膽戰心驚，「妳去自流井做什麼？那裡什麼樣的人都有，小心衝撞了妳。」

青青道：「王明恩的夫人邀我去她家做客，我正好想去瞧瞧這鹽商家到底是什麼樣。」

「王明恩的夫人邀妳去做客？」朱子裕不敢置信地掏了掏耳朵，滿臉詫異，「王明恩不是在大牢裡關著嗎？她夫人請妳是為了說情？」

「那倒不是。」青青尷尬地笑了兩聲，「今天我把她騙到公堂上去了，臨分別的時候，我說想去她家瞧瞧，她也沒拒絕。」

看了眼媳婦，朱子裕堅定地說：「明日我陪妳去。」

「這不好吧？」青青道：「女人家說話，你一個大男人往哪裡站？」

朱子裕語重心長地說：「說真的，妳若是真這麼去了，我怕人家背後敲妳悶棍。」

青青……

小倆口躺下，朱子裕側著身子，一手支著腦袋，一手拉著青青的小手，同她商議等兩人搬出去要置辦些什麼，小花園裡種什麼花，夏天時要不要養幾尾魚。青青起初還興致勃勃地討論著，可沒說多久就睜不開眼睛，在朱子裕下床喝水的功夫就呼呼睡著了。

朱子裕滿肚子腹稿還沒說完，一回來就瞧見青青已睡得香甜。捏了捏她的小鼻子，又在她的唇上落下一個吻，他寵溺地笑道：「小懶豬！」便也在青青身邊躺下。

熟睡中的青青似乎感覺到了旁邊有個溫暖的物體，一翻身就滾了過來，抱住朱子裕的手臂，頭挨著他的肩膀，滿足地蹭了蹭。

看到青青在睡夢中也不忘緊靠著自己，朱子裕臉上洋溢著滿足又幸福的笑容。

翌日一早，小倆口起來洗漱完畢，到正房請安。

徐鴻達連日審案，身體有些疲憊，昨晚寧氏叫廚房單獨給他熬了一盅補湯，睡前又讓他多泡了會兒熱水澡，這時還躺在床上睡得香甜。

寧氏躡手躡腳出來，到西次間去洗漱。見小倆口來得早，寧氏輕聲道：「妳爹這陣子累著了，睡得正香甜，你們自己回院子吃吧。」

青青擔憂地說：「今晚回來我給爹把把脈，開幾個食療方子。」

寧氏點點頭，又問青青：「今日還出去嗎？」

青青說：「子裕在後街看了一個二進的宅子，我們要去瞧瞧，然後要去自流井王家一趟。王明恩這些年拿銀錢打下不少關係，雖然有很多案子都已經明瞭，但要將他一舉拿下，不給他翻身的機會，還需要很多證據。如今王明恩和他的管家、寵妾都在牢裡，家裡只有一個夫人在家，那個夫人是個糊塗又膽小的，我去詐詐她，看是否能尋到什麼帳目之類的東西。」

寧氏眼裡滿是心疼，「妳這幾日光往外跑了，身體吃得消嗎？找宅子急什麼？橫豎快過年了，出了正月再搬。再說這審案子的事有妳爹操心就行了，他要是忙不過來，還有子裕幫忙呢，這大冷天的，哪能讓妳整天跑出去？」

青青拉著寧氏的手，安慰道：「我爹每日坐堂才辛苦，我不過是往內宅跑跑罷了。好在我有這個郡主的身分可以用，擺擺郡主的架子看能不能套出什麼話來。就是不成也沒關係，反正我往那裡一坐，人家就得好吃好喝地招待我，虧不了我。」

看著寧氏無語的表情，青青又說：「我想著早日幫爹把那些包藏禍心的人都抓起來，省得今天一個刺殺，明天一個暗算，讓人提心吊膽。」

寧氏嘆道：「妳往知府家去也就罷了，她家但凡還想做官就不敢動妳，可自流井那些人可是好相與的？養著不知多少劫匪，想想我就害怕。」

青青看了朱子裕一眼，忙說：「子裕也不放心，今日就叫他陪我一起去。」

寧氏聽說女婿跟著，這才放心，囑咐珍珠多帶些熱水和點心，又讓朱子裕看好青青，絮絮叨叨了半天，才放小倆口出去。

出了院子，青青鬆了一口氣，「我娘也沒多老呀，怎麼越來越絮叨了？」

朱子裕笑了，「岳母這是心疼妳。」

早上日頭還沒出來，又颳著風，小倆口拉著手一路跑回院子。

朱子裕幫著青青脫下斗篷，又解開自己外頭的大衣，「昨兒下午天就有些陰沉，今日怕不是要下雪？要不，改日再去？」

青青灌了一碗熱茶才說：「一會兒看看日頭再說，也許會出大太陽呢！」

瑪瑙拎來熱呼呼的杏仁茶，青青喝了一碗，問瑪瑙：「今早廚房有什麼吃的？」

瑪瑙打開食盒道：「有全羊湯和小餅。」

朱子裕道：「這個好，多放點辣子油。」

小倆口相對而坐，朱子裕就著油酥餅吃了兩大碗。

青青昨晚吃的多，這會兒不太餓，只喝了半碗就飽了。

●

冬季的早上，轉眼就天色大亮，明晃晃的太陽掛在天邊。看了看萬里無雲的天空，朱子裕有些不解，「明明瞧著要落雪珠，這麼一晚上烏雲就散了？」

何止是烏雲散了，青青二人出門的時候，披著斗篷居然出汗了。

從後門出去不過幾步路的功夫，就見到中人站在一個宅子門口等候。見到朱子裕來，那中人連忙過來行禮，「見過朱大人、朱夫人。」

推開大門，首先映入眼簾的是一座花開富貴的影壁牆。繞過影壁，東西各一路，看著倒與老家的宅子格局相似。

像朱子裕所說，這房子剛建沒兩年，一切都還透著新意，屋裡的桌子擺設也齊全。因家具都沒用多久，屋子的主人怕閒置著荒廢了可惜，又怕賃出去糟蹋了，猶豫再三，叮囑了中人，務必要找個清白的人家，最好人口少些的，家裡清靜的才能租出去。

中人旁敲側擊打聽詳情，聽說這位少年居然已是正四品的指揮僉事，不禁咋舌，又打聽到只小倆口帶著丫鬟僕人住，心裡便肯了十分，只希望這位朱大人也能相中這房子。

青青轉了一圈，頗為中意。屋子乾淨，離娘家又近，再不能有這麼湊巧的事了。

朱子裕見青青喜歡，當即交了一年的租金。

租好房，朱子裕打發幾個奴僕過來打掃，與青青坐著馬車出了府城往自流井方向去。因是小倆口一起出門，倒比自己出門有趣多了。兩人就像郊遊般，一邊嘰嘰喳喳說笑，一邊擺弄著有趣的玩意兒，不知不覺馬車停了下來。

王家的門房瞧見門口停了一輛帶著朱字的馬車，想起夫人昨天有氣無力的囑咐，連忙打開大門，將馬車迎了進去。

王夫人昨日被青青嚇破了膽，想著今日她要來，不敢在屋裡等著，一早就到前院候著。誰知左等右等不見人來，王夫人正暗自慶幸，只當人家不來了。誰知剛在考慮要不要回屋去補個覺，就聽見大門打開的聲音。

王夫人帶著僵硬的笑容站在馬車旁邊，準備第一時間讓郡主看見自己，說不定郡主一高興就再不來了。

馬車簾子掀起，在王夫人的期待中，馬車上跳下來一個男人。

王夫人看向門房，「這是誰啊？」

門房也懵著，就瞧見馬車裡又出來一位年輕貌美的夫人，這才鬆了一口氣。

王夫人行了禮，一個勁兒瞅朱子裕，青青道：「這是我夫婿，在軍中任指揮僉事。」

王夫人不知道指揮僉事是個什麼官，聽起來很厲害的樣子，頓時不知所措。

家裡來了個男人，又是武官，按理說該是當家人出面應酬，可家裡的男人被同知抓到牢裡去了，同知的女婿又來了，王夫人委實不知該如何處理。

看出了王夫人的為難，青青轉頭對朱子裕說：「你在前院等我一下。」

「對對對！」王夫人連忙接話，「我叫我侄兒陪大人說話！」

「不必。」朱子裕冷冷地拒絕，「打發一個伶俐的小廝倒茶就行。」

朱子裕雖這麼說，王夫人卻不敢真叫小廝陪他，趕緊把侄子叫出來，又安排兩個小廝，囑咐道：「有點眼力，別惹大人生氣。」

青青笑說：「倒不必如此，他帶了書，尋個安靜的地方給他就好，人多了反而嘈雜。」

王夫人道：「前廳最是安靜不過。」便親自引了人過去，又看著小廝上了茶和點心，這才請青青到後院坐坐。

隨著王夫人從遊廊往後院走，但見每一塊石磚都刻了精緻的花紋，每一根廊柱都漆了金粉，青青嘆道：「好一個富貴人家！」

王夫人訕笑，「其實不值什麼，不過是看著好看罷了。」

青青抿嘴一笑，沒再言語，隨王氏來到正院。

王家連遊廊都刷了金粉，屋裡的擺設自然更加奢華。博古架上滿是古董擺件，屋裡的家具都是難得的木頭雕刻著精緻的花紋。屋裡的帳子、坐墊等物，皆是用金線繡的，當真是處處透著豪奢。

青青好奇地道：「我瞧著妳家的柱子是金色的，坐墊也是金色，金色有這麼好看嗎？」

「好看！」王夫人一副理所當然的樣子，「一看就是有錢！」

青青：妳說的對！

和青青分別坐在主客的位置上，王夫人忐忑不安，恰好此時丫鬟們將早已準備好的各色精緻點心呈了上來。王夫人拿帕子擦了擦腦門上的汗，說道：「家裡做的果子，雖不中看，勝在乾淨，請郡主嘗嘗。」

王家每日賺的銀子如流水一般，自然注重生活品質。旁的不說，單在吃、住、行方面就極會享受。在吃的上面，全國各地的特產和時令鮮品有專人負責採購，拿端上來的八樣糕點來說，就是好幾省的點心。再看桌上的鮮果，有江南的蜜橘、西山的軟籽石榴、山東的蘋果、新疆的香梨，更有榛子、松子、栗子和核桃等乾果，擺得滿滿當當的。

青青見王夫人頗局促，捏起紅棗糖糕吃了一個，這才笑道：「妳不用緊張，我不是拿妳問案，不過是在家待著無趣，來找妳說話解悶罷了。」

王夫人訕笑道：「我不過是個商婦，大字不識一個，我家老爺也經常說我上不得檯面，怎敢奢望陪郡主說話解悶？」

青青剝了一瓣橘子遞給王夫人，「雖說我有個郡主的封號，但我不是什麼親王之女，這封號是我夫婿用軍功幫我換的。」

王夫人難掩好奇，「妳家相公看著還是個少年郎，這麼小就得軍功了？」

青青臉上帶著絲絲自豪，「說起來妳應該也知道，還是拜去年雲南那一戰所賜。」

王夫人詫異，想想，驚呼道：「難不成是砍下都哈腦袋的那位少年將軍？」見青青點頭，她激動得臉都紅了。回想起剛才見過的少年的臉龐，連聲稱讚：「原本聽說是個少年將軍，我還想著起碼也得二十出頭了，沒想到看著才十幾歲，還長得那麼俊俏。」

青青見王夫人臉紅，頓時啞口無言。也不怪王夫人那麼崇拜，前兩年雲南和緬甸打得如火如荼，兵部尚書帶著滿朝的期待奔赴沙場，結果不但連丟城池，還對緬甸俯首稱臣。

王夫人擔心緬甸攻占雲南後會打到四川，整日吃不下睡不香的，就盼著天降神兵將緬甸人驅逐出境。好在朝廷又緊急派了楊將軍等人殺進緬甸，砍殺了都哈。

當時緊鄰雲南的四川，街頭巷尾都在議論著這場戰役，王夫人也聽得津津有味。如今知道傳聞中的英勇小將就在自己家，王夫人怎能不激動？

王夫人忙吩咐丫鬟：「給朱將軍上點心了嗎？茶水吃了幾泡估計味不足了，去拿老爺珍藏的茶葉請朱將軍喝。」

丫鬟僕婦被支使得團團轉，一波波往前院跑，最後還是朱子裕按捺不住，黑了臉，讓天莫將人攔住，這才消停了。

青青原本還打算說說自己普通的身世，讓王夫人放下戒心再深入交談，沒想到只抬出朱子裕來，王夫人就像變了個人似的。若不是看她已經快五十歲，肯定把她當情敵防範了。

王夫人喜孜孜地看著青青，先前的拘謹完全不見，熟稔的模樣彷彿兩人認識數十年，「我記得人家都說朱大人以後還有爵位繼承，當真是英雄出少年。」

青青沉默，她不太懂這句話的前後邏輯。喝了口茶，捏了一塊如意糕默默吃著，同時聽著王夫人滿嘴的溢美之詞。她深深覺得，王夫人說自己不識字是自謙了，就這些話，她祖母都說不出來。

在青青吃完兩塊糕後，王夫人終於意猶未盡地將話收尾，連灌了兩杯茶才緩過來。

青青說：「剛才夫人說自己不識字，我瞅著不像，不識字的人說起話可沒這麼俐落。」

王夫人哈哈一笑，「不瞞郡主，這也是這幾十年聽人家說我記住的。說起來也不怕郡主笑話，您別看我們王家現在富裕，吃穿用度只怕比蜀王府還強些，其實早些年不是這樣。我和我家老爺成親的時候，兩家都敗落了，我打小在家裡做粗活，照看弟妹，大字不識一個。我家老爺比我強些，雖背不來《論語》，但《三字經》、《百家姓》、《千字文》都讀過。」

王夫人剝了一碟松子捧給青青，又說：「當年分家的時候，老爺只分到了十餘口廢棄的鹽井，鑿新井沒銀子，舊鹽井又不出鹵，眼看著就要活不下去，吃粥都沒有米下鍋。我咬牙把我嫁妝裡唯一的金首飾，一件插髮赤金挖耳給賣了，得了些銀子。原本想著拿換的銀子買點米度日，卻被我家老爺拿走，雇了幾個短工選了一口廢井開鑿。我當時都氣瘋了，可錢都花出去了能怎麼著，只好忍著。眼看著挖了十幾天沒挖出什麼，一家人馬上要餓死。也是天無絕人之路，短工們收拾了東西要走，我家老爺不甘心，搶過工具又挖幾下，就這幾下居然出鹵了。靠著這口井我們才緩過勁來，慢慢攢下了開鹽井的錢。」

嘆了一口氣，王夫人眼裡滿是惆悵，「那時候的日子雖然清貧些，但兩人往一處想，勁兒往一處使，啥事都有奔頭。後來我家有錢了，又在四川各地置辦不知多少的良田莊子。鹽井一個個地打，銷鹽的鋪子一個個地開，攢下千萬的家業來。別看現在吃的是山珍海味，穿的是綾羅綢緞，要啥有啥，我覺得日子還不如以前舒坦。」

「旁的不說，就看這一個個抬回來的小妾，整天變著法子作妖。從前我還能管上一管，說上一說，現在我使個臉色我家老爺都不願意。」王夫人不知怎麼，忽然有了傾訴的欲望，想將滿腹的心事掏出來說給青青聽，「就說這個薛姨娘，是前幾年蜀王送的，人長得妖嬈，又能說會道，那聲音像能擰出蜜汁子一般，聽得人直起雞皮疙瘩。」

王夫人隔著衣裳搓了搓手臂，憤憤不平，「原本我家老爺待我雖說平平，好歹是患難的夫妻，還給我當家夫人的面子。自那薛姨娘來了，仗著是蜀王送的，會讀又會算，把家裡的中饋搶去一半不說，也不知她怎麼給我家老爺灌的迷魂湯，出門應酬都帶著她去，彷彿我這當家夫人不存在。說起來，也是這些鹽商不重規矩，居然不覺得這樣有什麼不好。好在她也就能在自流井這幾家露露臉，若是去知府家，或是和其他官家夫人應酬，我家老爺就不敢讓薛姨娘出面了，那簡直是打人家臉面，到時候把她打出來都是輕的。」

青青聽了也有些氣不平，當年王明恩還是賣了王夫人的嫁妝才得了挖廢井的銀子，發達了就嫌棄髮妻了，真是讓人唾棄。

「畢竟是蜀王送來的人，懷的不知是什麼心思，妳家老爺就那麼信她？」青青問道。

「呵……」王夫人冷笑一聲，臉上帶著不屑，「我家老爺野心大著呢，他怕蜀王不給他表忠心的機會，這不，蜀王遞過梯子來，他就順竿爬過去了。」

青青略一思索，試探著說：「別怪我說話直，這蜀王不過是一個名頭罷了，其實在朝中並沒什麼分量，行鹽銷鹽的他也幫不上忙，妳家老爺何苦費心巴結他？」

王夫人一臉疑惑，「說起來，還是五年前我們夫婦倆隨知府一起去了一回蜀王府，看著宅子是富麗堂皇，可是細瞧吧，也是穿戴更精緻些，吃的用的我覺得還不如我家。打那次回來，我家老爺銀子就不斷往蜀王府送，就昨日我說的那個馬場，已經花了快二十萬兩了。」

青青追問道：「王老爺就沒透漏過隻言片語，說蜀王是怎麼打算的？」

王夫人緊鎖眉頭，「關於蜀王府的話，他從不當我的面說，都是和薛姨娘關上門在屋裡嘀嘀咕咕的，倒是有一回過年他喝醉了酒，我沒讓薛姨娘扶他，吩咐兩個婆子把人架回到正院來。那日晚上我家老爺半夜說夢話，我倒是聽了兩句。」看著青青期待的眼神，她努力回憶著，「好像是什麼事成了就能成為蜀地最大的鹽商，再也不用交稅什麼的。」

青青點點頭，忽然又問：「昨日在知府家瞧見妳的時候，妳的慌亂和焦急不像是假的，怎麼到下午就變了個人似的，妳就不擔心他了？」

「剛聽見消息的時候是真擔心。」王夫人坦白說道：「見到郡主的時候也是情真意切地想救他，可是在公堂上走了一遭，我才發現他有這麼多事我不知道。我下了堂，坐在小杌子上，又把那晚的事想了一遭，他就連那晚上匆匆奔逃，也是為了拿銀票才找我，走之前還不忘叮囑不許趁他不在時為難薛姨娘。我想著想著就想明白了，這樣的人，我何苦東奔西跑地尋人去救他。他半路失蹤，薛姨娘照樣吃吃喝喝，只有我傻不愣登一大早就往外跑，何苦來哉？索性就隨他的命去吧，他要是命大也能收斂一二，要是沒了命，我還有兩個兒子，不愁這王家沒人繼承。」

青青安撫地拍了拍她的手，「妳既然說實話，我也不瞞妳，旁的事我不知道，單是刺殺朝廷命官這一條就夠他掉腦袋的了。太平寨的人已經認罪了，王有德也供出了他，王老爺這回是在劫難逃了。」

王夫人掏出帕子擦擦滾落下來的眼淚，咬牙切齒地說：「原先就算是唯利是圖，再使手段也不會要人命，自打搭上蜀王後，他的膽子是越來越大了。就是沒這事，以後還不知會闖出什麼禍來連累全家。」

青青問道：「之前有個叫李光照的巡撫墜馬死亡，和妳家老爺有沒有關係？」

王夫人想了想，說道：「李大人當初風風火火地要加收什麼鹵水稅，還在自流井那邊蓋了一個小屋子，一桶鹵水要交多少錢。當時我家老爺倒是時常罵他，可到底是不是他做的我也不知道。剛才我也說了，以前他就很多事不愛和我說，嫌我眼界低，上不得檯面。等薛姨娘來了以後，更是和我說話都不耐煩了，我估摸著薛姨娘應該知道不少。」

青青點了點頭，王夫人有些不安地看了她一眼，輕聲問道：「郡主，若是我家老爺的罪名坐實了，會連累我們全家嗎？」

青青笑道：「又不是什麼謀逆的大罪，有什麼好擔心的？」

王夫人鬆了一口氣，連連點頭，「只要不牽扯到我們母子就好。」

該說的都說了，青青起身要走，王夫人連忙攔住，央求道：「郡主大老遠地來了，好在我家吃頓飯，說出去也是我的面子。若是這樣走了，旁人還以為郡主看不上我。」

青青見王夫人頗為實誠，只是擔心朱子裕等太久會不自在，便說：「我到前院去跟我家夫婿說一聲，看他等不等得及。」

王夫人殷切地道：「我送郡主過去。」

青青看著王夫人火熱的眼神，險些踉蹌一步。

天莫倚著前廳的門框，看著外面來來往往的王家奴僕。玄莫抱著一盤點心，坐在火爐旁吃得不亦樂乎。朱子裕翻了一頁書，看見玄莫放下空盤子又抓了一把核桃，忍不住道：「你是八輩子沒吃過東西還是怎麼的？」

玄莫用手一捏，核桃皮從手裡掉落下來，剩下整塊核桃肉，往嘴裡扔去，「別提了，昨晚我家那小子哭了大半宿，我起晚了，沒撈著吃飯。」

朱子裕嫌棄地看了他一眼，端起一盤金玉糕遞給他，「跟你說請個奶娘來帶孩子，你非不聽，這回知道苦了吧？」

玄莫笑呵呵地接過盤子，捏了一塊糕嚼幾口嚥下去，「我媳婦捨不得，說抱著兒子睡得香甜，我要是不樂意就滾到空屋子睡。一想到一個人睡冷屋子，我就覺得兒子哭鬧幾聲也沒什麼大不了的。」

朱子裕瞥了他一眼，「沒出息！」

耿直的玄莫吃東西也堵不住嘴，當即說道：「少爺不也一樣嗎？在京城的時候，您陪著少奶奶回娘家，徐大人讓你睡前院，您不是半夜爬牆竄到少奶奶屋裡去了。」

朱子裕惱羞成怒，一腳踹向玄莫踹。天莫聽到聲音，熟練地往旁邊躲。王夫人帶著青青來到前廳，還差十幾步路，就見門裡飛出一個人來，手裡端著盤子穩穩地坐在地上。

王夫人張大了嘴，看著那人坐在地上還不忘往嘴裡塞點心，頓時心生敬佩。

青青扶著額頭說：「這是在人家家裡，你們鬧什麼？」

玄莫一躍而起，將盤子塞給路過的小廝，笑嘻嘻地說：「少爺又胡亂發脾氣了，只許他說我，不許我說他。」

王夫人聞言崇拜地道：「少年英雄性子就是獨特！」

玄莫……

青青……

朱子裕聽到青青的聲音，拿著書走了出來，含笑的目光剛落在青青身上，還未開口，就見旁邊竄出一個年過半百的婦人，熱切地看著自己，「朱將軍，呵呵呵……」

朱子裕忍不住退了一步，疑惑地看了青青一眼：妳把她給審瘋了？

王夫人沒瞧見朱子裕對自己的嫌棄，反而兩眼直冒光，「我留了郡主在家裡吃飯，不知朱將軍喜歡吃什麼？今天早上有新送來的冰下活蝦，朱將軍喜歡怎麼吃？園子裡有養天鵝，捉一隻給將軍燒了？您喜歡烤的還是……」

朱子裕又默默退了一步，不明白王夫人為啥突然這麼熱情。

青青拉住王夫人，笑道：「夫人自去安排便是，我同夫君說幾句話。」

「好的好的！」王夫人一步三回頭地囑咐朱子裕，「有什麼順口的只管說，甭管天上飛的還是地上跑的，我都給將軍捉了來！」

將青青拉進前廳，朱子裕驚悚地道：「她這是瘋了？還是妳答應把王明恩放出來了？」

青青嗔他一眼，「胡說什麼？還不是你在雲南的英勇事蹟折服了這些四川的夫人們。」

朱子裕撓撓頭，「太嚇人了，我有點吃不消！」

青青見四下無人，悄聲說道：「王夫人說單給蜀王養馬一項就花了近二十萬兩銀子，王明恩睡夢中說過事成了不必再交鹽稅，你說這蜀王是不是想造反呢？」

朱子裕皺著眉頭，「舅舅就在成都，蜀王有幾個膽子？」

青青點點朱子裕的腦袋，「買馬的時候，咱們還沒來四川呢！就是舅舅在成都時不敢，若是舅舅以後調任了呢？還是查清楚比較好。」

朱子裕點頭，「回頭我讓天莫去一趟川西。」又低聲說道：「成都和川南雖然離著近，但也要幾天的路程，若是商議這種密事，估摸著肯定有書信往來，一會兒我讓天莫悄悄摸進去找，看看能不能找到什麼信件。」

王夫人回來了，笑盈盈地說：「已經安排好了，您瞧這也沒外人，不如我們一起吃？」

朱子裕板著臉道：「我同妳又不是本族，也不是親戚，在一桌吃飯失了體統。」

王夫人失落地嘆了口氣，戀戀不捨地看了朱子裕一眼，「好吧，一會兒我叫人給將軍上一罈好酒，給將軍下飯。」

青青趁機道：「他吃飯快，估摸一會兒就吃完了，不知飯後到哪裡小憩片刻？」

王夫人說：「前院空著幾個院子，日常都點著火盆，隨將軍喜歡在哪裡休息。」

此話正合朱子裕的心思，他露出淡淡的笑意，「也好。」

王夫人瞬間振奮了，「他朝我笑了。」

朱子裕黑了臉，轉身進了前廳。

青青詫異王夫人居然還有這樣的少女心。

山珍海味擺滿了桌，朱子裕帶著天莫、玄莫快速吃完，便讓一個小廝領著去客院。朱子裕一邊走著，一邊觀察路過的院子，忽然看到一個圍牆高，大門外掛著銅鎖的院子，心中一動，佯裝無意地問道：「這是哪裡？弄得這麼嚴實，你們家的藏寶閣嗎？」

小廝見自家夫人對這人態度熱切，口裡又叫什麼將軍，也不敢瞞他，老實地說道：「那是我家老爺的書房，平時老爺是不許小廝進去的，都是管家親自去端茶倒水。」

朱子裕得知王明恩書房的位置，便選了一個臨近的院子進去，打發那小廝走了。

因老爺和管家都被抓走了，夫人又不管前院的事，故而小廝們都很鬆懈。見擺在前廳的滿桌佳餚只吃了不到三分之一，一個膽子大的招呼幾個人將酒菜都搬到當值的屋子裡，沒一會兒在前院伺候的小廝聽到信的都來了。見滿滿一罈子佳釀，大家都流下口水，一人盛了一碗，就著烤鵝吃喝了起來。

天莫和玄莫趴在圍牆裡面聽著外面沒有什麼動靜，輕輕一踮腳，從牆頭露出頭，見四處連個人影都沒有，便快速走到書房的後院。

王明恩是個很謹慎的人，每回離開，書房的屋子和大門都用銅鎖給鎖住，圍牆也修得約有一丈高，可這牆和鎖防得住別人，卻防不住天莫和玄莫，他們抬抬腳就能躍過去。至於書房鎖的門，玄莫表示這壓根兒不是事，扶住窗框一用力，就將緊閉的窗戶給拆了下來。

天莫剛從錢袋子裡摸出銅絲，就見玄莫把人家的窗戶給拆了，頓時無語，「讓你沒事多練練開鎖你不聽，難不成到哪兒都能拆窗戶？」

玄莫咧開嘴笑了笑，把窗框子放到一邊，從窗戶那裡跳了進去。

書房只有管家收拾，雖然算乾淨，但不算整齊。兩人先將書桌上的東西迅速翻看一遍，又在書架裡翻找暗格，這事天莫與玄莫做得極為得心應手。

踏踏腳下的地磚，敲敲牆壁，叩叩床板，不一會兒就找到五處密格。天莫查看了一下，不僅有和蜀王來往的書信，與孟知府的也有幾封，另外就是一疊厚厚的帳冊，上面詳細地記錄了這些年給官員行賄的銀子。

王明恩行事縝密，他的帳簿仔細記下了何年何月何日送給誰銀子多少，下面還有摘要寫明緣由。單這樣的行賄帳簿便有十二本，剩下的一本是王明恩這些年買凶殺人放火的事。

將東西收起來，又將密格恢復成原樣，見屋裡沒有什麼其他可尋的東西，兩人依舊從窗戶跳了出去。玄莫將手裡的東西交給天莫，把窗戶裝回去，看著掉不下來，這才放心走了。

兩人原路返回，將東西交給了朱子裕。

朱子裕略微翻了翻，咬牙冷笑道：「這蜀王倒是好大的膽子！」

天莫約略猜到了真相，倒是玄莫擔心別的事，指著帳簿和信件，有些發愁，「少爺，這麼多東西，咱們怎麼拿出去？」

天莫道：「無妨，我去咱家馬車裡拿個包袱，就說少爺的斗篷厚了，要換一件薄的。」

事實證明，天莫、玄莫想太多了，一路找到自家馬車都沒瞧見半個人，順利從馬車裡拿了匣子和包袱，兩人回客房的時候故意打探了一番，看著眾奴僕聚在一起吃酒才放了心。

將帳簿和信件放在匣子裡，又用包袱皮包上，兩人小心翼翼地將東西送回車上。因東西事關重要，天莫沒敢離開馬車，緊緊地守著東西寸步不離。

為了給朱子裕創造更多搜集物證的時間，青青在內院將這餐飯吃得極慢，細細品嘗了王夫人介紹的每一道菜，時不時和王夫人對酌一杯。

酒過三巡，即使青青早早吃了解酒藥丸也是微醺，王夫人則是滿臉的醉意，端著酒杯就哭了起來，訴說早些年的苦，痛罵這些年王明恩的翻臉不認人。

王夫人哭得喘不上氣來，「若不是我生了三個兒子，只怕他早毒死我了！整日嫌棄我拿不出手上不得檯面，他就不想想他是什麼東西，當初若不是我的金挖子，他早就餓死了！」

青青相當無奈，王家丫鬟趕緊拿了濕汗巾給王夫人擦臉。王夫人收拾乾淨自己，拿著新帕子不住地掉淚，「自打去年那個小妖精生了兒子，他連我兒子都看不順眼了，全都打發到外面的商鋪去，家裡的鹽井都不讓沾手。嫡親兒子、嫡親孫子都不如那個小妖精生的小子，簡直是豬油蒙了心，恨不得聞蜀王的屁去，早晚這個家叫他折騰散了！」

青青嘆了口氣，「少來夫妻老來伴，是王明恩不惜福。」

「惜福？若是他知道惜福兩個字怎麼寫就好了！」王夫人冷笑道：「沒錢時希望有錢，有了錢又想有權，世上的好事都想占了，也不想想自己有沒有那個命！」

王夫人看著青青，「我不懂咱們大光朝的律法，也不懂我家老爺犯了多大的錯，我只求我的兒子和孫子不要被他連累了就好。」

青青神色有些複雜，「若只是明面上這些罪過，你們不會被連累。若是其他的，比如說謀逆，那就很難說了。」

王夫人露出絕望的笑容，「我知道了，只希望他不會糊塗到那個地步。」

言盡於此，青青不想再多說，站起身道了句：「珍重！」轉身便走。

珍珠和瑪瑙伺候著青青出來，王夫人送到大門外，又奉上幾車禮物。

青青搖了搖頭道：「禮物不必送了。」

王夫人靠在丫鬟身上，略帶乞求地道：「也不值什麼，都是些日常用的，雖不值錢，但勝在新奇，郡主拿回去自用或是送人都極好。」

青青仍是搖頭，「夫人請回吧。」

朱子裕過來，看都沒看王夫人一眼，小心翼翼地扶著青青上了馬車。

馬車疾馳而去，朱子裕打開包袱，給青青看從王明恩書房搜出來的帳簿和信件。

青青嘆道：「蜀王真有謀逆的心思？他就是有那個心，也沒那個能力啊！就算靠著王明恩出銀子，能有多少兵馬？難不成他以為他能一路打回京城？」

朱子裕早將東西翻了一遍，摸清了蜀王的謀算，「蜀王也知道自己有多少斤兩，他這是想在蜀地自立為王。」

青青愕然，「他可真敢想！」

朱子裕道：「從信中看，起初王明恩只是有些心動，蜀王許他事成之後賜予爵位及三代不交鹽稅的許諾，這王明恩就一頭栽進去了。」

「我朝不許私自買賣軍馬，再說這士兵是從何而來？雖說藩王是有徵兵權的，但蜀王就藩的時候，先帝在旨意中明說了不許他屯兵。」青青不解。

朱子裕抹了把臉，「他從周邊幾個小國偷運馬匹，至於士兵是前年雲南大亂的時候暗地裡從雲南招兵，等緬甸被攻破，又帶回來上萬的緬甸人。他倒是很會鑽空子，當時忙著征戰，誰也沒留意到他的舉動。」

青青一臉愁容，「這要怎麼辦？得告訴楊將軍做好防備，還要寫摺子上報皇上吧？」

朱子裕道：「之前的打算是讓天莫和玄莫去川西看看蜀王建的馬場，現在看來，還是我帶著他倆走一遭。」

小倆口心事重重地回家，朱子裕把自己關在書房裡一下午，等徐鴻達晚上回來，剛進大門，就被天莫請進了書房。

徐澤寧兄弟三個圍坐在桌前，看著熱氣騰騰的菜一點點變涼，肚子都忍不住叫了起來。

寧氏皺起眉頭，「到底什麼事，連吃飯都顧不上了？」

青青說：「讓他們先吃吧，我到廚房做些肉捲餅送過去，耐餓又不會弄髒書房。」

「哪裡用得著妳親自去做？」寧氏拽住了青青，「今天中午燉的肘子還未動，這會兒切了正好給子裕他們捲餅吃。」

桌上的菜撤了下去，能熱的熱一下，不能熱的就不要了，過了兩刻鐘重新擺上了桌。

（未完待續）

作　　者　信用卡
封面繪圖　畫措
責任編輯　施雅棠
國際版權　吳玲瑋　蔡傳宜
行　　銷　艾青荷　蘇莞婷　黃家瑜
業　　務　李再星　陳玫潾　陳美燕
編輯總監　劉麗真
總 經 理　陳逸瑛
發 行 人　涂玉雲
出　　版　晴空
城邦文化事業股份有限公司
104台北市中山區民生東路二段141號5樓
電話：（886）2-2500-7696　傳真：（886）2-2500-1967
發　　行　英屬蓋曼群島商家庭傳媒股份有限公司城邦分公司
104台北市中山區民生東路二段141號2樓
客服服務專線：（886）2-25007718；25007719
24小時傳真專線：（886）2-25001990；25001991
服務時間：週一至週五上午09:00~12:00；下午13:00~17:00
劃撥帳號：19863813；戶名：書虫股份有限公司
讀者服務信箱：service@readingclub.com.tw
晴空部落格　http://blog.yam.com/readsky
香港發行所　城邦（香港）出版集團有限公司
香港灣仔駱克道193號東超商業中心1樓
電話：852-25086231　傳真：852-25789337
E-mail：hkcite@biznetvigator.com
馬新發行所　城邦（馬新）出版集團【Cite (M) Sdn Bhd】
41, Jalan Radin Anum, Bandar Baru Sri Petaling,
57000 Kuala Lumpur, Malaysia.
電話：(603) 9057-8822　傳真：(603) 9057-6622
Email：cite@cite.com.my
美術設計　洸譜創意設計股份有限公司
印　　刷　沐春行銷創意有限公司
初版一刷　2018年06月28日
定　　價　250元
I S B N　978-986-96370-3-9

漾小說 195

家有小福妻 3

國家圖書館出版品預行編目資料
家有小福妻/ 信用卡著. -- 初版. -- 臺北市：
晴空, 城邦文化出版：家庭傳媒城邦分公司發行,
2018.06
冊；　公分. --（漾小說；195）
ISBN 978-986-96370-3-9（第3冊：平裝）
857.7　　107004968

原著書名：《穿越之福星高照》，由北京晉江原創網絡科技有限公司授權出版。